九曲河

朱国飞 著

线装書局

图书在版编目（CIP）数据

九曲河 / 朱国飞著. -- 北京：线装书局, 2021.1

ISBN 978-7-5120-4240-7

Ⅰ.①九… Ⅱ.①朱… Ⅲ.①长篇小说—中国—当代

Ⅳ.①I247.5

中国版本图书馆CIP数据核字（2020）第214839号

九曲河

作　　者：朱国飞
责任编辑：曹胜利
出版发行：**线装書局**
　　　　　地　　址：北京市丰台区方庄日月天地大厦B座17层（100078）
　　　　　电　　话：010-58077126（发行部）010-58076938（总编室）
　　　　　网　　址：www.zgxzsj.com
经　　销：新华书店
印　　制：三河市华东印刷有限公司
开　　本：710mm×1000mm　　1/16
印　　张：15
字　　数：240千字
版　　次：2021年1月第1版第1次印刷
印　　数：0001-2000 册
定　　价：68.00元

线装书局官方微信

内容提要

　　《九曲河》是作者创作的系列小说"沙地风云录"之一部。

　　沙地，地处长江入海口北端，是长江三角洲最东端的一块冲积平原，素有沙地之称。鳌鱼驮背，沧海桑田，在这片土地上孕育了厚实的沙地文化和独特的民间故事。小说以陶秀一家的故事为核心，以日本军队侵略中国，犯下火烧汇龙镇等罪行为历史背景，以解放初期沙地人的一些旧时生活为原型，塑造了陶秀、姨娘、财根、常大等众多人物，为读者展现了沙地人的历史生活图画，为解读沙地人这段历史故事构建了感染力较强的小说文本。小说以朴实的语言，重现了沙地人淳朴、善良、勤劳、勇敢的品格，弘扬了沙地人儒雅坚贞，不畏强暴的人文风骨。

目录
contents

目 录

contents

人　物　谱

主要人物：陶　秀

次要人物：姨　娘（陶秀姨娘）

　　　　　　财　根（羊肉店伙计）

　　　　　　阿　芹（财根情人）

　　　　　　小　山（陶秀同学）

　　　　　　陶营长（革命者）

　　　　　　梁会长（革命者）

　　　　　　陈大勇（抗日义勇军队长）

　　　　　　张连长（新四军）

　　　　　　老班头（新四军）

　　　　　　姜干事（乡镇干部）

　　　　　　肉陀螺（平民）

　　　　　　常　大（抗日义士）

反面人物：镇　龙（伪镇长）

　　　　　　隐　娘（强盗）

　　　　　　苦　生（强盗）

　　　　　　毛胡子（还乡团团长）

　　　　　　沙千里（伪军小队长）

　　　　　　春山少佐（日军军官）

前　　言

那是个海鸥翔集的地方。

清晨，嫩嫩的太阳从那片湿润的土地上拔地升起，柔软的细雾如魂牵梦绕般包围着那片老式的房子。静静的、静静的，听得见有江涛拍岸的呜咽声。南风顺畅地随意飘着，细细地把濡湿的空气搅拌后拂洒于嫩青的沙地里，涂抹在老式房子微翘的屋角上。

轻轻推开老房子二楼上那扇陈旧斑驳的楼窗，透过池柳与桃花氤氲的晨曦，隐约看得见南面游动于江水里的白帆。戏逐末浪的海鸥凝聚成一团蚊子，在江面上自由地蠕动翻飞。

老婆婆的白发被突来的晨风吹动，张扬起一面旧时小镇酒肆的旗帜，老屋的风铃声就伴着那面旗帜悬挂在尘封的记忆里。当我小心翼翼地穿过老屋前的晨曦，穿过老屋前的池塘，穿过被楼上的老婆婆世纪之眼穿透的小镇风光，我那一副稍微庸俗的肉体竟然感到一丝穿越时光的厚重压力，那种穿透的压力轻轻扯落了几朵娇艳无比的桃花降落于我的头颅上，使我突然闻到了一种诱人的芬芳。我抬头看见了老婆婆白发扬起的旗帜，使我想起了拍摄这座老屋而难于找到的最佳镜头。这座尘封半个多世纪的老屋终于寻找到了它的主人。就在这桃花盛开的季节里。

老婆婆的慈祥包裹于她的几分木讷迟钝之中。

老婆婆将她的一部手稿交给了我。这是一部用毛笔、钢笔、铅笔混合着撰写的笔记式的东西。老婆婆把它交给我时说："我知道你是这个小镇上唯一的土生土长的作家。你虽然不认识我，可我认识你父亲及你父亲上辈的人。

旧社会的许多故事他们也是很清楚的，可是他们对有的情节不知情，说不清楚。我是过来人，我想把我一生所遭遇的苦难记录下来，请你将我的故事写成小说什么的东西。我眼睛花了，你写成后一定要念给我听听，小说的出版费用由我资助，好吗？"

老婆婆是这个小镇上最新的一位移民，她是从遥远的南方飞回来的"老鸽子"，孤身一人。我们都不知道她的姓名，只知道她从南洋飞回家来了。她说她要叶落归根。她回到了她半个多世纪前住过的老房子，轻轻地用她那双积满世间沧桑的手推开了那扇面南临江的斑驳楼窗。

她说她做梦都没想到，她居住过的这座老屋竟然还活生生地站立在这块叫她多少年来魂牵梦绕的土地上。在她的记忆中，小镇上的一切早已灰飞烟灭。六十多年前的一天，疯狂的恶魔焚毁了小镇的一切。

她把手稿颤巍巍地交给了我，她把她一生的血泪交给了我。未读手稿前我想，老婆婆的故事无非她年轻时的风花雪月和以后的爱恨交错、悲欢离合罢了，当我读过她写的笔记式的文字后，凝重的历史压得我心里隐隐灼痛，有一种透不过气来的感觉。对于过去的苦难，小镇上的许多老人宁愿选择忘却。也许这位老婆婆的设想是对的，她是要求我将这个历史故事撰写成小说，让愿意读它的人去理解这段历史纠葛，去揣摩悲惨的人生。

我经反复思考后，终于答应老婆婆而提起手中的笔（确切地讲是按动电脑的键盘），开始进入老婆婆所处的那段历史年代里的漫长跋涉。老婆婆突然放声大哭，将这个春天的晨曦撕成一团碎片。

后来，我在那段人生黑暗的跋涉中，不时地从心底发出喊声：我们决不要回到过去，决不。

第一章　沙地老街

时光追溯到一九三二年，汇龙镇的繁华已初成雏形。南面远远的港梢里运输粮棉的木帆船排成长队缓缓驶入小镇九曲河码头。当年秀就是乘坐木帆船被姨娘带到小镇来的。秀很单纯，白嫩的小手拉住姨娘的衣襟下角，两只秀气的眼睛怯生生地观看小镇陌生的风景。秀只知道自己的老家在江南一个古老的小镇里，在春天梅子成熟的日子里，长长的雨巷里走着许多肩挑梅子喊着号子叫卖的小贩和那些身穿漂亮衣服的大姑娘打着油纸伞飘然而过的好看身影。秀自小学得一手好针线，小小年纪已然会纯正的江南刺绣，从《鸳鸯戏水》到《蝴蝶牡丹》都已绣到七成形似的火候。秀天资聪颖，其父将她送进城中私塾试读，两三年下来，她的功课竟然超过了年长她几岁的男生，父亲爱她如掌上明珠。秀居住的小巷里有一个穷困潦倒的戏子，也喜欢她的聪颖，经常教秀唱些戏文，手把手教她弹琴吹箫，不经意间竟将秀调教成一个多才多艺的少女。那年，秀才十一岁，父亲在外出经商途中不幸落水而亡，为生活所迫，母亲继之改嫁，秀由姨娘领去。从此，秀离开了生养她的小镇，踏上了这片陌生的土地。

姨娘家住在汇龙镇东首，离渐次繁华起来的街市仅百米之遥。姨娘夫家姓陶，祖传开羊肉店，一杆如酒旗般的木杆上高挂着一串红色的灯笼，日晒雨淋，灯笼上的"陶记……"字体已模糊不清。由于与街市相隔，姨娘家砌成了独门独院的格局，朝北靠大路的是店面，朝南开一排南窗，凭窗而望，可观看到远江上飘动的白帆。店面的房子是两层木结构的营业房，上下都可待客。秀到陶家后，就改姓陶，外称陶秀。陶秀住于东厢房，与西头的屠羊房仅廿步之遥。秀刚来时很不适应，一听见宰羊时羊发出那绝望的惨叫声，秀就常浑身发抖，夜里做噩梦。白天，秀觉得这里很嘈杂，人来客往，秀就悄悄躲于店里的后门口偷看喝羊肉汤的食客们吃香喝辣的样子，溜到厨房观看厨师配料煮汤。晚上，秀就拿出母亲留给她的刺绣工具端坐于油灯下穿针引线、描图绣花。

日子过得飞快，秀到这里一晃就是三个月。秀从未见到过的姨夫从外乡回来了。

"你就是秀？"秀看到姨夫疲惫的眼睛里闪动出一丝惊讶与慈爱。

"嗯。"

"念了几年书？"

"三年。"秀小声地应着，秀不知道姨夫的意思。秀的白嫩小手被姨夫抓在纤长的手里轻轻抚摸了一遍，秀看到姨夫长长叹息了一声，嘴里说道："可惜是个女小囡。"

秀知道姨夫没有孩子，从姨夫稍许失望的眼睛里，秀看见了姨夫重男轻女的封建思想。秀知道自己孤单的处境，现在自己是姨娘家的孩子，姨娘家要她做什么她就做什么。姨夫轻抚了她的手，又轻轻抚摸了她的脸，说："你还会些啥？"

"唱戏，隔壁阿伯教的。"秀从姨夫手掌里挣脱出来，用身子做了一个唱戏的动作，轻轻哼唱出一个曲子，莺莺袅袅，雏声可爱。姨夫很认真地看秀表演，还用手在自己膝上打着拍子，很默契、很投入。秀从姨夫渐露的得意之色中感到了姨夫对她的喜欢。秀表演了一出戏以后，姨夫就对她说：秀，去上学读书吧，姨夫我供你！秀看到姨夫说这句话时加重了语气，感觉到姨夫是个有眼光的人。听姨娘说，姨夫是个做大事情的人，日渐兴旺的家事，红火的羊肉店生意，都是陶家祖宗积的德。秀就是在这一天记住了姨夫刮得很清爽的脸，记住了姨夫左耳朵下的一颗黑痣肥肥的像个耳坠子。姨夫将秀的读书之事办妥后就走了，到何处去秀不知道，因为姨娘不肯说。

陶记羊肉店是这个小镇上的老字号，据说陶家有祖传的秘方，故羊肉汤味道鲜美醇香，深得食客喜爱。食客中有些是小镇居民，有些是旧政府里做事的地方小官，有的是当地的国民党驻军官兵，有些来头或身份的人占了一大半，原因是喝羊肉汤的价钱要比喝茶贵许多。然而，有几个小镇混混倒是这里的常客，一个绰号叫"小板胡"的，是个弹琵琶拉胡琴的艺人；一个叫"肉陀螺"，专事赌博、嫖娼的捐客；还有一个做粮食行生意的小老板，名叫"镇龙"，此人深谙世事，交际甚广，喜欢结交江湖上的朋友。这几名混混名声虽臭，但对陶记羊肉店的老板娘倒是规规矩矩、恭恭敬敬，甚有小镇人世交之情义。也许是陶家祖宗积德或是老板娘的好客大方镇住了他们，他们将羊肉店当作聚会的场所，一见老板娘就"陶家阿嫂"长"陶家阿嫂"短，甚是亲热。自从陶家领养了秀，那些食客就将话题引在秀身上有好一阵子，几个混混称秀为"陶家大小姐"，老大地夸奖了秀一番。慢慢地言语之中又流露出领个女孩不接香火不中用的贬义之词，使老板娘听了心头好一阵不快。几年后，老板娘竟然有了大肚子，这又使小镇人来了兴致，说是秀这姑娘是个能压胎的福星，又是个能读书识字的才女，是陶家祖宗修来的。秀的身份在众人眼里似乎又抬高了许多。这些舆论随着秀的弟弟呱呱坠地才逐渐转移。秀每天去小镇西头的学校上学，羊肉店里很少见到她的身影，食客们的视线不在她身上，陶家也无故事发生。

一九三八年，日本侵略中国，有一小股日本鬼子侵占了这个沿江小镇。

那年春日细雨绵绵，从陶记羊肉店的店堂里往南望去，雨雾中看不清江里驶进小镇的帆船。小板胡与镇龙两人早早坐于朝南的楼窗边闲聊。小板胡身子又圆又矮，小眼、淡眉、无须，两片嘴唇小而薄，讲话的声音细而尖，一副女人嗓子。粮食行小老板镇龙眉目长得有几分清爽，两只耳朵比较大，耳垂下坠，夹几分福相。

"听说东洋人进入这里时未放一枪，镇西头老县衙里驻扎了一个中队，有百十号人马？"小板胡眼光里透出一种莫名的惊惶，留长的小指甲嵌入台缝微微颤抖，"那些国军呢，他们怎么那样熊呢，他们手里吃饭的家伙都被阉割掉啦！妈妈的！"小板胡轻轻骂道，忍不住又往窗外啐了一口。小眼睛环视一下店面冷清的饭桌，最后牢牢盯着镇龙的国字脸，看着他那两只微动的大耳朵。

"嘘，"镇龙红润的脸色突现一丝苍白，"你这无头鬼想找死啊？东洋人听不懂你的话，皇协军可是听得懂的。现在这世道乱七八糟，讲话可要小心点啦，弄得不好脑袋要搬家。前几天西边老县衙里抓了几个人，说是共产党游击队，结果把他们的头割来挂在城门口，吓人不吓人？"镇龙嘴巴贴近小板胡的脸轻声说了一句话，小板胡的无须脸顿时转变了一种颜色，嘴里禁不住地啊出声来。"你听了不可以讲的，我只是看着有点像，也吃不准。只是我觉得有点像，可能是我眼花了。我们同他毕竟自小一起长大，他的形象在我脑袋里磨灭不了。这几年他一直在外头闯，神神秘秘，弄得不好，真他妈会闯出祸来。他不像我们，在这世上瞎混混，他可是个有知识、有抱负的人。将来说不定是要当大官的料。"说到这里，两人心怀鬼胎地环视一下客堂，又互相指指嘴巴，"不要瞎讲啊，弄得不好她们这个店要开不下去的，嗯？"

窗外的雨丝渐渐稀疏了，院子里栽种的几株桃花在雨帘里稍稍开放了，一股清香直灌进来，与陶记羊肉店里渐次飘移起来的羊肉汤的醇香拌和在一起，使人食欲大开。楼上楼下的人声热闹起来，店堂里也响起了老板娘清脆的待客吆喝声。

"阿娘，今天学校不上课，我被几个同学邀请去江边春游，中午饭不回家吃了。"陶秀丫头站在后门口同老板娘说着话。小板胡从窗子里往下看，一下子看见了陶秀粗黑的长辫子和微微耸起的胸脯。他突然意识到陶家丫头的变化，抬眼看看院子里正含苞待放的艳丽桃花，禁不住又往陶秀身上多看了几眼。此时，前门进来几个眉清目秀的青年，陶秀见他们进来，高兴地喊叫道：你们来得真早啊，快哟阿娘，替他们做汤喝嘛！死丫头，着什么急么，阿娘这就叫师傅去做。陶秀看着娘去西边的厨房了，赶紧邀这几位青年上了店楼，挑了靠南的楼窗座位，就在小板胡的隔桌。陶秀刚刚安顿他们坐下，看到小板胡与镇龙两位老食客呆呆地看着他们，突然有点不自然，脸稍微红了一下，走过来向两位打招呼，说："两位伯伯，这都是我的同学，一位是绸布店的叫小天，一位是染布店的叫小寒，还有那位是新来的同学，叫小山，他父亲是开洋行的……"

"两位大伯好！"小天与小寒是小镇熟人，都认识，故显得热络些，那个叫小山的却仍端坐不动，眼睛里扫过来一丝傲慢。镇龙有些认真地看了眼生的小山一眼，微微摇摇头，对小板胡说："我们也要两碗汤吧，肚子有点馋了，这次我来做东，免得再叫人说个白吃白喝的闲话。"小板胡心里有数，也就顺水推舟做个人情，决定敞开肚子喝一碗。他俩是老食客，晓得细嚼慢咽品滋味，故而喝得很慢，让羊肉汤的醇香留在嘴里，暖在胸口。陶秀领来的那几位小青年却不同啦，好一番狼吞虎咽，如风卷残云。他们很快喝完就下去了，桌上留着一张大钞，是那个小山出的钱。镇龙与小板胡怔怔地望着那张大钞，两人又开始交头接耳窃窃私语，小板胡如女人般的嗓子又尖又细："啊哟，那个小山的家里是开洋行的，那是东洋人开的啊……啧啧，这世道乱的，小姑娘真不知天高地厚。"

"老兄，你别吱声……这些东洋人是做生意人，不过自从他们来后我的粮食生意不好做了，有点刀口舔血的味道……妈妈的！"

"东洋人杀起人来眼皮都不眨，削中国人的脑袋就像削一只萝卜……东洋人的武器好，听说前几天有一支抗日游击队同他们交手，没打几枪就跑了，看来打不过他们啊。这乱世之秋！还有那些皇协军，夜里乱放枪，这汇龙镇变成强盗镇了……"

陶记羊肉店的生意还算兴旺，老板娘忙里忙外张罗着。肉陀螺吹着口哨上了店楼。小板胡先瞅到了他，以嘲讽的口气对他说："兵荒马乱的，你又到哪里发财去啦？凑凑我一下，好吗？你这小气鬼，咸鱼骨头！"肉陀螺听惯了小板胡的调侃，脸皮厚了，无半点生气，自顾坐于小板胡与镇龙的桌旁向老板娘要了一碗汤另加两只肉馒头吃起来。吃完，肉陀螺用手掌擦抹一下嘴巴，撅起屁股凑至两人中间诡秘地透露了一个消息。"真有此事？"镇龙听后脸上突现一丝担忧，小板胡则两眼发呆，盯着肉陀螺的略微浮肿的脸不吱声，甚有点痛苦的感觉。"已到乡下去抓了几个，因嫌货色不好，糟蹋了几天就叫人拿钱赎出去了。现在将眼睛盯住了小镇人，恐怕这场奇祸是难躲哇。这东洋鬼子不好伺候，刺刀贼亮贼亮，见人就戳，我的妈也……"肉陀螺压低了嗓子说道，悄悄转过头环视店面一周，"这东洋鬼子百十来号人，这些女人怎么能吃得消？非被弄死不可，弄死不可哟。"

此时，一队日本兵端着枪从东街上走过，背在身后的钢盔闪着阴冷的寒光。小板胡说，这小日本人地生疏，恐怕要打那帮唱戏娘儿们的主意。肉陀螺说，这小镇上的娼妓没有几个，有的也人老珠黄，没几个像样的。那个"苏州班"里有几个唱戏的小娘子姿色是不错，这次恐怕要遭难了。现在是放在肉案上头的肉，任其宰割啊，谁也救不了她们！还有，这小镇上年轻漂亮点的家眷也难逃厄运，我们大家都要当心点。镇龙听此言浓眉紧锁，心事重重。因为他想到小板胡与肉陀螺的有些话是特别讲给他听的。他家里有两个大小老婆都有几分姿色，尤其是小老婆隐娘，才二十多岁，是这小镇上出众的美人。而小板胡那两位老兄怕什么，一个阳痿无妻，一个家有黄脸婆，甚可安心睡大觉。

"镇龙兄，你快回家去想想办法，把嫂子藏起来吧，免得夜长梦多。"小板胡尖细的声音听上去让人心里更添几分忧愁。这几个在小镇上可谓稍许有几份脸面的混混子，今天都被一股阴冷的杀气镇住了，有一种大祸临头无处藏身的忧虑罩于心头。

江边的风要比镇上的风大得多，顺着黄澄澄的江水漂溜过来，弥漫着一种江水的冷鲜味，泛出一股春天的寒意。进入这边港里的船只并不多，落下的风帆冷清地躺在驳船上，光溜溜的桅杆立于清冷的风里，渗透着一股萧条、凄凉。江水正在退潮，浑浊的泥水打着漩从岸脚上拂过，无奈地呜咽着，抽泣着退回江中去。江面上隐隐泊着几艘小船，在江涛中不停地摇晃，给人一种摇摇欲坠的感觉。秀跟着那几位男同学在江滩上玩着，迎着江风去追逐退去甚快的江潮，折几枝江芦去搜寻水中的小虾小鱼，快乐地击水抽打，让不断溅起的水花飞落在身上，脸上，不断地感受那一种凉丝丝的新鲜刺激。在那一段玩疯的时光里，秀无拘束地享受着青春快乐。他们在江滩上嬉戏着，不停地奔跑着，没有听到小镇上传出的零星枪声。

"啪啪啪……"

镇西头靠近老县衙的地方有一套陈旧的大宅院里常年住着一个江南来讨生活的戏班子。这戏班子里鱼龙混杂。班头是个很老很老的江湖人，走路都有点颤抖，但他是这个班子的头，是班子的魂，大家都听他的。他一生捣鼓的是江南的苏州评弹，因为艺人们都讲着江南方言，小镇人就将他们统称为"苏州人"，将戏班子叫为"苏州班子"。这戏班子里年龄大的说书，上戏台用"醒拍"做道具，说的是"大书"；上台用琵琶或弦子弹唱的，叫"小书"，一般由年轻人演。这苏州班子里有几位演主角的人称"台柱子"，一个弹琵琶的叫小凤凰，一个弹弦子的叫彩霞，还有一个吹拉弹唱，样样都能演的小芳，年纪都在三十岁以内，均有几分天生丽质，可谓人见人爱的女人。这一天，戏班子正在晨练，突然，一队日本兵闯了进来，见到漂亮女人上去就抓。日本兵嘴里喊着：花姑娘！花姑娘！将丝毫没有防备的小凤凰、彩霞、小芳全捉去了。老班头从未见过如此凶险的场面，他的前胸后背都顶着日本兵明晃晃的刺刀，鲜血从衣服里洇透出来，滴在院子里的青石板上，滴滴答答……他好像听到了小凤凰与小芳的尖叫声，他痛苦地大声叫喊，忽然一下失去了知觉。老班头被日本兵一枪托打倒在冰冷的青石板上。

这一天，是汇龙镇开埠以来最萧条的日子，整条石板路的长街没有一个人影，原本热闹的南门、菜市场等处的闲杂人群也都散去，几个乞丐躲藏于空置的茅屋磨坊里不敢露头，连那群轻蹈地在街边啄食的芦花鸡也扇着翅膀逃向小巷深处。

日本兵手上贼亮的枪刺划破了汇龙镇的平静，狠狠地戳在小镇人的心窝上，硬生生地疼。

听到枪声，陶记羊肉店里的食客在惊悸中很快散去，从中午到傍晚，羊肉店里没有一个食客光顾。当阴丝丝的光线从店门上渐渐消失，晚风吹得南院子里的桃花落满花圃，透出一阵阵肃杀的寒意时，老板娘匆忙关门打烊，唤西厢房宰羊的师傅：

"财根……是东洋人造孽。快把炉子火熄了，再将羊棚里的几只肥羊藏到后屋子里去。天色已晚，千万别点灯！"

"晓得嘞！"财根从宰羊房里答应着走出来。他嘴里仍衔着一把剔骨刀，将两只粗壮的手在胸兜上擦拭几下，用左手把剔骨刀攥紧了，使劲在门杠子上蹭两下，又往厚厚的羊皮兜上刮剔羊血滴，一下，两下，三下，发出"哧哧哧"的声音。他把羊血滴捏成丸子，嘴里哼了一声：小鬼子，我戳你妈！嘴巴一张，将血腥腥的羊血滴狠狠吞下去。

"还有镇西头河里的鸭子，去赶回来。噢，这就不管它了，你还是先去寻找那陶秀小娘，这世道太险恶，小姑娘家家……你快去找，快去！"

"晓得嘞！"财根不紧不慢地把剔骨刀插到腰间，一弯腰，把胸兜摘下来，放于门边的矮凳子上，一闪身，从店门里钻出去，很快消失在街路的阴影里。

天乌黑乌黑，财根在江畔很远很远的东南面寻到了陶秀他们。

"秀，你娘唤你回家，天都黑了！"财根站在江岸上，一手遮于额上，一手朝江滩上的几个青年招着。影影绰绰中，陶秀与小山他们从江滩深处走上来，手里拎着几袋子贝壳，裤脚管高卷着，脸上好像隐透着笑意。"秀，天都黑了，快回家！"财根又补嘱了一句，从秀手里拎过盛贝壳的网兜，用手去拉秀的手。秀不好意思地红了一下脸，忙低下头将裤脚管放下，又抓一把小草擦拭干净布鞋上的泥，嘴里说了句："我自己来。"几大脚步跨上堤坝。

"你娘都急死了，啥辰光了？这年头兵荒马乱的，你又是个姑娘家家，不放心哪。刚才镇子里在打枪，你们没听到？"

"打枪？没听到啊。这江上的涛声大了，听不到了吧？大白天打什么枪，镇上都是老百姓，吓唬谁呢？"那个叫小山的青年说。

"快回家去，财根说话从不瞎编的，兴许是日本人打的。"陶秀提醒大家，急急跟着财根回去。小山将他手里的网兜也送给陶秀，里面装满了好看的贝壳。小天、小寒的衣服弄湿了，鞋子全是污泥，赤着双脚。他们手里的贝壳更多，还抓了许多小毛蟹。他们一边用力甩鞋子上的泥巴，一边问财根："谁打枪？出什么事了？"财根将小山送给陶秀的网兜也一把拎过去，愤愤地说道："日本人又作孽了，唉，这世道，乱得……"

听这话，小天、小寒脸色也变了，急急穿好鞋子，趁着夜色向镇上奔去。灰暗的天空凝固了似的，朦胧的江面回荡着涛声，偶尔传来海鸥孤独的鸣叫。晚霞余晖消尽，镇子里看不到一点灯光，听不到一点狗叫声。

陶秀他们进入小镇的阴影里，小寒、小天急急回家了，小山却非要送陶秀他们，财根没说啥，陶秀也没拒绝。他们从陶秀家的后门进入那片桃园，再进屋子。陶秀未见到姨娘嘴里已喊开了：

"阿娘！阿娘！"

"秀，快别喊，东洋人在抓人呢。"

"阿娘，屋子里墨黑黑的，为啥不点灯？"

"死小娘，你真不懂事，小声点，现在谁还敢点灯啊？你快进东厢房去。"陶秀姨娘一边在西厢房里忙碌着，一边叮嘱陶秀。财根将手里的网兜交给陶秀，自顾上厨房收拾东西去了。小山在黑暗中拉了拉陶秀的手，轻轻说了点什么，回身从后门出去。过了一会儿，他又返回来，站于东厢房门口，轻轻推推房门，从门缝中细细瞧了一会儿，就着夜色，才又轻轻返身出后门而去。又一阵夜风吹过来，几许桃花飘落于院子里，空气中弥漫着衰败桃花的短暂芬芳，很快被濡湿的夜风浇灭殆尽。

"阿娘，镇上发生了什么事啊？"陶秀进了东厢房，简单洗漱一下，更换了衣服与鞋袜，就着灰蒙蒙的晚色朝姨娘屋子走去，边走边问。

"小姑娘家不要多问事情，东洋人乱抓人，镇上晌午时听到一阵枪声，还不晓得是谁家遭殃呢。东洋人杀人不眨眼，前一阵子还将人头割了挂在老城门口，听说是游击队，血淋淋的，镇上的人都不敢看。"

"啊……阿娘，这游击队都是些什么人啊，敢和东洋人打仗。"

"听说是新四军。"

"新四军？"

"秀，别问东问西了，你去帮财根把几只羊藏到后屋里去，多放点草料，别让它们乱叫。"陶秀姨娘忙乱了一阵子，把扎于腰间的老蓝布围裙解下来，将沾了羊腥味的绣花鞋换了，穿了一双轻软的布拖鞋，又从衣橱里拿出一块绸缎料子交给陶秀，说："秀，你将这块料子拿去，替你弟弟绣一块绸背心花样，最好是那幅《夏荷图》，绣一只蜻蜓上去，蜻蜓的颜色使用红丝线，翅膀最好用绿丝线，大红大绿才有富贵气。秀呀，这小店将来要靠你和你弟弟撑起来，你娘要老了，不会跟你们一辈子的。你姨夫总在外头做事，难得回家，指望不了他。"说着这些话，陶秀姨娘背过身子用衣袖擦眼睛，暗光里，陶秀看见姨娘在落泪。

"阿娘……姨夫他是做啥生意呢，我很想念他，他几时才能回家来？出去都快两年多了，难得见到他呢。"

"他……回来过的，你上学去时回来过，来了就急忙忙走了。"姨娘絮絮叨叨说着，大意是：姨夫他是个大好人，在和朋友合伙做生意。具体做啥生意，我也不晓得。听他说是贩布贩棉花，用船舶泊到外埠去卖。走外埠路远了，十天半月就回不来了。秀，你读书读到中学了，在这小镇上可算是个才女。你阿娘不识字，将陶家这小店硬撑到今天。这煮羊肉很有学问呢，是陶家老祖宗从一位乡绅那里觅得一食方，开店至今。你姨夫教会我，他自己却不做，我想几时才能教会你们呢？你是想待在陶家招女婿呢，还是嫁出去，阿娘我称你心……

"阿娘……"陶秀看到姨娘红红的眼睛，心轻轻地颤抖了一下，姨娘待自己如亲生女儿，姨娘好疼爱自己。自己的亲娘多少年了音讯全无。江南老家的印象好像断线的风筝飘浮在自己的梦里，那小巷里透出的卖梅子的声音也远逝而去。亲生父亲慈爱的笑脸也在记忆里模糊不清。姨娘的疼爱就如春天的细雨，丝丝缕缕渗透自己的心田，仿佛有一只小手在心头轻揉，渗涌着爱的甜蜜。"我懂你的意思，女孩子做什么好呢，我也没想好，我总想继续读书，阿娘，你让我读书好么？"

"好呀，阿娘称你心。女孩子家读那么多书做什么，将来嫁个好男人倒是个正事。"姨娘说，"阿娘这几天心里头乱糟糟的，我的眼皮跳得很厉害，做生意也感觉很累，好在有你财根叔替我张罗，不然我一个女人做不成什么事。秀呀，你看你弟弟还小，我内外张罗，真有点吃不消。等这阵子过了，你多帮我做点事，好吗？噢，你把这块布拿给你财根叔，叫他媳妇替他做一件新衣服。他媳妇已有很长时间未来看他了，这几天大概会来。外头世界乱七八糟，他那媳妇出来得可不是时候，我就怕有祸上身……秀呀，我们这里是做生意的，树大招风。秀，你可是个大姑娘了，阿娘很为你操心，你可要多听阿娘的话，别无事到外头去疯，抛头露面，恐怕不好。"

陶秀看到姨娘眼圈发红，有细泪慢慢滴下来。陶秀从姨娘手上接过那块布，和手里那块绸缎料子裹在一起。陶秀从夜的微光里细细看着姨娘的脸。姨娘的脸很好看，细白的皮肤，稍细而弯弯的眉毛，并不算突兀的双眼皮嵌着细密的眼睫毛，黑亮的眸子透着一丝丝温柔。姨娘和自己的亲娘太像了，亲娘自小生长在滋润的江南，那身段那声音全都像浸透了江南的水气那般湿漉漉的，很甜美、很"嗲气"。姨娘早年随夫，被江风涛声磨砺出一身浑朴的江北人气。家中开店，笑迎四方宾客，姨娘细嫩的脸上常常漾动着江湖之色，从内到外灌溢着男人的味道。只有到了这夜晚，灯烛昏黄、夜深人静之际，才款款地露出女人气。姨娘说话很好听，细细的江南吴语中夹着江北话，那种沙地土气之中渗透着纯真的软绵。姨娘的落落大方与好客，甚得小镇人的好感，陶记羊肉店传到她手里，也算很兴旺了。陶秀看着姨娘撩起布围裙一角，轻轻擦拭泪眼，一阵心痛涌上自己的心头。

"阿娘……"陶秀轻轻唤了声，顿了一歇，伸出手去拉了拉姨娘的衣襟，说，"你是我亲娘，我愿意一辈子服侍你。阿娘，你忙碌了一天，早些睡觉，这针头线脑的活儿，我会做好的。明天我们学校放假，我在家自修，正好帮阿娘做点事，可好？"陶秀又拉了拉姨娘的衣襟，陶秀看到姨娘在暗色里笑了，姨娘的黑眼睛闪动一丝亮点。东天上，一小块月牙儿偷偷爬出云层。院子里，晃动着财根忙碌的身影。

"秀，你财根叔是个老实人，是你姨夫家的表亲。"姨娘叹息着说，财根他从小订了一门娃娃亲，家里穷，去年冬上才结了婚。你那财根叔不知为啥，对那女人不冷不热。上次那女人来看他，第二天，那女人就裹着眼泪走了。我问过财根，财根说没啥，乡下女人蠢，随她去。你要多听财根的话，这个店里离不开他。如今又是兵荒马乱的，没有个男人张罗，这活儿怎么做下去呀？

"噢，阿娘。那你早点睡了啊，我要回屋去了。"

陶秀从姨娘房内走出来，看清楚那从厚云里钻出来的月牙儿清凛凛挂在东天上。宰羊房里透出一丝烛光，听得见霍霍霍的磨刀声。明天，财根又要宰羊了。今晚，小镇上死人一般寂静，这磨刀声传得很远，"霍霍霍"，听来很凄凉。陶秀停住了脚步，心想叫财根叔今晚停了那活儿。后转念一想，财根叔不做这活儿，明天姨娘怎么开店门卖这祖传的羊肉汤啊？"霍霍霍……"陶秀呆呆地站在院子的月影里，回头看着姨娘在暗淡的月光里摸索着做什么，偶尔从后院的羊棚里传来那羊低沉的叫声，"咩——"。嗅惯羊腥味的姑娘头一次感到那羊被宰时的叫唤声是多么的凄惨。财根那把雪亮如镜的刀是那么的冷若冰霜，羊那热乎乎的血喷泉般射出来，是对财根那把雪亮如镜的宰羊刀的热泪盈眶的控诉。温情如女人般的雪白的羊啊，竟然听不懂这夜里霍霍霍的磨刀声。羊的热血是从一根根鲜嫩的草的细胞里变出来的，那一丛丛草的细胞又是从温暖的春风春雨里孕育出来的，羊的血就是那春天里流淌的泪啊！那泪从财根冷若冰霜的刀口上流淌下来，一滴滴溅落在地上，化成一本无字的书，羊的叫声就血铸于这本书里了。

陶秀呆呆地想了许久，不觉间有几滴泪滚落于腮边。白天的稚气的姑娘融化在羊的温情绵绵的叫唤中。江风濡湿过的秀发散披在肩头，透溢着姑娘成熟的气息。静思中，月牙儿依在姑娘秀发上空那片广宇中，磨磨蹭蹭与抓捏它的厚云对话，无助地对话。陶秀实在想不透宰羊的道理，她只隐隐感到那是一种残酷。她想起小镇上响起的日本兵的冷血的枪声，那是比宰羊凶残百倍的枪声，杀人如杀羊般凶悍的枪声。日本兵，无疑是一群杀人魔鬼。陶秀想透了，终于弄懂了阿娘的叮咛，这世道真的不太平。

月色愈加清朗，陶秀去厨房吃了点姨娘炖热的饭菜，再把布料送给财根。宰羊房里已收拾得干干净净，几把宰羊剔骨刀磨得铮光雪亮，透过月色，反射着寒光。财根从宰羊房的角落里牵出两只白羊，对陶秀说："秀，你帮我牵羊。"陶秀点点头，顺手牵羊，往后屋小羊棚走去。

这一晚，陶秀很晚才睡。她先是在油灯下手工描出《夏荷图》的花样，然后将绸缎固定在手工绷上。她构思着画了五朵荷花，很巧妙地将它们互相重叠，大小相衬，其中一枝斜茎而出，含苞待放。姨娘要的那只绿翅膀的红蜻蜓画于哪里好看呢，陶秀颇费心思。如果按常规手法置于那斜茎而出的花枝头上，她觉得这有两种不美：一种是对那朵充满希冀的荷花的踩躏，那已经包裹了成熟芳香的嫩弱枝头怎能承得起这风骚的舞动？一种是对和谐的破坏，那五朵荷花已经被她构思成大小重叠不对称的美了，再在那脱颖而出的嫩枝上画蛇添足岂不大煞风景？思来想去，她心头似有一丝情感浮溢漂游起来。想起姨娘提起了自己的婚姻大事，她那颗少女的心萌动了。她感觉自己好像就是那朵含苞欲放的荷花，在满池绿色中沁着清风，灌着温馨的水香柔柔地生长，在暖阳下、在明月里慢慢打开心中的百结柔肠，捧献于她想献予的那片热烈与钟爱。姨娘要的那只红蜻蜓在她的思绪中飘来荡去，好像是一朵抓拽她的云，一丝牵挂她的阳光，一个青睐她的男人……她的嫩脸上烧起了红云，热热的直灌进心窝。眼泪缓缓从眼里渗出来，滴在绸缎上。

陶秀没有在绣样上绘上那只红蜻蜓。她想象着在那枝脱颖而出的嫩荷上点缀一丝朱红，有点像血一样的鲜红。

清晨，陶秀早早起床打扫院子，又把后院桃树下的落花扫除了。晨风里几许桃花又含苞待放，粉红色芬芳在她的头发上飘浮，散发出强烈的春天气息。她努力呼吸着这气息，身体内好像也灌满了这种气息。晨光褪尽，春阳涌上墙头时，她开始打扫店堂，从一楼打扫至二楼。推开雕花楼窗，一眼向四面望去，小镇的屋屋角角在阳光里静静地待着，西街里没浮现一点人声。再往远江里观望，没看见江里游动的白帆。东面是一畦畦碧绿的麦地，不见农夫种田的踪影。只有麻雀在碧野与天空间杂乱地飞来飞去，夹着几许啾鸣之音。农田与小镇相接处的九曲河里泊着几艘小船，船头浮着两只灰鸭子，在河边的茅草根上咬螺蛳吃。这小镇及周围的天空太静了，死一般的安静……

陶秀很讶异于这死寂的早晨，袅袅炊烟和人声鼎沸的早市突然从小镇消失了，消弭在空气中，从未遇见过的人间忧伤与静郁爬满这小镇的九曲河、爬满这民风古朴的小镇筋骨之中。

陶秀掩上楼窗，失意地从楼上下来。她想喊醒还在睡眠的姨娘与财根。他们本该早起就开门做生意的，如今却仍在睡大觉。突然，她听到轻轻的敲门声。

"啥人呀？"陶秀很惊奇，明明四围听不到一点人声，是谁敲门呢？她定定神，轻轻将前门打开。门口密密地站着四五个穿长袍的男人，人人脸色铁青，肩上衣衫、头上发梢都湿漉漉的，如鬼魂般无声地站着。

"陶家大小姐，"领头的老男人很辛苦地一躬到底，头上包扎的白纱布洇出道道血渍。陶秀一眼认出那人是苏州戏班里的老班头，原本苍老的脸上伤痕累累，皱纹凝聚起疙瘩，低眉下气地哀求道：

"老朽今天相烦大小姐一件事，就怕大小姐……"

"啊，啥事呀？"陶秀被老班头的举动惊吓出一身冷汗，嘴唇颤抖了问。

"听粮食行的镇龙老板说，你认识洋行里的人，大小姐请给老朽予援手，老朽感恩戴德你一辈子，我领弟子们谢你一辈子，老朽我这厢施礼了。"老班头又一躬到底，他身后的弟子也一躬到底。

"你……你说什么？谢我？这是做啥呢？阿娘——"陶秀听老班头的一番话心里头突然像有头小鹿在咚咚乱跳。小姑娘不谙世事，突然遇见大事，早乱成一团麻线，分不出头绪了，小脸惨白成一张纸，急急地呼喊起来。

"哎……来了来了！"姨娘在西厢房那边答应道，"秀呀，大清早你喊啥么？闹了这四邻八舍。"姨娘边说边走过来了，"咦——，你们这是做啥么？今天我的小店迟开门，老班头可有要紧的事相商？请进店里来坐，别吓坏了小姑娘家家。"

"打扰打扰！老朽我有一重要事情相求，请陶家阿嫂援手相助。"老班头又一躬到底，话语里充满哀求，老脸苍白如纸，眼里布满血丝。他身后的几个徒弟也均有哀戚之形，忧愁盖脸。

"你们又不是什么陌生人，别客气，有话尽管说，只要我陶家阿嫂能办的。我这里是做做羊肉汤小生意的，出头露面的大事情恐怕帮不了你们。"姨娘边说边拉过几条凳子请老班头他们落座。老班头坐下后就一把眼泪一把鼻涕地将昨天晌午发生的事一五一十地倾诉了一遍。

"啊……这班强盗！天杀的强盗！"姨娘痛骂道，"咦？这么大的事情你们找我有什么用呢？那些东洋鬼子杀人不眨眼，谁敢去碰他们呀？"姨娘看着老班头，心头很恐慌地说。转而瞧了瞧身旁的陶秀，挥挥手，示意她走开去。陶秀领会了姨娘意思，转身想回房去。

"大小姐千万别走，老朽有话要说。"老班头急忙拉住陶秀的手，泪眼红红地说。他的徒弟们也很着急，都眼巴巴地看着陶秀。陶秀愣住了，恐惧涌上心头，急呼呼地反问道："拉我做啥呢，我……我要回屋去绣花呢。阿娘？"陶秀两眼惊慌慌地看着姨娘。

"大小姐别害怕，听说你的一个同学名叫小山是吧？他父亲和叔叔是开洋行的，那洋行是日本人开的，老朽我今朝是走投无路了，想请大小姐去找洋行的小山父亲，兴许还能把小凤凰她们救出来……日本人与日本人好说话，能够将这几位台柱子救出来或者拿钱赎出来，我们都有活路。否则，我们都会被逼死的！这戏班子大小十多口，谁来养活？呜呜……"老班头说到伤心处，拿另一只手掩面哭泣起来。

"秀，"姨娘的眼圈也发红了，"你那位同学真的是洋行里的孩子吗？他是来过我们家的吗？"

"嗯。"

"那，老班头叫你去求求他爹，啊行？"

"阿娘，小山他家是做生意的，哪能求得动凶神恶煞的日本兵？"陶秀将手从老班头的手中抽回来，心头跳跳地说。

"求得动求不动你去试试看嘛，俗话说，救人一命胜造七级浮屠。秀，你去一下吧？"陶秀看到姨娘眼睛里的泪了，陶秀的心软了，点点头，掏出手帕替姨娘拭去眼泪。姨娘眼里的泪止不住地淌着……

"咩——"后屋传来羊的叫声，大概是财根又要宰羊了。

"喏，这里有二十块大洋，大小姐你替我带去。"老班头用长袍的一角擦去老脸上挂着的泪，抖抖瑟瑟从衣袋子里拿出一个小绢帕包裹，慢慢地递过来。陶秀姨娘接了，说："小姑娘家家从未见过世面，老班头你也得陪着去才行呢。"

"噢，我这张老脸恐怕打不动人家，洋行里的人傲着呢，相烦嫂子你替我跑一趟吧，我在这里谢过嫂子了。"老班头离座又对姨娘作揖。

"唉，看在老班头的面子上，也只能这样了。你我原本都是从江南漂过来的，也算是同乡之谊，我不帮你一下，恐怕没路可走了。"姨娘同情地说。

"是这个道理，是这个道理。"老班头摸了摸受伤的头，嘴里长长地叹了口气，复又坐下来，拿眼瞧着陶秀，眼里透着希望。

"咩——"宰羊房那边传来羊的惨叫声，让老班头他们身上又惊出一身冷汗。

第二章　陶记羊肉店

太阳一竿子高时，陶秀与姨娘出了店门。沿着小镇老街往西走。原本热闹的街市变得冷冷清清，只有几方老虎灶冒着开水的蒸汽。春和堂中药店、恒孚南货店、陶斯咏棉布店、鼎和斋茶食店的门半开半闭着，店堂内隐约坐着年长的伙计，没有了那些年轻女人的影子。偶尔碰上几位老街坊，大家寒暄几句，眼光里都闪烁着惧色。姨娘回眸看看陶秀清纯秀气的脸，一阵后怕突然涌上心头，心想我们娘俩今天真是吃了豹子胆，我们不也是女人么？陶秀像一枝嫩荷，初露霓影，这更有危险呀？啊呀，我这是……

"呀呀，是陶秀！"很远很远就传来小山的叫唤声，打断了姨娘的思路。小山站在西街的拐角边兴奋地招手，原本窄窄的西街青石板路上回荡着他的叫喊声，倒让这冷清的街市变得突兀生硬。一股穿街风打着旋从陶秀她们身上扫过，阴丝丝地凉。

"哎，"陶秀也回应了一句，"我有事呢，你要去哪里？"边说边加快脚步。

"我要去上海滩。"

"今天去吗？"

"嗯，今天有船，店里派人去上海贩棉布，我顺便搭船去玩玩。"

"哦，你等一会儿去，我有事想请你帮忙，啊行？"陶秀和姨娘走近小山，陶秀眉头皱起一波细纹，有心事浮在嫩脸上，露出苦涩一笑。

"什么事？你快说。"小山用非常热情的口吻说，流利的中国话中偶尔夹上几个生硬的单词。他那白皙消瘦的脸上倏然飘过一丝红云，又很快消退尽，唯有耳朵仍余红晕。

"这……"陶秀心头一通乱跳，嘴唇抖动着，竟然说不出话了。此时，姨娘插话了，从陶秀身后闪出来，说："这位小官人就是阿秀的同学吧？大娘我有一事相求你。"

"伯母，你说吧，是要带东西？"小山的脸色又闪出一丝嫩红。

"噢，是件难事，你能带我去见你父亲吗？"

"啊，他不在这店里，我叔叔在呢。"小山深感惊讶。

"见他也行。"姨娘盯着小山，充满希望。小山感到很沉重了，这汇龙镇上的人很少与他家这爿店里人交往，人们的眼睛里都含有敌意。陶秀她们是为哪般呢？

小山家的店在这小镇上可谓鹤立鸡群。店堂屋是用青砖砌的，店铺内很宽阔，柜台比一般的要高出一尺多，柜台上面还有木栅栏，店门口砌了两只石狮子，张牙舞爪。小镇人一般不进此店，只有乡下人卖棉花、兑钱、兑布才走进这家高高在上的洋行。今天洋行门庭冷落，门边几只芦花鸡在低头啄食，发出咕咕咕的轻鸣。小山带陶秀她俩进入店内，柜台内马上走出个人来。那人穿一件青色短衫、丝绸内衣、西式裤子，裤管塞于半长筒牛皮靴中，小分头油光铮亮，嘴里叼着一支精巧的香烟管，脸上似笑非笑。小山走近此人，用日语叽里咕噜低语了一番。此人马上从柜台内转出来，脸带三分笑，说："哈依哈依，讲讲，嗯？"

"先生，请你帮助我们办一件事，喏，这是谢礼，请收下！"姨娘将绢帕包裹的二十块大洋递给那人。

"呀呀，空根托来木塞？"那人拿了钱说。

陶秀她们听不懂日语，很茫然。小山走过来说："什么事，请你说吧，这是我叔叔小山健一郎。"

"把苏州班唱戏的女人赎出来。"姨娘低低地说道。

"噢噢……这这……"那个人急忙将小山唤至一边，用日语嘀咕了好长一会儿，只见小山的小白脸涨得通红，与那人低声争执着。许久，那人才转过身来对陶秀姨娘说了一句："哈依哈依，明天的，来听消息？"说完，朝她们轻轻一躬身，体面地转身回到柜台里面去了，在那高高的木栅栏里翻账本，没有了声音。小山搬出两张凳子请陶秀她们坐。

"不了，我们要回店了，秀，请小山同学多帮忙啊。"姨娘说。

"噢，"秀回过头来对小山又轻轻一笑说，"你要多帮忙啊。"

"好的。"小山说。

太阳光射在街上，原本热闹的街市竟然空荡荡没有人影，附近的汇中楼茶馆四门紧闭，四邻的老茶客与赶早市的农人都躲避日本兵不敢跨出家门槛。只有春和堂中药店、沈裕春烟烛店的门半开着。镇龙的小妾隐娘病了，唤一个烧火女佣上街买药。那女佣用一方巾将头包了，只露出两只黑乌乌眼睛。她心悸悸走在街上，低着头，看着自己的身影子在青石板路上飘浮。她穿过烟烛店左面的一条小弄时，一只野狗从弄内猛窜而出，烟烛店房檐下的一只芦花鸡在惊吓中飞上街对面的一个土墩子，又返飞下来，正好落于那女佣的包头上。哇呀，在绝望的叫喊中，那女佣颓然倒地，眼翻嘴歪，口吐白沫，没了人形。四围出奇的静，只有一丝光线从街角折射过来。那女佣在青石板街上静静地躺着，任凭那只受惊飞腾的芦花鸡在她身子周围跳来跳去。

陶秀娘俩从西街的光影里走出来，正好看到受惊的女佣，她俩赶紧上前扶起，姨娘用手指甲使劲掐女佣的上唇，口里唤着"醒来醒来"。

"嘘。"女佣轻叹一声苏醒过来，布满血丝的眼里慢慢滴下泪来。

那一晚汇龙镇又死一般寂静，只有陶记羊肉店里亮着灯，偶尔还传出几声羊咩咩的叫声。

春日曈曈，日上三竿，汇龙镇才从沉睡中慢慢醒来。陶秀早早起来打扫好后屋及园子，在桃花萌动的树丛中慢慢地梳理秀发，任凭自家的几只芦花鸡围着她的裤脚低啄小蚱蜢。后屋的羊圈里传来肥羊的低咩。淡薄的云正慢慢地从东天褪色，五彩云随之而来，仿佛正有一树妖艳的桃花漫散地降落在这幽青破皱的土地上。远远地，从那片破皱的土地深处有鸡鸣的回声反射过来，似有一只动物在灰土中挣扎着向远处遁去。陶秀听不到汇龙镇西头菜市场那片熟识的声响，听不到农人叫卖吆喝声，慢慢听到了前堂屋里的人声。那是财根开店铺门的声音，还有少数食客登门用早餐。

陶秀呼吸着园子里的新鲜空气，细看芦花鸡低着头跑来跑去，心里头空荡荡的，静听着微风吹开桃花的声音。陶秀眼前突然浮现出那个从洋行来学校借读的日本学生小山的影子。记得那是个春寒料峭的早晨，小镇都被冰霄雪气牢牢地裹在怀里，沿街的屋檐挂着长长的冰溜子，街中的青石板路被积雪埋着，只留出一长溜脚印弯曲着伸向远方的小路。陶秀的头用一条围巾紧紧包裹了，只露着眼睛。脚穿了姨娘做的暖鞋，暖鞋下用白细麻绳绑了一双木板做的板靴子，深一脚浅一脚地向学校走去。那场雪确实很大，姨娘都说从来没见识过。屋檐下挂着的冰凌有一尺多长，"汪大有客栈"门前的那对铁狮子都冻裂出一条缝。陶秀艰难地挪动着脚，踏着早起做事的人踩出的脚窝印慢慢走出去。学校在小镇的西北角，陶秀上学要走过长长的青石街，走过街西头的小石桥，拐个弯再向北走，沿着穿街而过的小河沿，走过一条小木桥再往西。当陶秀走出小街，走过北河沿的小木桥时，眼前一片雪白的世界。天上突然落下细细的雪花，寒风裹着雪花落满了她的衣服，她有点胆怯不前地待在小木桥上。寒风中，有人从身后走来，陶秀看到一双男孩子的皮靴慢慢踏了过来。

"不怕，你！"男孩子大胆又友好地伸出手，似推似拽地将她护送过桥。

"哦。"陶秀害羞地脸红了，因为她从未见过这个大胆友好的男孩，小嘴唇紧抿了仅吐出一句话来，呼着一团白色热气，喷在那陌生男孩的脸上。

寒风又一次卷着雪雾在他们面前打旋。前路皆白，一时分不清哪是路了。雪地里，男孩热情地挽住陶秀的手，用力推着她前行，他充满活力的身子紧紧依着贴着托着她前行。陶秀仿佛被一朵雄性的云包裹住了，梦幻般浮着荡漾着飘向彼岸。走了半里多路，认识了一个新同学，就是这个充满青春活力的男孩小山。以后同学相处的日子里，秀总会感受到来自小山热热地从各个侧面看她的眼神。江畔小镇实属半封闭的僻野乡村，县中学是一家私塾，仅有两个班，女生唯其一人，在甚少的学生之中，陶秀内秀外秀兼具一身，犹如嫩荷初绽，亭亭玉立，显得格外脱俗靓丽受男生注目。陶秀对小山的侧目相看并非有什么特殊的感觉与不适。日本兵入侵汇龙镇前小山家已经从外乡漂来。同学们开始时用异样的目光看他，无人与之亲近。慢慢地，小山学会了沙地人的几句土话，学会了喝小镇人喜欢喝的羊肉汤，在清亮的晨读中摇头晃脑轻吟中文古诗，穿戴老蓝印染布缝制的乡间土衣服，在一群朴素的学生中逐渐隐去了他的异国人身影，只有小山这个简名仍与众不同，有一股异味轻漫。偶尔，学生们在路经日本兵驻扎的军营时看到耀于枪刺的闪光，又重与小山的身份有了联想，故弥漫在心头的敌意很难消除。小山成了学生中的异类，陶秀对他的好感似无任何理由可支撑，小山对她的殷勤使她处于无意识朦胧状态之中。今天陶秀眼前突然浮现出小山的影子，使她心头一阵乱跳，"啪"的一声，桃木梳子从小辫子上滑落在园地里，发出轻轻的声响。

财根忙前忙后地招呼渐次多起来的食客，陶记羊肉店又热闹起来。和煦的春阳从南面照射过来，面南的楼窗浸染在新鲜的晨光与空气里，小店荡漾着羊肉汤的诱人香味。今天令财根眼亮的是来喝羊肉汤的人新面孔多老面孔少。除小镇上的几位老邻居一早就来光顾外，财根听出了那几位外乡人口音，其中一个有络腮胡子的黑脸汉还操一口四川话。

"格老子羊肉汤贼好喝，伙计，给我多来一碗。"

"噢，来啰！"

"你这里没听说小日本糟蹋妇女的事？"黑脸汉脸贴脸问财根。

"有这事，嗯。"

"小日本，把我们中国人不当人了！"黑脸汉气呼呼地说。其他几位异乡人也气愤地直拍桌子。

"噢，你们几位慢慢喝，小心热汤烫了嘴。这几位老兄，我这小店四面透气，担待不周，担待不周啊。"财根一边端上热气腾腾的羊肉汤，一边说。

"噢，要得要得！"黑脸汉明白财根的话意，稳住同行的弟兄，不再多说话，低头喝汤。一会儿，又有几位乡下汉子走上楼来。汉子们粗大的手掌托着几件崭新农用家什，铁锹啊，锄头啊，不时发出叮当叮当的金属碰击声，他们沉甸甸的脚步踩得小楼咚咚地响，踩得财根心里沉甸甸地跳。汉子们不说话，只管拣面南靠窗的桌子坐，也不瞧黑脸汉。他们同黑脸汉弟兄们一样，喝羊肉汤不问价格只管喝。客人多了，财根有点招呼不过来，只好下楼找陶秀姨娘。姨娘一早出门办事去了，只有陶秀在后园梳妆。财根只有找她帮忙了。陶秀听到财根喊她，急忙过来应付生意。财根在楼下煮羊汤，陶秀在楼上招呼客人。一时间，陶记羊肉店的楼梯不停地响着陶秀的脚步声，漂浮着羊肉汤的醇香。

在忙乱中，陶秀隐隐约约感觉到一种难言的恐惧，那么多表情沉重的汉子在这个清晨同时出现在小店里，仿佛刻满花纹图案的楼窗突然增加了许多陌生的头颅，在鲜嫩的晨光里摇动着，横空制造出诡异的画像。汉子们也不多交谈，只是偶尔有人伸头向西街张望。远处，只能看到西街狭窄的一角，略显高低的屋脊和灰褐色的街的影子。近处，在东街和西街的连接处缓流而过的小河上静静地躺着一条石孔桥，石孔桥两岸的河滩浅浅地露着几块青石板，任凭清水微澜中浮游的小鱼随水跃上石板后又蹦入水中而去。随水波而落的青石板又露出青苔的颜色，细细的青苔牢牢附吸于石板上，光滑而鲜嫩。从南江里游过来的尖头鱼，一群又一群从石孔桥下穿梭而过，有几尾尝试着跃上青苔筑起的石板上跳舞，留给石孔桥生动有趣的回忆。汉子们的眼睛里射出一阵阵精气之光，落在这略显古典的石孔桥上。有人嘴唇嘟囔着，对这边的风景情有独钟。陶秀看不出那座小石桥风景的好处，她天天从那座石桥上走过，只有南风刮盛时，才会闻到河水泛起的泥土味的清香。她看在眼里的是那群汉子冲动的眼神、沉重的脚步，和那位黑脸汉勾动右手食指朝着西街和石桥做着诡秘的动作。太奇怪了，陶秀默然心悸。

笃笃笃，小镇混混肉陀螺弓着背慢悠悠地走进陶记羊肉店，笃悠悠走上楼来。须臾，肉陀螺的细长脚踏上楼面红漆地板时停住了。楼上的汉子们齐刷刷的眼光盯住他，那陌生的敌视使他顿感背脊冷飕飕的一阵凉。他待了一会儿，慢慢收回脚，正欲转身下楼，黑脸汉子的声音重重地传了过来：

"这位仁兄请留步！"

"啊？"

黑脸汉子跨出几步，伸长胳膊一把挽住他的手，"来，仁兄请这边坐！"很利束地将一把椅子塞到他的屁股下面。

"仁兄贵姓？有点面熟啊。"黑脸汉子笑微微说道，眼睛里有精光爆射。

"啊？"

"仁兄是这镇上人了，兄弟我打听点事儿，前时被杀的那几条汉子是什么人？"

"你问的是哪件事，谁被杀了？我可不管闲事的，你找错人了！"肉陀螺脸皮稍微动了动，似笑非笑说道，两只肉陀眼仅盯住黑脸汉眯了一下，望着楼上其他的人微微颔首。

"啥子，就是城门口挂的那几颗人头哉，你没看见？"

"啊，怪吓人的，是日本兵杀的，听说是新四军游击队。"肉陀螺心惊肉跳了。

"你们很怕哉？怕那小日本？"

"嗯，很凶，刺刀雪亮雪亮哪。"

"呸，哥老子怕个球，小日本，欺负中国人，没得活！"黑脸汉狠狠瞪了肉陀螺一眼。

"嘘。"肉陀螺冷汗簌簌，手脚发麻，脸都快白了，下身要尿尿。

"听说日本兵又抓了镇上的女人？"黑脸汉又问道。

"嗯。"

"抓了谁家的女人？"

"西街苏州班子的，唱戏的。"

"天杀的贼！"

黑脸汉问完肉陀螺，自顾喝桌上搁着的那半碗羊汤。陶秀从楼下又端上一碗热腾腾的羊汤，放到黑脸汉的桌面上，黑脸汉眼角稍稍皱一下，仅露一丝笑纹说："小老板娘，谢谢你！"

陶秀端了一碗给肉陀螺，肉陀螺只看了看，没动筷子。她细看了肉陀螺一眼，他的肉陀眼眯得像一根丝线，有点像风雨吹皱过的红蜻蜓的眼睛。陶秀顿觉有点滑稽，他原来的那对肉陀眼肥嘟嘟的，眼神总现出几许玩世不恭的轻薄与傲慢，如今像被霜打了的茄子——蔫了。难道他遇见什么债主了？陶秀常听姨娘说过，这肉陀螺吃喝嫖赌败家子，债主逼债是家常便饭，如今又碰上冤家了吧。陶秀不去看肉陀螺青里发白的脸了，端盘走了一圈，将羊肉汤一一放到食客们的桌面上，用桌布轻轻擦拭手里的红木盘子，不经意间探出楼窗朝西街一望。吓，明晃晃的日头正好照射在西街屋脊上，照在一排明晃晃的枪刺上！那排枪刺在街的屋脊的缝隙中行走，正向东街而来。

"日本兵来了！"陶秀轻轻说道。"哗——"食客们全站起来，神情紧张。只有那黑脸汉嘿嘿一笑，端坐不动。

食客们顺着雕花格子窗眼往西街看去，一队穿黄色军服的日本兵正端枪穿街而来，前面带队的是个矮个子军曹，腰间挂有一把长军刀，走上西边的石孔桥。蹲在石桥桥畔的几只灰鸭子扑棱棱飞下河，留下几根羽毛在桥上乱舞，飞贴在军曹的脸上。"八嘎！"军曹撸去鸭毛，骂了声。

"唰唰唰……"那队日本兵离小店愈来愈近，东街的石板路正发出啪啪啪的脚步声。

肉陀螺的脸更发白了，细眯的肉陀眼睁大着，好像被毒日头晒干了的赖蛤蟆的眼睛。几个汉子两眼瞪着楼梯，嘴巴微微张开，手里紧紧抓了磁碗，任凭残剩的羊肉汤沾到手臂上衣袖上。楼窗外又突地刮起一阵晨风，细细的柳条在东街的护城河那边骚动起来，拉开帷幕似的好一阵轻舞飞扬。柳枝上的晨鸟在一片慌乱中撑开翅膀向晨空飞去，一时间让早晨的天空写满了慌乱与不安。淡薄的阳光在日本兵的钢盔上弥漫消散，在他们的裤脚管上杂乱地摆动。

"唰唰唰……"那队日本兵离小店只有几步之遥。日本军曹的腰间军刀已经靠近小店北门口，小店门口的石鼓墩已拂及日本兵皮靴子的臭气。店旗在阵风中猎猎作响，引得远街的野狗胡乱狂吠。

陶秀端着盘子轻轻下楼，悄然站于楼下的客堂里，从半开的店门静观外面的骚动。门口终于露出日本军曹的脸，一张嵌着一双小眼睛的扁圆形的脸，嘴上的小黑胡子像一团苍蝇驻于肉团子上。小黑胡子的眼睛看到了陶秀，他站住了，小眼睛在陶秀身子上僵持了几秒钟，嘴巴露出一排白牙，好像要哭的样子。他僵持在门口，身后的队伍也僵持在东街上，狭长的老街被塞满了，从西边的石桥塞至东街的陶记羊肉店，正好半条小街，黄乎乎的一片。小日本军曹的眼睛被陶秀的身子锈住了，这半条小街也被锈住了一般。突然，石桥坞旁边的沈裕春烟烛店门口发出一阵惨叫，一个女佣的肚子被日本兵的枪刺捅穿了，殷红的血和细瘦的肠子喷贴在烟烛店的门柱子上，将门柱子上的楹联最后几个字"迎寿禧"和"福满堂"浸染在血泊中。日本兵的枪刺因了女佣开门就泼的隔夜脏水而寻找到了发威的目标。那女佣的隔夜水在那日本兵的枪刺上滴滴答答流下来，流出一街的血泪和仇恨。在一刹那的惨叫中，日本军曹小眼睛竟一眨未眨，仍僵在陶秀的身子上。陶秀慢慢坐在凳子上，在空荡荡的客堂里坐下来，双手端着盘子，一动未动看着那军曹。空荡荡的堂屋，昭示出清淡淡的生意。军曹歪笑一声，眼光从陶秀身子上落下来，瞄了瞄楼梯，看见一丝晨光正从梯口射下来，斜照在陶秀纤细的身子上，又引诱了他的眼球，发出一丝丝僵硬的淫意。"嘿嘿嘿。"军曹歪笑数声，终于带着队伍向镇东而去，在离去后大约一盏茶工夫，镇东响起一阵枪声，一阵沉闷的枪声。

"小日本又作孽！"楼上的黑脸汉骂了一句，直骂得肉陀螺心惊肉跳不止。
"噔噔噔……"陶秀快步走上楼来，说了一句："好凶啊！"开始收拾碗筷。

那些强壮的乡下汉子整理一下各自的东西，用眼盯着黑脸汉，听他的话行动。

黑脸汉又狠骂了几句，从衣袋里摸出数枚铜板递给陶秀，又摸出一包烟抽了一根。他探身朝西街那边观察，朝石桥畔的血腥处细细瞄了一会儿，瞧见河滩上趴上几只灰鸭子，摇摆着毛茸茸的肚子，在石桥墩上整理翅膀。瞧见沈裕春烟烛店的伙计正用抹布与扫帚清除店门上的腥血。青石板上的血水紫红灰褐，腥味儿引得灰鸭们摇摆着引颈来啄食，被店伙计的扫帚打得在石板上翻滚着跳回西边的河里去。东街上仍空无一人，只有沈裕春烟烛店里传出女人痛苦的低泣与狗的呜咽。

"小日本！"好几位汉子低声齐骂了，人人脸色红里发青。东边的枪声愈来愈稀，愈来愈远，更听得见东街上的低泣声。黑脸汉从窗口收回眼光，向伙伴们轻轻挥了挥手，向陶秀微笑着说了句："小老板娘，走啦。"腾身向楼下走去，那帮汉子没吱声，也都下楼而去。他们向石桥那边走去，逐渐消失在西街的缝隙中，只留给陶秀空荡荡的楼面和一片沉寂。"他们走了？"财根慢慢从店后的厨房显出身来，脸色怪异。

陶秀长长吁了口气，又上楼去收拾。咦，楼角里蹲着肉陀螺，双眼紧闭，脸色死灰。陶秀一边擦拭桌子，一边说道："老叔，你快起来吧，人都走光了。"肉陀螺睁开眼睛，死灰的脸孔更难看。

"唉。"肉陀螺长长叹了口气，双手狠劲搓着自己的脸和稀松的头发，屁股在楼板上扭动几下，抬眼瞧瞧窗外的天空，眼睛闪烁着一丝抹不掉的惊悸。那对肉陀眼大睁着，微红发胀似青蛙眼，盯着一片苍白的浮云。

"秀，他们都走了？"

"都走了。"

肉陀螺反复问陶秀后，慢慢从地板上站起来，坐到靠窗的桌子前，伸手从腰间的布袋里掏出几块铜板，夹于指间，轻轻敲击桌面。陶秀看后一笑，说："哦，我去叫财根叔给你特烧一碗好吃的！"说完陶秀下楼去了，只剩肉陀螺一人独坐在那儿。突来的幽静使肉陀螺像个木头人似的不知所措。

不知道待了多长时间，有一丝阳光晃晃悠悠映照在窗户上，财根端着盘子送上来一碗热气腾腾的羊肉汤，那白嫩嫩的肉片水藕般躺在羊汤里，醇香扑鼻而来，满屋肉香。肉陀螺捋捋手臂衣袖，从财根手中接过来，捧到鼻下嗅着，"哇——，好香！"

　　"你慢用。"财根说。

　　"嗯，你今天手艺真不错，这是乳羊吧，又嫩又清爽啊。"肉陀螺捧着羊汤边喝边说。

　　"昨天一位乡下人卖给店里的，这兵荒马乱的，乡下人害怕被劫财，早点儿将羊羔卖脱手换铜钿了。唉，这世道乱了，还叫人活吗？"总是沉默寡言的厨子财根在老街坊面前打开了话匣子。他从油腻腻的羊皮围腰袋里摸出一包哈德门香烟，递给肉陀螺一支，自己叼了一支，深吸一口，慢慢吐出一串烟圈，吐完，再使劲吹一口。一支烟枪箭一般射穿了浮于空中的烟圈，与烟圈一起翻腾着向窗外消弥而去。

　　"嗯。"肉陀螺看到了财根的吐烟圈小技，使劲咽下一块羊肉，面露微诧之色。他用手抹去嘴巴上的油水，招呼财根靠近些，仰起脸，神秘兮兮地说："听说……好惨噢！"

　　"操×！"财根听了后眼睛里要冒出火来，将手中托盘"啪"的一下拍打在台角上，震得桌面一阵颤动。"小凤凰，多标致的女人，竟被弄死了。一夜天，要被几十个男人困！那女人的手指伸出来比根葱还细，掰一下就要断，一夜天，要被几十个男人困！这帮强盗！"

　　"那女人犟啊，死也不肯，被打得晕死好几回。女人的叫骂一直不断，嗓子叫哑了，还叫。到天快亮时，那女人就不行了。军曹又把那女人抱到他房间里，自己坐在小桌前喝葡萄酒，等那女人醒来。"

　　"后来怎么弄死的呢？"

　　"那军曹给女人灌酒，女人不喝，他就自己喝一大口，嘴对嘴使劲往女人嘴里吐，把几瓶酒都吐完了，吓，那女人醉死后再也没有醒，死了。"

"这班畜生，强盗！青天白日作孽啊，呀呸……"

"还有几个被抓的女人吓得哭都不敢哭，都被关在一个小黑屋子里，恐怕也……"肉陀螺耸耸略驼的背，两只肉陀陀的眼睛仿佛死羊眼一眨不眨盯住财根。财根脸颊上的青筋暴起，一团粗气呼啸而出，猛地喷在肉陀螺脸上，一股羊腥味。肉陀螺刚刚噎下的羊肉被哽在喉咙口。他被哽得脸孔成猪肝色，急忙俯下头去喝一口羊汤，还哽，用手示意财根帮他。财根将起油腻腻袖子，挥手在他背上一掌打下去，"啪——"肉陀螺立马趴在桌面上，一团羊肉呼啸着飞射出来，喷在红漆地板上。

"好了吧，听人家说你最近当了保长了？"等肉陀螺缓过气来，财根问道。

"嗯，被人硬拉去的，不去不行啊。那个小毛蟹镇龙爱出风头，自荐当上了镇长，又拉我垫背，叫我在日本人手下当差。嗨，真算是倒霉透顶！那小蟹混就混呗，怕死鬼舔日本人屁股，看他有得倒霉了。"

"前天他还在这喝汤，这么快就当了镇长了？这小蟹心里鬼得很嘞。"财根眼珠里闪着光，脸皮一阵微颤，几根胡子直竖起来，盯住肉陀螺，嘴巴张开露出一口微黄的牙齿，"刚才那伙人你认识吗？"财根冷不丁问肉陀螺。

"不认识，都凶巴巴的，好像是……"肉陀螺肉陀眼盯着财根，没敢再说下去。

"你快吃吧，我下去了。"财根瞪了肉陀螺一眼，没了聊天的兴趣，两手在羊皮围腰上随意擦擦，抓起托盘转身下楼而去，只剩肉陀螺在那干巴巴喝半碗羊汤。

第三章　陶秀初恋

陶秀早晨在小店里做了点活儿，本想去学堂，因了日本兵的惊吓，上午不去了。她回到自己的屋里，想看书又没心思，想做点女红，也提不起劲，总觉得心里乱乱的。她想一个姑娘家在如今的世道干什么都没出息。读了点书，知古通今，琴棋书画，吹拉弹唱，她好像都印在自己的脑子里了。人一坐下来，脑子里浮现的都是古典文化的抽象概念，孔孟之道与儒家文化在自己的血液里奔流。当残酷的现实像妖魔鬼怪样迎面扑来时，她心里产生了一种轻蔑与苦涩。日本军曹那对狼似的眼睛贪婪地盯住她时，她没一丝惊恐，她心里涌动起的是人与野兽的对峙中人性的理性光芒。她看到了军曹眼睛里的邪恶，而自己心里的儒家之念似一盆清凉之水从头而下浇灌了身子，挡住了面前的邪恶之光，冷静地与之对视，白璧无瑕。现在静坐小屋，心里的后怕开始向她柔弱的心灵袭来，仿佛是财根的那把青光闪烁的尖刀从后面指向自己的背了。她回忆起财根无畏的杀戮：一头活蹦乱跳的小羊羔将雪白的身子隐藏在青嫩嫩的草地上，财根手握着那把青光四射的尖刀从草地的远方低着头摸索过来，草皮上有蜻蜓和小鸟在嬉戏，无知的蜜蜂和蝴蝶追逐着财根的那把沾血的尖刀一同向小白羊逼近……青嫩柔软的草地温情地包裹住焕发出青春肉香的小羊羔，不时把嫩芽哺乳般喂入它的口中。尖刀的冷光射穿了草地的温柔，似一只狼的眼睛。那只狼眼好像就是军曹的，咄咄逼人，凶光四射。陶秀禁不住打了个寒战。她的心情越发沉重起来，没听见店里姨娘在唤她。

"阿秀，你快看谁来了？帮你大娘拿一下东西，快点哉。"姨娘很兴奋地喊着，刚才还死气沉沉的店堂里响起了鲜活的声音。当陶秀听清楚姨娘在唤她时，财根已从一个身穿蓝色碎花土布衣服的年轻女人手中抱起了一个胖嘟嘟的孩子。陶秀亲热地叫那女人"阿芹婶娘"，抓住那女人的手邀其进屋坐。那女人略显迟钝地放下肩上的蓝布包裹，顺手解下腰间大黑布围裙，露出一双尖尖的脚。女人长得很匀称，黑发圆脸，小腰身，唯那双尖尖脚显得很滑稽，把乡下女人的粗俗气搅乱了。陶秀认识那女人，她是姨夫的远房表妹，也是弟弟金宝的奶妈。今天不知什么风竟将她吹来了，在这汇龙镇风声鹤唳的时候。

财根也显得很兴奋，帮女人拿这拿那，端来热气腾腾的羊汤给她喝，搬椅子叫她坐，嘴里说着"外边世道乱啊，你跑出来做啥啊？""田里麦子长势好吧？今年小熟收成可好？"等家长里短的话。

那女人瞪着两只圆圆的眼睛盯着财根看，眼眶里似有泪水在转动。她轻轻拢了拢额上的黑发，嘴巴蠕动着，欲言又止。她耐不住乡下的寂寞，用两只裹足的小脚从乡间小路中艰难地走出来，只是想看一眼财根。她心中念叨的是财根对她的情意。那年她从乡下来陶家走亲戚，穿着一身少女喜欢穿的土布花衣服，整天围着财根身边转，帮财根做事。他俩算起来还沾亲带故，所以她少女的天真善良常常逗得财根很开心。

财根手里抱着孩子金宝，两眼只盯着那女人看。

那女人略显老气，脸孔少了昔日的青春光彩，眉宇间还夹着一丝乡土味浸润的呆滞与愁绪，眼睛泪水盈盈，略微红肿的眼泡藏着幽怨。女人的身子有点异样，胸脯将乡间土布衣服撑得鼓鼓的，腰身略显细瘦。三年多过去了，财根仍想念着她。记得那年阿芹从乡下来走亲戚，财根一眼就看上了这个天真美丽的少女。阿芹在这羊肉店里最喜欢看财根做事，财根走到哪里她就跟到哪里。财根自己也弄不明白他俩为啥那么好。财根只是在阿芹刚来时多看了她几眼，并在无人时轻轻在阿芹身上拧了一把，附着她耳朵轻吟了一句："我真想吃了你，小妮子！"阿芹呆了片刻，露出那双裹足的小脚给财根看，说："你要吗？"财根愣了愣，弯下腰细细看那双小脚，尖尖的鞋子，像一双小船。"嘿，像小船，还真美呢，小妮子！"阿芹眼里有泪水往下淌，一颗颗直掉到财根的头发上、肩膀上。财根青春勃发的脸上有红晕在浮动："我要！"，财根一把抓住了阿芹的腿，把她抱在怀里……阿芹后来走了，说是过几天再来看他。财根心里也就多了一份牵挂。阿芹再来时，身后跟了一个驼背的人。阿芹看财根时两眼发直，没有了神采。陶秀姨娘对财根说，那是阿芹的男人，在乡下有很大一片田宅。"啊……"财根也两眼发直，僵了好一阵子。阿芹脸孔红红地轻笑了一下，对财根说："那是我男人，叫阿发，请多关照。我们乡下人不懂规矩，啊……"阿芹声音低了下去，将头埋在手里的包袱里。她身后的驼背男人给财根递了支烟，说了句："请多关照。"又退到阿芹身后不吱声了。此人倒也内向，大概因了自己身体的缺陷，在陌生人面前很拘谨吧。后来阿芹对财根说了，财根才知道那是驼背装出来的。原来此人很吝啬，对女人又好色又阴毒。阿芹根本不愿嫁给驼背，都是父母之意，媒妁之言，弄得阿芹为此大哭了一场，天天失魂落魄流眼泪。

"你看什么呢？有什么好看的，我还是那个女人嘛，又不少胳膊缺腿。"阿芹被财根死盯住看的神气逗乐了，忍不住"扑哧"笑出声来。她转身从带来的包裹里寻出两双男人穿的新布鞋，笑着递给财根，财根推了推收下了。陶秀姨娘从陶秀手里抱过金宝，亲了又亲，走过来，看到财根与阿芹亲密的样子，忍不住说："看你们，自家亲戚，又不是外人，磨磨蹭蹭，有话尽管说，来来来，大家都到后面厢房里去坐，好好聊聊。"背过阿芹的脸，又朝财根使了个眼色，似责怪似轻慢。

阿芹来到陶秀的闺房，陶秀拿出自己绣的《夏荷图》给她看，阿芹"咦"了一声，啧啧称赞道："小囡囡手工好啊，难得难得。谁教你的，哪来的样子？快教教我啊。"

陶秀又翻出几件绣品给阿芹看，阿芹都喜不择手。阿芹从自己带来的包裹里取出几段自己织的土布递给陶秀，说："几段布，替你娘做件新衣服，还有小块的，纳几双鞋底。乡下人没啥好东西。"陶秀翻开土布看，哇，真漂亮！小碎花布清爽文雅，蓝色花纹在淡幽幽的底色衬托下给人一种鲜活活的感觉，布面平整光滑，无疵点，手感温暖如春。

"秀，阿芹嫂难得来的，你把我家的茉莉花茶泡给她喝，很香的，江南好茶。"姨娘从前堂屋里唤着陶秀，怀里正抱着儿子金宝玩，开心之颜尽显脸庞，红红的，说话里都充满了喜气。自从儿子出生后，姨娘身子有痼疾，奶水不开壶，无奈之下将金宝交给乡下阿芹喂养。阿芹与驼背成家后生了个千金，襁褓之中得伤寒疫没了。驼背一气之下整天泡在乡村头的小烟馆里做了"甩手先生"，偌大一个宅子甩给了阿芹，宅子整天空荡荡的。阿芹成了守活寡的女鬼，在大宅门的阴影里呆呆地游荡。好在自从替陶家抱带了金宝，在大宅门里进进出出才有点生气和热闹。

"秀，今晚你睡我房里，让阿芹睡你屋，她从乡下走过来，不容易，让她一人睡好点。"姨娘一边逗着儿子金宝，一边大声地叮嘱着。财根也忙前忙后不亦乐乎。刚刚送走了窝在楼上发愣的肉陀螺，又接待了几个乡下汉子。那几位更让财根陌生，其中有个独臂人，走楼梯时风风火火，眼睛看人光闪闪的，好像不是乡下种田人。几个汉子没有说话，只拿眼睛看东西两街。那个独臂人对那条小石桥也非常感兴趣，几次从北窗探出身子观察，看小石桥上突兀的石阶和低矮的栏杆。小石桥西边整条西街历历在目，稍微歪斜的石板街给人一种曲径通幽的美感。小石桥东边几家店铺紧靠河沿，东街顺着河道弯曲着向东南方向延伸。东街店铺比西街少三分之一，愈往东市口愈不好。陶记羊肉店已在东街的末梢，两层店铺就像一座桥头堡，孤零零立于街尾，正好看得清西街的动静。

姨娘抱着儿子金宝，看着独臂人他们上了楼。也就一会儿的工夫，又见他们下来了。那位独臂人有礼貌地朝姨娘点了点头，嘴里说了声：打扰打扰！就带着几位汉子风风火火地走了。姨娘问财根："客人没吃？"财根一边擦桌子一边回答道："没吃，但给了茶水钱。"

"哦。"姨娘顺手摸到了儿子金宝尿湿的尿布，赶紧解开换了。

这一上午，陶记羊肉店里人来人往，财根也记不清这些客人的面孔，但他已感觉到这一拨又一拨陌生人的光顾好像与汇龙镇有关，这汇龙镇要有大事发生。自从日本军队侵占了汇龙镇以后，这条小镇就不太平。这日本兵随意杀人，抢奸妇女，威胁商家，强征钱粮，几乎无恶不作。陶记羊肉店在镇的最东端，又是做饮食生意的，故未引起日本兵注意，没有来骚扰过。在这动乱的时光里，小店在缝隙中惶恐地做着生意。今天这许多陌生人进店用餐，其醉翁之意不在酒，倒让财根无意中看出来了。他想将自己的念头说给陶秀姨娘听，又怕吓了她。这爿小店是他赖于谋生的地方，他过惯了这种生活，他害怕失去它。他回首瞧见陶秀姨娘逗儿子玩的专注神态，又听到后厢房里阿芹与陶秀发出的笑声，心里又痛又难过。这小店里除了他是堂堂正正七尺男子汉，她们可都是妇孺之辈啊，如果有了事情，那可怎么办呢？财根心里开始惶惶不安起来。他简单收拾了楼上的餐桌，回到厨房拿起几把宰羊刀，用手指拭了拭刀口，挑出一把，在磨刀石上磨起来，"霍霍霍"，声音像破碎了的铁锅子，一锤锤敲打在小店稍静的堂屋里。陶秀姨娘听惯了这种破锣般的声音，没有什么心烦的，只有东街小石桥畔的沈裕春烟烛店传出的哀哭声让她心里一阵阵发酸，没有了玩儿子的劲了，抱着金宝站在店门口发呆，陪着街坊默默地流眼泪。此时，陶秀的同学小山从西街径直向陶秀姨娘的羊肉店走来，没有看烟烛店那边一眼。小山穿一身中山装，头发理得很整齐，胸前挂着一个系怀表的银链子，手里拎着一盒茶食，轻笑着走到姨娘身边。

"伯母你好，陶秀在家吗？"小山微微一躬，甚有礼貌地说。

"噢，是小山同学啊，进店坐吧。"姨娘回转身子，抱着金宝一边往里走一边唤陶秀。陶秀听姨娘叫她，很快从里厢房走出来，一眼看是小山，脸孔不经意间刷地红了。陶秀姨娘说："小山，我托你办的那件事有消息吗？"小山两眼直勾勾地看着陶秀，身子站得笔直，好像没听见姨娘的询问。姨娘又问道："那边日本人怎么说？你家里人去打听了吗？"

"啊，打听了打听了。"小山一边应着，一边将那盒茶食放到桌面上，两眼仍盯着陶秀，脸孔一红，轻笑一声，说："我叔叔去过了，那边说要一百块大洋，现在死了一个人，只要五十块大洋，并要在一星期内赎人，否则要把她们送到上海皇军总部去当慰安妇。"小山的双眼仍在陶秀身上，直看得陶秀脸儿更发红，嘴巴微微一噘，低了头不睬他。小山才知失态，迎着姨娘又说道："我叔叔说，皇军看在他的面子上，不然决不赎人。"

"啊，这班强盗，天杀的！杀了人还要面子。他们弄死了哪个？这叫我怎么向老班头交代啊？真是做了坏事啊，天要报应的。"姨娘直嗓子叫唤起来，眼睛里涌出几颗心酸的泪珠。

"伯母，我也不清楚是哪个，只能去赎人，那边很硬，没用的。"小山皱了皱眉头说道。此时，财根与阿芹闻声也从后厢房过来了，财根对姨娘说死的是小凤凰。啊呀，姨娘更难过了，那苏州戏班子的一根台柱子断了，奈能办呢？那小凤凰唱腔委婉动听，身段做功亦算一流，是这汇龙镇上少有的戏子，老人小孩都喜欢听她唱戏，怎么说没就被弄没了呢，真正罪过罪过啊。

财根看到姨娘光是擦眼泪，心想这也不是办法，就劝说她去找老班头，好让他们有个准备。姨娘说那只有这样了，财根你陪我去，这飞来的横祸真叫我受不了。阿芹说，财根你陪姨娘去吧，有话慢慢说，别把人家吓着了，这都不是好事啊。财根点点头，朝阿芹微微一瞥，将身上围腰布一解，拍拍身上灰尘，说"走吧"。姨娘把手中孩子交给阿芹，用衣袖拭了拭脸孔，轻轻擦去泪珠，与财根出门往西街而去。

陶秀目睹了刚才的情形，心里有一种说不出来的酸楚涌上来，看到小山时的好心情顿感消散得无影无踪。抬头稍稍看了衣冠楚楚的小山一眼，淡淡说了句"你坐会儿吧"，扭转身往后屋走去。小山赶紧走上一步，拉住陶秀的手臂，说："陶秀你慢走，我有东西送给你。"陶秀被拉住了手，顿感一阵羞怯，脸儿红了，脚下轻飘飘身子没有劲，胸口阵阵发热，嘴巴干燥发麻，有一股甜甜的滋味涌在喉咙口，想吐又吐不出来，手臂也酸麻麻的，不能稳住自己了。她微微喘了口气，从小嘴巴里吐出一个字："啥？"伸出右手将小山抓她的手掰开，两眼盯住他看，显出慌乱之态。

小山回首看了看身旁边的阿芹，阿芹低下头在给金宝喂奶，好像没看见他与陶秀的拉拉扯扯，也没听见他们的对话，嘴里发出轻轻的"嗯嗯"声，脸上有关爱之色，盯着金宝不断吸吮的小嘴巴，陷于那片短暂的幸福之中。小山又抓住陶秀的手，将一个玉佩放在她手心里，顺势拉过她的身子，在她桃红的左脸上深深地吻了一下。陶秀嗯了一声，未做任何反抗，又被小山在右脸上吻了一下。陶秀这才有点清醒与自制，用力将小山推开，脸孔有点失色，嘴巴一噘，说："你这是干吗呢，我不睬你了！"小山傻笑着，放开了手。这一刹那的动作，竟在旁边阿芹的眼皮底下完成了。小山轻叹一声，长长舒了口气，两眼只盯着陶秀，再无声息。阿芹突然抬起头来，朝小山说道："女孩子家家吓不起的，心急吃不得热豆腐。"

"啊！"小山大吃一惊，朝阿芹使劲看了几眼，白皙的脸上顿时飞上红晕，手臂热麻麻的，无意识地在自己的中山装上擦来擦去，有点不知所措。

陶秀理了理稍乱的头发，又噘起嘴巴说："你回去吧。"小山愣了愣，脸上又挂起一丝微笑，说："等你姨娘的消息，要救人呢。"陶秀瞥了他一眼，说："那你老实点，我姨娘晓得后要骂我的。"说完，转身向后屋走去。小山嘴里连声应道"噢噢噢。"也跟着往后走了，只留下阿芹坐在店铺门口的长凳子上给金宝喂奶。小碎花深蓝色的上衣襟掇拥于白嫩嫩光滑滑的两只奶上，直透出年轻女人特有的风韵。东街的一丝阳光溜照到金宝小脸蛋上，粉红粉红的。金宝眯着小眼睛吸吮着嫩白的奶不放，伸着一只小手在阿芹的胸脯上抓来抓去。

汪汪汪……东街响起小狗的吠声，那是陶斯咏棉布店的小黄狗。片刻时光，亮着枪刺的日本兵灰黄着脸孔从东边过来了，发着臭气的皮靴子踏得青石板发出杂乱的吱吱声，仿佛有一群老鼠窜上小街，无头苍蝇般糟蹋了这静谧的街市，撕破这满街的温馨阳光。日本兵的沉重脚步声唬住了小黄狗，使它从狂吠转为低吟，就像病人在哭泣。当闪亮的枪刺逼近陶记羊肉店时，一团阳光正斜照在阿芹的身上，枪刺反射过来的光又一闪一闪地投射在店堂屋的门槛上，皮靴子落地的声音愈来愈小，只剩下一股臭气直冲过来……阿芹闻到后吃惊地站了起来。惊慌失措中，阿芹忘了拉下拥掇的上衣，引得那些兵嘴里发出一片嘘嘘声。处在甜蜜中的金宝被突然拉掉奶头，立即哇地大哭起来，小手将阿芹裸露的胸脯狠抓了一把，才使阿芹意识到自己的露处，一把将上衣撸了下来。阿芹吓得脸都变了，急转身往后面而去。日本兵踏着慢步从店铺前走过，皮靴子的臭气从门前飘过，身上的铁件发出咣当咣当的撞击声，青石板路在痛苦地呻吟。

阿芹往后面去，看到陶秀在自己厢房内与那个青年在谈话，就去财根的西屋里了。这后屋有东西两厢房，东厢房三间，东间储藏室，中间陶秀的闺房，隔壁姨娘住。西厢房三间，靠西边财根的卧室，中间厨房，另一间灶间与堆放羊肉与肉制品的操作间。这厨房与操作间的墙上都挂了好几把亮闪闪的宰羊刀。这操作间就是财根每天宰羊的地方，有很重的羊腥味。东西两厢房的后面就是桃园，园子很大，栽了二三十棵五月桃。桃园里很清爽，桃树下只有稀稀几棵兰花小草，平实的土地细腻干净，与芬芳的桃花甚般配。园子是用现栽的青竹与树条木相编围成的，青竹叶与缠绕在它身上的紫薇织造成一堵青春浪漫的绿墙，将桃园春色烘托得灿若云霞。园子东边有一扇竹门，门上也爬满青藤，枝繁叶茂。合上此门，不细看是不知有门的。在园子西南角盖着低矮的羊棚，棚内覆盖着青灰色的羊棚灰，堆积了诸多草料，四五头肥羊正啮着那青黄色草料，边吃边吟，悠闲自得。

财根的卧室内摆着一床、一桌、一橱，靠墙还有一长条柜，柜台上供着青铜塑的观音菩萨，菩萨前一炷香仍烟云袅绕。那张桌子很陈旧，深红木的质感沉甸甸的，四条桌腿盘着浮雕的青龙，龙头藏匿于桌面边框下，只露着微张的嘴，一副吞云吐雾的姿态，一副永远追珠若渴的样子。这深红木的四仙桌因了青龙缠绕的神秘之态而变得怪异兮兮，摆在店铺里怕吓着客人，就一直放置在财根屋内。财根也怕沾多了这桌子的晦气，就将它摆在门口，稳当当地仿佛一只守门兽，非常稳重安逸。时间一长，平安无事，倒令财根天天守着它觉着贵气得很。财根个子不高，就嫌这桌子太高，就动手锯了桌腿三分。桌子矮了，那股神秘之气也消退了几分，倒使财根心中生出几分懊悔，真不该锯矮了它。

阿芹心悸悸地抱了金宝进了财根卧房，一眼看到那张龙桌就觉得心跳过速。那年她和财根就在这张龙桌上成就好事，两情相悦，至今难忘。她把金宝顺势放到龙桌上。金宝不哭了，突然张嘴大笑。这一下可把阿芹吓得不轻，以为是这龙桌显怪的缘故。阿芹经过几番惊吓，身子里没了力气，竟再也抱不动金宝，只能由他坐在桌子上玩了。等自己体内回过神来，才抱起金宝，躺到里面床上去拢着孩子睡了。金宝没睡着，眯着小眼睛听桃园里传来的羊咩。园子里很幽静，除了羊咩，还有风吹树叶沙沙响，不时地从南墙小窗缝间钻进来，钻到金宝小耳朵里，让他兴奋不已，躺在阿芹臂弯里傻笑。阿芹睡着了，眼角里有细细泪水淌下来，洇湿了财根那个油腻腻的枕头。

阿芹开始做梦，梦见她那驼背男人从自家大宅门里追打着她，她不顾一切往外跑，一直跑到汇龙镇。汇龙镇突然火光冲天，财根与陶秀一家正从镇上逃出来，几条大狼狗从街角里冲过来，一下咬住陶秀的裤子，把陶秀拉翻在地。金宝哭喊着向自己扑来，一团大火把他吞没了。她吓得大喊大叫，可没人听见她的哭喊，只有风趁火势，愈演愈烈……整个汇龙镇陷入火海之中。她腿都软了，一屁股瘫坐在大路中间，风卷起的灰沙迷糊了眼睛，有一双大手抓住了她肩膀，在她的脸上摸来摸去。她觉得那是财根的亲吻，直吻得她心里酸酸的，一阵阵发麻。

财根，快救命哪！她对着财根拼命呼救，可就是睁不开自己的眼睛……一只大鸟从天而降，把她驮在背上，带着她在天空飞翔。她能睁开眼睛看到地上的景象：大地一片烟雾弥漫，大火正在吞噬一切……驼背男人从大宅门里走出来，将她从大鸟背上抱下来，一口大烟味喷在她脸上，使她身子发麻，全身酥软，缥缥缈缈，仿佛灵魂已出窍。

那边阿芹白日做梦，这边陶秀与小山处在相峙之中。陶秀的闺房与财根的卧室有天壤之别。门口一张大书橱，也是深红木做的。书橱一侧与墙壁之间挂一幅仙女下凡织帘布，平时斜斜地挂于墙壁上，陶秀回房睡觉时才拉上遮掩。有时，闺房内有阳光射入，照见陶秀的书桌，也是深红木做的，书桌光滑油亮，桌上书页飘香。笔筒笔架古朴有致，有新鲜的白兰花、栀子花夹于其间，格调高雅。陶秀此时端坐于书桌前，低着头，手里翻着一本书。小山坐在一张方凳子上，离书桌有一步之距。陶秀叫其坐在那个位置。陶秀微微抬起头，说："你回去吧，今天我心情很乱，你有什么话改天再说，今天我不要听。"小山笑嘻嘻地看着她，不说话。就这样僵持着。陶秀又说："你刚才欺负了我，没一点规矩，你学了国文，难道不知道中国有句古训，男女授受不亲吗？"

"噢，我知道啊，可那是古代的学说。我读过中国的《西厢记》，我知道有个叫张生的书生，他可是为爱情而生，为爱情而死，活得很风流啊。我们就不能活得快乐些，唔？"

"你懂什么？读了《西厢记》就算弄懂了中国文化？你看看这现实世界，哪一点像《西厢记》啊？你们日本人拿着枪炮到中国来，杀人强奸，刚才还在为苏州班子的女戏子被抓的事伤心呢，难道你忘啦？你们日本人还是人吗？我倒弄不懂了，你学中国文化能有什么用啊，就为了学会追女人？我是个女学生，还不会那些爱啊恨啊，你怎么就学会了呢？学堂里的先生是怎么教你的？"陶秀激动了，脸蛋涨得通红，两道秀眉直挺而起，显得更加秀美靓丽。

"啊……秀！"小山被陶秀的青春靓丽镇住了，她愈一脸正气愈显美丽，那是一种清纯无瑕的美丽，仿佛山间流淌的清澈小溪，雨后清香的花草、绿树、烟雨山岚、明月晨风。

"难道你两只耳朵被烂棉絮塞住了，听不见这镇上人的哭泣声？西隔壁小店里那个女佣死了，唱戏的小凤凰死了，这世道太可怕了，还叫中国人活不活？你一个日本男人，就不想问问这到底是为什么吗？"

"嗯嗯，我……"小山看着陶秀的眼睛，竟然没仔细听她讲了些什么，两只耳朵真像被棉絮塞住一般，进不去。他看到陶秀的眼睛清澈美丽，楚楚动人，小嘴巴粉嫩微红，真像一只刚煮熟的糯米团子，柔软无比，润滑无比，香甜无比。

"你在听我说吗，你……"陶秀微微正视小山，发现他那一丝迷失的眼光，呆滞的神色，嘴里叹息一声道，"想不到你还真是一个木头人？"

"啊，你讲，继续讲嘛。"小山笑着这么说着，用手擦了擦眼睛，"你讲什么啦，是中国文化吗？是好听的《西厢记》的故事？"

"我讲你们日本人为什么青天白日杀人！"陶秀提高了嗓门说道。

"这……那是大人的事，国家的事啊。我家只是做生意的，我家人没有参加军队，也没有杀过人！我父亲和叔叔都是很善良的，是普通老百姓。看到汇龙镇是个新开埠的镇，这里的棉纱又好，才来做的，这我很清楚呀，你可别把我当那些兵来看啊。"小山看见了陶秀眼睛里的认真，将一脸的轻浮收敛起来，笑容里多了一份沉重与尴尬，"秀，我喜欢你，我知道我不是中国人，但我也是普通的人啊。我今年才十七岁。我从小在中国长大，在中国学堂里读书。我已读过中学了，这次是复读。父亲不让我经商，要我做文化人。秀，你是我遇见的最漂亮、最可爱的女孩，我听过你唱戏，我被你迷住了……"

"啊……"陶秀被小山的滔滔不绝的情话说晕了，真想不到这个日本男孩一口流利到家的中国话说得自己苍白的心里有了酥麻的感觉，但心里那个死结仍压着神经，使她在小山的示爱话语中脸孔一会儿变红了，一会儿又变白了，羞涩像云一样在脸上飘来飘去。

"我告诉你一个秘密，我妈妈也是中国女人，在我很小时她就去世了。我不知道妈妈是怎么死的，我父亲他们不想让我知道。这事我只告诉你听，千万别让同学知道，哦？我今天向你说出了心里的话，我真的喜欢你，我……

决不反悔，决不！哦，我先回家去，等你娘的消息。我叔叔是个热心肠的大好人，他会帮助你们的，他会去皇军那里说和的。你告诉你娘，赎人要快点啊，皇军要把那些女人弄走了啊。"小山微微擦了擦有点红的眼睛，深情地看着陶秀，脸上的笑容好像僵化了，眼眶里有泪水在打转，想要哭的样子。在心爱的姑娘陶秀面前，小山因为自己是日本人而感受了被蔑视的尴尬，心里的委屈无法说明白。突然，他跨前一步，半跪半倾斜于书桌前，伸出双手抓住陶秀的手，将整个脸贴在桌面上，喃喃道：

寒雨连江夜入吴，平明送客楚山孤。洛阳亲友如相问，一片冰心在玉壶。

继而，又探出身子在陶秀的纤纤玉手上深吻，有热泪滴落在书桌上。陶秀心跳加快，呼吸急促，已无法自制，思想一片空白。她慢慢抽出手来，失神地看着他，心中一时无语。突然感觉身子热热的，有血气汹涌而来，直冲脑门。她头稍稍后仰，嘴巴微张着，香喘连连。片刻，陶秀回过神来，轻轻说了句："你回去吧！"低头看书，脸红无语。

"再见，秀！"小山向前躬了躬身子，整理好中山装，撸一撸头发，礼貌地告辞陶秀。他走出陶记小店后步子就快起来，但忍不住又回眸看一眼店门前房檐上高挂的店旗。店旗在风中飘拂着，阳光很刺眼，整个楼面的影子投射在街北，很像小镇的一条尾巴。东街的尾巴又粗又阔，显得很神秘、很古典。

小山一走，陶秀伏在书桌上抽泣起来。她默默地哭了一会儿，身子还有点发热。抬起头来，朝刚刚小山坐着的凳子凝视了一会儿，心思乱七八糟，嘴巴里似甜似苦，味觉杂乱。忆到小山口吟的那首唐诗，更觉云雾山中，不得真景。"一片冰心在……玉壶？"他是什么意思呢，他是个品德高尚、心地纯洁的人吗？可他明明是个日本人呀，这真是……他今天热烈地向自己表露爱情，埋藏在身子里的少女情怀好像被突然点燃，热腾腾地潮涌而来。她忍不住又轻轻抽泣起来，泪水浸透手中香帕。哭泣过后，顿感身子轻软疲倦，呆呆地坐在书桌前。想看书看不进去，想刺绣手有点不听使唤。这样傻坐了一个时辰，突然心血来潮，捧起墙壁上悬挂已久的五弦琵琶伸出纤指弹奏起来。那是一曲《梅花三弄》，是江南小巷里的阿伯师傅手把手教给她的。她弹指轻扬，指尖似拂起微风，一阵阵吹拂那古老的琴弦，使之发出连绵不绝的颤音。琴声低回错落，音韵绵软醉人，似五月的花儿漫山遍野地开放，云蒸霞蔚，透骨透髓，直达天聪。

第四章　苏州戏班

时光已近中午时分，财根和陶秀姨娘跨进苏州班子的深红色大门槛，院落里静寂如水，一排青石板从门口直排到木格子窗子的戏班子厢房前。"老班头在家吗？"姨娘推开房门，屋内也空寂无声。只见堂屋内堆放着道具锣鼓，几幅彩缎飘落于地，一只木鱼滚落在桌子底下。四仙桌上搁着茶具，茶叶筒开着，几抹茶叶撒落在桌面上。"老班头！"姨娘拉开嗓子大喊道。堂屋发出空荡荡的回声。

"难道他们已知道消息，去了那边？"财根说道。

"这有可能，要不我们去那边看看？"姨娘说。

"那有危险的，还是等吧。"

"噢。"

姨娘拉过一张椿树方凳塞到屁股底下，财根把桌面上的茶叶撸放到茶叶筒里去。一只小毛狗一瘸一拐从墙角的道具堆里钻出来，低低哼哼着，用血红的舌头舔姨娘的手。小毛狗的一条后腿断了，在地面上拖着。小狗亮闪闪的眼睛里填满了哀怜与悲伤，眼睫毛湿漉漉的，狗嘴微张，仿佛有话要诉说。姨娘轻轻抚摸小狗，抚慰这堂屋里悲伤的灵魂。

旧县衙前，正围着一群人。最前面的是苏州班子的老班头，他微躬着上身，苦苦哀求站岗的日本兵放他进去。老班头的四五名弟子围在他身旁，两眼虎视眈眈，群情激愤，人人衣袖微卷，肉拳在握。他们后面站着老街坊，有四五十人。有沈裕春烟烛店的、陶斯咏棉布店的、大兴昌酱油店的、大德隆花粮行的人，有公兴泰木行、南来来文具店、北来来南货店、顾同和棉布店、春和堂中药店、鼎和斋茶食店的伙计，有东西两条街的老邻居、老戏友，还有几位上了年纪的老茶客与十一二岁的毛头青小孩子。

"还我小凤凰！"

"还我小彩霞！"

"还我小芳！"

老班头的弟子们喊道。老街坊们紧紧围着他们，往老县衙的大门里看。在人群后面，肉陀螺与小板胡也站着瞧热闹，小板胡不时地附着肉陀螺耳朵嘀咕，眼眉间藏着诡异之惑。

老县衙里死一般静寂。突然，从第一排厢房后面涌出一排日本兵，他们横端着大盖枪，枪上刺刀寒光闪闪，一下子封堵了县衙大门。一个兵将公义和粮行的小老板镇龙推出门来。镇龙哭丧着脸站在日军的枪刺前面，脸无人色地说道：

"大家别……别吵，里面人还在，他们要赎金。"

"要多少？"

"三百块现大洋。"

"哇，这么多呀……"

老班头痛苦地摇晃着脑袋，一屁股坐在地上。

老县衙西边大树上飞来一群麻雀，叽叽喳喳；又飞来一群，在人群上空乱飞，空气里都舞动着烦躁。有阵风吹过来，搅起尘土飞舞着卷向空中，吹得麻雀抱成一团在天空忽上忽下地翻腾，黑压压一片。风将县衙后面监狱铁丝网上的警铃吹响了，叮叮当当乱响一气。日本兵吹响了哨子，监狱的瞭望哨塔上架起了机枪，天空一时变得灰暗无光。

"快放人！"

"敲竹杠！"

人们压低着声音抗议道。镇龙瞧着街坊邻居和小商店的伙计们愤怒的眼睛，身子倾斜着向大门里退进去，几个兵推搡他，他向里面指指，硬从那排兵的缝隙间钻了进去。这一去有一个多时辰，门前的人们怒视着、焦躁着、低声抗议着。西边大树上的那群麻雀仿佛也参与了这次抗争，不停地发出群鸟和声，极其喧哗，极其热烈。老班头被几位年轻人扶了起来，其中一位交给他一个沉甸甸小布包，包内一张竖写的便条：惊闻逆寇作孽，节哀顺变。今助现大洋一百块，以救我姊妹于水火。汇龙镇商会会长梁尚仁。"啊——"老班头惊叹一声，望空长揖，涕泪满面。他的弟子们紧紧围着他，陪着擦眼泪。老街坊邻居聚集得人愈来愈多，人人义愤在胸，低声咒骂小日本强盗逻辑敲竹杠。这样的聚会，这样的年头，在汇龙镇开埠以来是少见的。小镇人过惯了平静淡泊的日子，小商贩、小手工、小作坊业主各自为业，几十年抱着一个老信条：各家自扫门前雪，别管他家瓦上霜。只有开老虎灶茶馆的人来人往，有事传传新鲜，没事一团和气，也不插手别人家的闲事。如今他们都像换了一代人似的，聚在老县衙前不肯散去。生性胆小的小板胡也混在人群中，不时提着女人般的尖嗓子使劲叫喊着"敲竹杠！"短小的脑袋在人群里一晃一晃，显得很活跃、很激动。只有那肉陀螺站得远远的，双手交叉于胸前，叼着哈德门卷烟瞧热闹。烟气熏着眼睛，肉陀眼眯成一条细线，嘴里发出嘿嘿嘿的吟笑声。这笑声混合在抗议声中，显得特别的矫情作秀。

此时，小镇东西两街静得可怕。各商店店铺门半开半闭着，店员站在门口向着旧县衙的方向张望，侧耳细听那边的喧哗之声。居民们躲在家中不敢露头，透过门缝向静寂的老街窥察，静听远处的声音。只有陶斯咏棉布店的那条狗隔一会儿低吠几声。街上散放啄食的鸡也被主人关进棚里，仅有风吹过街道，发出鸣声，将青石板路吹得干干净净。陶秀姨娘和财根仍呆呆地坐在苏州班的堂屋里，未听到外面的喧哗与骚动。那边陶秀弹了几首曲子，累了，斜斜靠着桌子打瞌睡，耳朵里还环绕着琵琶的清袅余韵，蒙蒙昧昧、轻轻渺渺、少女般婆娑轻步于雨巷中：头顶撑着一把小红伞，脚下踩着古老的石路，细抬伞柄，让伞沿微翘，看一只黄雀鸣唱着童谣，呼啸着沿雨巷的高壁钻进云霄。

"镇龙出来了！"人群里有人喊了声。门口大开，几个兵抬了一块门板，板上的人用白布盖着，一双女人的鞋子露在白布外面。白布的正中堆放着一套新衣，是全格子花洋布，中式旗袍。镇龙哭丧着脸，头都不敢抬，跟在那抬门板人的后面挤出大门口。那排日本兵端着刺刀列队跟着走出来，也不管人们的反应，凶凶地推开人群，兀自向东而去。人们被镇住了，呆了，愣了，傻了，鸦雀无声。须臾，有人一把抓住死猪样的镇龙，问他。镇龙摇摇脑袋，用手指指自己的胸口，说道："作孽啊作孽！好端端的女人给弄死了，祖宗啊，你们的保佑在哪里啊？"老班头与弟子们一听傻了，哇地哭成一片。老班头当场昏倒人事不省。

那排日本兵抬着女尸一直走到苏州班子门口。几个兵走进堂屋，拿四张凳子，将女尸搁于场院里。那个带队的军官少佐兀自向女尸注视了一眼，头向下微微躬了躬后凶凶地向那排兵吼了几声，转身带队而去。

日本兵横端着枪，刺刀斜对人的眉心处，硬逼着人们闪出一条缝，硬逼着人们将自己的身体紧贴在西街狭窄的屋门上、墙壁角落里。几个兵甩动的胳膊肘撞击着人们剧烈跳动的胸膛，余风扇打着他们苍白微青的脸，拂得商铺低悬的灯笼摇摇欲坠。

人们呼地拥入苏州戏班子，门里门外挤得满满地。

"小凤凰，那是小凤凰！"有人惊呼道。天哪，美丽的小凤凰死了，香消玉殒，惨遭不幸。陶秀姨娘一时被眼前的情景吓愣了，站在堂屋里，直视小凤凰的尸身，无法面对这副悲惨的情景，双目含泪，欲哭无声。财根双唇咬得乌青，手臂青筋突起，双手颤抖不已。

"让开点，快让开点！"老班头在弟子的搀扶下从人群中挤进来。头上的白纱布已挤掉，前额上露着血痂，剪成的不规则阴阳头毛长短不一，好像一头受伤的老绵羊，脚步踉跄。他动作迟缓，一步一步向着最疼爱的女徒弟小凤凰的遗体走去，哀苦灌满整个身躯，厚云盖顶，乌金坠地，痛不欲生。

陶秀姨娘从悲愤中回过神来，叫财根去请专门理丧事的"大娘"给小凤凰换衣。又唤几位店家里的女佣相帮将客厅的戏装道具等一应杂物搬走，很快腾出空屋。财根回来后，她又唤他去沈裕春烟烛店、陶斯咏棉布店赊些丧礼之物。"大娘"要替小凤凰换衣，请人相帮把尸体抬进屋里。老班头泪流满面，轻抚着小凤凰的脸，嘴里呼着"凤儿凤儿……"悲伤的呼唤都变成喑哑的哭泣，泣不成声。满场满园的街坊邻居都陪着悲伤落泪。那些老戏迷更是痛哭失声，哭声一片，场面十分哀戚。镇上各店家都来人了，有力出力，有钱出钱，很快就把治丧的帐幡、丧棚、灵台等支撑起来。南来来文具店送来了一副挽联，那副挽联有二丈有余，每字斗大：

狂风吹折梨园新枝香消玉殒滴血泣
绝世演出人间悲剧凤凰浴火千古恨

当此联高挂于客厅前的柱子上之后，戏班子院子里顿时一片肃静。人们仰首咏读，有人望空长叹，有人低眉哀戚，有人惶恐不安，有人悲愤不已。继而，许多店家仿效此举，敬献挽联花圈，从院子到客厅都摆满了。小凤凰被安置在客厅正中，身穿一袭鲜艳的大红戏装，头戴凤冠，脚登云鞋，口含玉珠，胸盖一幅五彩锦缎，仿佛凤凰落地般高蹈华贵。日本鬼子随尸摆放的那套花格子洋布中式旗袍的丧服被老班头愤然撕碎后投掷于火炉中烧毁。师兄弟们头上系上白头套，白头套上写着"冤""恨"墨写黑字，显得特别醒目。一切布置停当，日头已歪西，彩霞满天。逐渐那轮夕阳变得又圆又大，很像一只大圆筛，浮沉在地平线上晃晃悠悠，睁着大眼睛观看着这没落的世界。天像血般殷红殷红。那夕阳渐渐西逝，似一块烧熔的铁沉入万劫不复的天池，发出黑暗前的巨大光波。人们仍默默陪着戏班子的人祭奠戏班的头排花旦小凤凰不肯散去。丧事灯笼在暮色中低垂檐下，微微烛光惨然亮起，如月色洒满庭院的灰白角落。在暗影里，有人慢慢凑近哀苦中的老班头附耳低语。老班头微微摇首，继而又与之附耳低语许久。烛光里，没人注意他们的低语。

陶秀姨娘仍在忙碌，帮忙处理办丧事的杂事。财根在厨房张罗晚饭，灶灰涂在汗湿的脸上，两只眼睛闪着黑森森的亮光。那个附着老班头耳语的人是肉陀螺，他的肉陀眼细眯成一条缝，在惨白的烛光里更显诡异。

"老班头。"

"你有事呀？"

"你要赶早去赎那两个，晚了恐怕有变化。"

"嗯，我晓得了。"

"你办丧事最好不要太张扬，被日本人晓得了恐怕又有麻烦啊。"

"嗯，晓得了。"

"柱子上的大挽联最好别挂。"

"人家送的，不能啊。"

"那意思太反日，我也要受牵累呢。"

"啊，是日本人作孽，怕啥？"

"哎呀，你看日本兵刺刀亮闪闪地，还要杀人呢。"

"那天杀的强盗！杀吧，杀光了大家拉倒，我都不想活了呢。"

"哎呀，你替这镇上人想想，上百户人家，十多个商铺，都要活命啊，嗯？"

"嗯，你倒是个好心人了。噢，让我想想。"

"哎，好汉不吃眼前亏，胳膊肘拧不过大腿，你要想好啊。"

"噢。"

"你一定要听我的话啊，别再出事啊，这世道乱啊，人命关天、人命关天。"

"那日本人那里你去说？"

"我不行，找镇龙，他是新做了这镇长呢。"

"这小蟹做了镇长？这日头快要从西边出了，他不怕掉脑袋？"

"他这已被逼上梁山，寻死嘞。"

"听说游击队专杀汉奸，这不就寻死么？"

"是呀，寻死路！这小蟹还把我也拉上垫背，叫我当什么保长，唉，惨了。"

"你不做呀？"

"那能吗？他把我叫到日本人面前，那小日本凶得很，被逼呀。"

"他真浑！你也要当心嘞，性命交关、性命交关啊。"

"晓得嘞，我回去了，明天再说，你节哀顺变。"

"噢……"

夜幕降临，人们仍络绎不绝地来观看小凤凰的丧事。黑幡高挂，白条飘动，低泣迂回，哀声袅袅，汇龙镇沉浸在悲愤之中。陶秀姨娘还在忙忙碌碌。财根做完了晚饭，决定回家去看望阿芹。

第五章　财根杀贼

　　财根浑身疲惫，手脚有点麻木。他边走边甩膀子。走过被悲伤笼罩着的西街，走过黑暗中微亮的小石桥，走进歪斜的东街，死静死静，没见一个人影。他想起店里刚买的几只肥羊，一天没照料了，应该加点草料。于是，财根决定从东街尾巴的一个小弄里穿到后园子去照看他那几只羊。今晚这天特别黑，天空一片灰色，后园子的竹树墙黑乎乎的，已经看不出那翠绿与粉红。粗看似一堵茅草垒成的草垛，在灰暗的天色中沉重地蹲着，伸展的竹梢与花枝构成一组组奇形怪状的图案，好像城头上的枪刺暗藏其间。财根转到园子东边，轻轻打开竹篱笆门，就听到轻柔的羊咩。于是快步向羊棚走去。"咦——"财根透过桃树的缝隙，清晰地看到了一丝烛光，那是他卧房里射出的烛光。财根心里咯噔一跳，幻想骤然涌上心头。他忆起过去与阿芹相爱的情景。他感觉到阿芹的少女热泪滴在他的头上、肩膀上。阿芹的手热烈地抚摸他的头发，他抓起阿芹的一只小脚，"真像一只小船，真好看！"阿芹微屈起腿，让财根细细看她那只裹足的小脚。财根突然将阿芹拦腰抱起，放于那张红木桌上……嘿哧，财根幻想地深深笑了一下，回首把羊棚打开，任凭几只羊的热乎乎嘴巴拱舔他的手掌。给羊抓了草料，系好羊棚门，拍干净身上的草料屑，整理一下衣襟，让疲倦的身子舒张一下，留一张幻想的脸，在灰黑的夜色中慢慢向自己的屋子走去。

　　财根满怀心思走至后厢房，东厢那三间房黑灯瞎火静寂如水。陶秀已睡，屋门紧闭。唯西厢房自己屋内房门虚掩，丝丝烛光投射在屋门口，烛影有些摇曳，好像微风吹拂嫩柳，河水泛起波涛，有几许浮萍在波涛上沉浮颠簸。

咦——难道屋内有人在活动？难道是阿芹与金宝在嬉戏？如果是他们，为什么只见影动不见人声？他放轻自己的脚步，踮手踮脚摸过去想看个究竟。靠近门口，已听得见细细的喘息声，再往前一靠，从半开半闭的门缝往里一看：吓，真该死！一个男人的身子紧紧爬在他那张红木桌上。男人身下压着一个女人。呼——，一股热血排山倒海般涌遍财根全身，奇耻大辱仿佛一个妖魔恶狠狠地朝他掴了一巴掌。他愣在门槛下，两眼死死盯住那妖魔男人身下的女人。女人露白的胳膊随意地摆在桌面上，脸孔朝里，只看到一撮黑发，看不清她的脸。财根屏住呼吸，往细里看，啊，龙桌腿旁撑着一只小脚。呸，财根怒从心头起，恶随胆边生，牙齿咬得咯咯响。这对畜生，宰了它！财根就这样想了。于是，他又踮手踮脚走至操作间，从墙壁的挂刀架子上拔出那把磨快了的尖刀。那把刀子两面是刀刃，已被他磨得锋利无比。黑暗中，他用手拭了拭刀刃，嘴唇上滴下的一点鲜血滴落在刀子上。

门仍虚掩着，屋子里的烛火已燃至尽头，烛泪流满烛台，只剩一支残蕊苦苦支撑，烛光摇曳，欲生欲灭。残烛回光返照，烛火突变血红一片。

财根左手紧抓住那把宰羊刀，右手掌在自己的裤腰上狠狠擦了擦，整个身子微微颤动了一下，牙齿咬出了咯咯咯的声音。须臾，他像一阵风一样，飘至门缝前。此时，他瞧见了摆在地砖上的衣服，一件黄色军服压在花裤头女裤子上，此景使他热昏的头脑清醒许多。他很快将宰羊刀换至右手，用左手食指拨开门缝，将身子闪进去。他像宰羊般左手搭住那男人白羊般的屁股，右手往前狠劲一送，搅一搅，轻轻向下一拉一切。那血像箭一般直射出来，一直喷至门板上，滴滴答答淌着。那妖魔男人闷哼一声，突地瘫软了，慢慢地往后斜滑于地上，身子痉挛着蜷缩成一团，像一只大虾。财根在瞬间完成了他的动作，挺直了腰，整个身子不经意地颤抖。屋子里的一切变得模糊，南窗黑洞洞的，静寂的夜变得让人害怕。有死人躺在他的地砖上，有女人躺在他的桌子上，他身上的每一根汗毛都竖立起来，握刀子的手被涌出的热汗浸染着，感觉提捏着罪孽和惊恐。慢慢地，他仰首长吁，一屁股坐在地砖上，肚子一阵绞痛，"哇——"将污物吐了一地。

慢慢地，财根听到女人的呻吟。阿芹的身子在蠕动。财根这才完全清醒过来。摸索出火柴划亮黑屋。啊，桌上的阿芹痛苦地扭曲着，身上淌着血水，头发也洇染了鲜血。财根把阿芹扶起来，紧紧地抱在怀里。阿芹的头仍低垂着，抬不起来，身上的皮肤滚烫滚烫，血沾湿了财根的脸。摸索着，财根抱她到床上去。财根抓摸到了一支新烛，重新燃起烛光。红红的烛火照在阿芹的脸上，两道秀眉凝结成月牙儿形，苦涩灌满了她全身。房内的大青砖上血腥斑斑，那个妖魔男人歪斜地躺在地上，嘴巴里还冒着血泡。门边的墙角斜搁了一杆日式步枪，枪刺未打开，枪托沾有血迹。财根看明白了，那个采花大盗真是日本兵，此人偷袭了羊肉店，打晕了阿芹，将其抱于龙桌上奸淫。财根用清水沾湿毛巾擦干净她脸上的污血，用被子盖住她裸露的身体。安顿了阿芹，财根疲乏地坐在床边，看着地上的日本兵尸体发呆。轻轻地，轻轻地，听得见孩子的呼吸声。金宝睡得很香甜，小嘴噘着，在做梦。财根看到金宝小眼睛睁了一下，微笑着又睡过去。这边阿芹还未清醒，不时发出呻吟。

不知耗了多长时间，财根在苦恼中听到后园子传来羊咩声，他这才有了一丝主意。他走过去翻动了一下尸体，那日本兵很壮实，白净的脸，两只眼睛瞪着，嘴巴因突发的疼痛而扭曲，歪在一边。地砖上、桌子上、门上沾满鲜血。财根观察清楚了房内一切，开始为自己的冲动后怕起来。财根宰杀了许多羊，都是从前面颈勃刺进去，血从前头飚出来。他像宰羊一样刺进日本兵的身躯，那血从日本兵的后面飚出来，喷溅在门上，热乎乎的又流了一地。阿芹身子都沾满了鲜血，财根心里像刀戳一样疼。这狗日的日本兵还是该杀！财根边看边想，决定将尸体埋到后园去，埋到羊棚里去。于是，他摸到隔壁宰羊房里寻了一只大麻袋，将尸体装进去，又抱又拖着弄到后园子去了。他在羊棚里点了一支蜡烛，将几只羊牵出羊棚，系在篱笆墙上。天很黑，天上云层很厚，遮住了星星。微风刮进桃园，发出窸窸窣窣的声响。财根用铁锹移开羊棚灰，摸索着挖了一个坑，将那尸体埋藏于羊棚灰下。再把羊牵进来，添了把草料。做完这些，财根仰天一叹，瞧见星星从厚云里钻出来，桃园里微风吹拂，温馨和畅。他把那支蜡烛取出来，正欲吹灭，俯首发现自己的衣服上、裤子上均血迹斑斑。突然想到自己屋子里也如此，赶紧回屋里去。

财根清除干净屋内的血迹，一支新烛快燃尽了。回首细瞧阿芹，仍然睡着，没动静。财根又想到阿芹身上的残余血迹和那死鬼子的军裤，还有那支灰黑色的步枪，放置在哪儿比较安全呢？藏在羊肉店里，一旦被鬼子搜出，那是要杀头的。丢出去吧，黑灯瞎火的，往哪丢呢？丢到哪家门口、小巷、路上、野外，都会连累别人。思来想去，财根又想到藏尸处。于是，他把那些东西都拿去，连同自己身上的血衣，都埋在那羊棚灰下了。

做完这些，财根非常累了。他用清水把阿芹身子细细擦了一遍。他擦拭她身子时，自己的手一直在发抖。阿芹虽不是他妻子，但他很喜欢她，爱她。他梦里都在想她。自从阿芹嫁了驼背男人，阿芹还未来过。如今，阿芹软软地躺在自己床上，身子裸露着，细嫩的皮肤，仍然匀称的腰身，结实而又性感的腿，小巧的脚，年轻女人的肢体，在财根眼里已是美若天仙了。财根真想扑上去紧紧拥抱她，好好爱她，过美好的夫妻生活。他慢慢擦拭她的身子，抚摸到她额头上的伤口，回想着她的身子被鬼子强暴，心中的酸楚涌上来，眼睛里湿润了，那泪就要掉落下来。财根在陶记羊肉店里做伙计八年了，标致的小姑娘小媳妇都见识过了，人家都把自己看作干活的下人，没有一个拿眼正眼看他。而阿芹做小姑娘时就喜欢跟他玩，温柔善良，很投缘。阿芹把最美好的青春给了他，成为他人生中头一个爱的女人。今晚，他为阿芹报仇而杀人，他觉得有点懵懂。财根边擦拭边想着，俯下头来，在阿芹的脸上吻起来……

"嗯啊嗯……那畜生呢？嗯啊嗯……"财根听到阿芹说道。

"嗯，你终于睡醒了，那畜生被我吓……吓跑了。"财根说。

"这该死的畜生呀，突然闯到房里，他就动手动脚。后来，我反抗，被他打了头，以后就不晓得了。"

"那小鬼子想欺侮你？做梦！被我扮鬼吓跑了，你别怕哦。"

"真的吗？你来得这么巧吗？吓死我了，真正吓死人了。咦，我的衣服呢？是你藏起来了？你这死鬼，人家都这样惨了，你还作弄我……"

"我要你衣服干啥哟，准是被那日本兵带走了，这帮强盗，畜生！"

"嗯，嗯哟，头好痛，你帮我看看，打得破相了吗，我回去要被我男人打死的，你快给我看看哟，哇哟，痛死我了，哇哟哟……"

"我看过了，打在额角头上，那儿骨头硬，没事的，过两天就好，不破相，仍很标致噢。"

"噢哟，财根呀，你说我还标致吗？我全身都酸痛得好像要散架了，我来就是想见你呢，啊？"

"阿芹，我……我对不住你。我想你都想疯了，天天想啊，你呢？"

"我也想你，呜呜呜……"

阿芹和财根抱在一起，两人的眼泪拌着伤痛一起尽情流淌，呜呜咽咽直到天亮。

第六章　桥垴之战

陶秀醒来时，姨娘刚从苏州班子帮忙回来。天还蒙蒙亮，陶秀听到了店门开闭的吱呀声。陶秀整夜在做着稀奇古怪的梦。她梦见自己坐在一艘大船上，大船无帆无桨，在大海里漂泊着。有许多许多的鱼围着大船游啊跳啊，海浪在阳光照耀下泛起五色的波涛，景色宜人，气象万千。突然天空飘浮了很浓很浓的雾，她的船被大雾包围了，她的周围没有了跳舞的鱼，也没有了声音，仿佛被扔进了一个黑洞，孤寂静止的天宇忽然成了一具硕大无比的棺材，让她孤零零坐在里面，巨大的恐惧海涛般压过来，压得她透不过气来。她拼命叫喊，想挣脱出这吓人的黑洞。一会儿天宇间被硬生生撕开一条缝，一只大鸟从天而降，将她驮上鸟背，腾空而起，飞向天空。她紧紧闭上眼睛，听得见耳朵旁呼啸而过的风声。须臾，她睁开眼睛俯首而视，波涛汹涌的海水变成了绿油油的田园，桃红柳绿，麦浪翻腾。金色的是油菜花，碧蓝的是小河水。河边站着几个人，好像是同学小山、小寒、小天，还有财根、阿芹，没有看见姨娘。再往前飞了一段路，美丽的田园风光不见了，地上浓烟滚滚，大火从天而降，正在吞灭着街市。一只只漂亮的红灯笼被烟火卷上天空，灰飞烟灭，随风而散。

忽而，大鸟与景物不见了，她端坐在书房里作画。一个书生模样的人走进来，向自己长揖到地。咦，他想干啥？陶秀仍端坐在书桌旁没动。房门响了一下，只见阿芹手里抱着金宝，另一只手紧握着一根鞭子，没头没脑向那书生打下来。一下，两下……书房里都回荡起鞭子声。那书生被打后没吱声，倒是阿芹停住鞭打，扔下鞭子拭泪低泣，嘴里喃喃自语道：你干的好事，祸从天降,祸从天降啊!继而转身掩面而去。此时,那人才站直了,拿眼看陶秀。陶秀仔细一瞧,那人有点面熟,但记不起他是谁。那人对陶秀说道:"小姐勿惊,东洋人侵略我国土,该杀!小姐是有识之士,勿为东洋人之奴,当为我国人论理才对噢。"陶秀听此言,心一紧,画笔落于桌下。突然狂风大作,后园里的桃树叶子呼呼地响。那人转身离去,腰间露出一把雪亮的刀子,寒光闪闪。此时,姨娘喊陶秀出去帮忙招呼客人。陶秀急忙离桌而去。店堂里坐满了客人,有街坊邻居,有镇上的闲人,更有乡下人打扮的种田汉。咦,这些人手里都拿着刀啊枪啊,好像要出去拼命。"娘啊——"陶秀吓得大喊着叫姨娘。姨娘没吱声,竟也塞给她一把尖刀。陶秀怎么也抓不牢这把刀,姨娘将它塞在她的腰带上。突然听得街上有喧闹声,屋子里的人全都跑了出去,只剩下陶秀一人呆坐着。一会儿,有马的嘶鸣声从东边田野里传来。一群白马呼啸而来,那马蹄声如急雨倾泻,将小镇的街路震荡得颤抖不已。那马群犹如狂风吹扫,卷起漫天烟尘,劈天盖日,日月无光。陶秀坐在店内隐隐约约听到有人向她召唤。她忍不住离座而起,奔向那马群。在马的嘶鸣声中,她与那崛地而起的狂风暴雨般的奔腾之势融合了,在马的策动下,又似一次超凡脱俗的飞翔。那是在原野上的飞翔,风声鼓耳,血脉暴涨,地上的景物迎面扑击,万树摇曳,波涛汹涌,惊心动魄。无边的原野,灰色的天空,剧烈跳动的心脏,瞬间即逝的景物,如一世烟尘,飘忽而逝。

她在急骤的漂泊后终于寻找到落脚地,那是一湾静谧的港湾,花红柳绿,小船悠悠。当她踏上那小船,有人伸出手来将她扶住了。那人对她腼腆一笑,说:"我终于等到你了。"陶秀对那人似曾相识,但看不出他就是自己喜欢的人,那他说等到了她又是什么意思呢?陶秀被那人的手紧紧握住了,甩也甩不开。小船开始摇晃,又有颠簸的感觉,陶秀问那人:"可有让船不摇的办法?"那人说道:"有啊,只是要心静如水,忘记红尘烦恼才是。"那人刚说罢,一阵风后,小船和他都不见了。陶秀仍坐在小店客堂间里,孤零零一人,对门凝视,日头偏西,混混僵僵像一尊雕塑,像一个木头人。

一夜沉浮于梦幻之中的陶秀，醒来后头脑有点麻木，身子懒懒的，侧躺在床上听晨鸟啾鸣。桃园偶尔传来几声羊咩，伴着晨风吹拂桃树的沙沙声。渐趋清爽的头脑开始忆起昨日之事。小山向她突兀的求爱仍令其心烦意乱。雾蒙蒙的，有一个影子在自己思想深处徘徊。那影子高蹈奇伟，聪颖通达，可令自己一世相随，但绝非小山。她觉得自己还未成熟，像那五月桃，青涩涩的，皮嫩肉硬，现在根本不可食，可小山硬来摘，弄得自己心里硬生生地不快活。想到这两天镇上发生的事，学堂都没去过，自己的学业该怎么办？前时教国文的老师回乡下老家去了，临走时说：同学们，如今国难当头，但望你们各自努力，先学做人，而后做事。要学岳飞精忠报国，莫为秦桧卖国当贼！说罢，教了岳飞的《满江红》，涕泪俱下。陶秀认真听课，突觉国文老师可亲可信，平时总是之乎者也，摇头晃脑的书呆子，眼睛里隐藏着那么沉刻的思想。好几道皱纹嵌在老师的脸颊上，略显桃红的脸庞透出豪气，令人肃然起敬。老师讲完这一课就走了，至今没回来。代课的先生是个老朽，照本宣读，读后自修，令大家一点读书的兴趣都没有。这几天镇上乱糟糟的，同学有没有去上课呢？又想到财根与姨娘相帮苏州班子的事不知办得怎么样了。那些虎狼似的日本兵肯定将苏州班子的女戏子糟蹋了。那被害的是谁呢？想到这，陶秀马上披衣起床。她想去西街那里看个究竟。

天已亮了，可石板路上没有人影。陶秀慢慢往小石桥方向走去，这东半街只有她的脚步声。陶秀突然停住脚步，她想自己女儿家孤身一人大清早去西街太害怕了，等姨娘、财根一起去吧。晨光里，她向小石桥眺了一眼。古朴的桥仿佛一头雄狮蹲于街市的中心地带，那穿街而过的小河就像它的红腰带紧紧拢着它，让它舒张着蛮力，天天忠实地捍卫着这条民风古朴的老街，联结着小镇人的脉络，注入人们的生计之中。它是一座桥，也是一根坚韧的神经，每天承载着小镇人的生活，更像一本翻开的日志，记录着小镇的历史。今天这条小石桥好像有点古怪，桥头两岸好像蹲着人，仔细看又没有人影。小石桥堍边的沈裕春烟烛店门半开半闭，门口屋檐下的红灯笼微微摇动，看得陶秀心口扑扑地跳。她迟疑了一会儿，返回家去了。她进店后，马上走上楼，从楼窗往西眺望，哎呀，她几乎要喊出声来。在小石桥的河岸下趴着密密麻麻的人，他们手里都拿着刀枪，他们的枪口对着西街，西街静悄悄、空荡荡的，杳无人声。难道又是白日之梦？陶秀擦了擦眼睛，仔细再看，情景依然。陶秀知道将有什么事发生了，赶快下楼回后厢房去。她要告诉姨娘、财根和阿芹外面的事情。她的年轻柔弱的心禁不住地在发颤，原本生气勃勃的脸孔已全无一丝血色了。

晨阳迟迟未露脸，天灰蒙蒙的地无一丝朝气。苏州戏班子的院子里冷清清的，小凤凰的灵堂残烛摇影。守了一夜的师兄弟都昏沉沉地耷拉着脑袋趴在桌子上打瞌睡，只有老班头坐在祭台下的蒲团上，一边拭泪一边往祭盆里放冥纸。缕缕长烟与忽闪的火苗不断升起，祭室内明暗交叉徐徐漂浮着哀戚。

"呼呼呼……"

西街响起枪声，一队日本兵气势汹汹急奔而来，直闯进苏州戏班子。那个军官少佐急步跨进门，吼了句："搜！"

老班头还未回过头来，日本兵就将他从蒲团上拎起来，日军少佐甩手打了两记耳光。沉睡的徒弟们也在蒙昽中被日本兵按住了。日本少佐硬逼着老班头将悼念小凤凰的那副最大最醒目的挽联扯下来，将写有反日之意的花圈统统扯碎后扔到场院里。日本兵拿着枪到屋里翻箱倒柜，乱刺乱搜。

"凤儿啊，你死得冤枉啊，强盗来了，让你死了都不能安静啊，强盗啊！"

"八嘎！"日军少佐又打了哭喊的老班头一句耳光，吼叫道，"统统抓起来！"

日本兵在老班头的床头柜里搜出一包现大洋和邻居们捐赠的钱，没发现失踪士兵的踪迹。看到这些钱，少佐阴沉沉的脸上干笑了一下，手一挥，转身向外走去。

"强盗，你们不得好死啊！"老班头倔强地哭喊着，嘴巴流出鲜血。老班头的徒弟们个个怒目而视，嘴巴咬出了血。小凤凰灵台上的烛火在日本兵的强暴下倒在桌面上，流出烛泪淌着，直淌到小凤凰的遗像前。那火呼地一下着了，在小凤凰的遗像旁边舞蹈，小凤凰的眼睛瞪得大大地，那火从她愤怒的眼睛里喷发而出，忽地腾空飞扬，直蹿到丧幔上，那颗黑布球冒出一股浓烟，继而金蛇飞舞，满堂皆红，火光一片了。

"强盗啊！强盗……"老班头身后那片火光将他的身体照耀得通红，他的哭喊声随着火势腾越屋脊，冲上天空。日本兵端起机枪，向着宁静的小街一阵猛扫，"嗒嗒嗒……"几位早起的伙计正在店门前打扫垃圾，被腾空而起的火光惊呆了，还未看清楚火光起处，就被打死在街上。青石板被汩汩流淌的热血染成褐红色，泅溢出的血浆浓浓地浮动，翻起热乎乎的腥味。日本兵杀气腾腾地向南来来文具店扑去，店里那位书法先生早先一步逃向东街，飞奔过小石桥，只留下一个逃命的音符或笔画。

"八嘎！"日军少佐又骂了，指挥日本兵砸烂了文具店，又放了一把火，接着向东街追捕书法先生。须臾，西街的中段燃起两股浓烟，伴着日军的机枪声，烈火照红半个天空。日军猖狂地奔向小石桥，傲首挺枪急步踏上小石桥。七八个日军跨过去了，那位机枪手也平端着机枪走上桥面，踩得石桥咚咚作响。忽地桥下河沿下钻出许多人头来，枪声大作，子弹像飞蝗般射向西街骄蛮的日军身躯。在血溅如雨中，让那些目空一切骄横作践的罪恶灵魂突然出窍，让那些烧杀奸淫的罪恶躯体腐烂成泥，在原本清贫干净古朴儒化的土地上烧为灰烬。在突然射出的枪声陪伴下，小石桥东桥堍下和桥两旁边的小店铺里冲出手持短枪和大刀的人，一阵砍杀和点射，将猝不及防的七八个日军打死在东街桥面上。那个不可一世行凶杀人的日军机枪手被袭击者用大刀劈去了双臂，死猪一般倒在桥上。

"游击队！噢噢……"日军少佐在西街目睹了一切，他像宰猪般不停地嗥叫。日军仓皇应战，被袭击者的枪弹堵截在西街狭小的街心，无法施展兵力。

两军僵持，西街火光冲天。以小石桥为依托的抗日游击队员向日军射出仇恨的子弹，子弹呼啸着，打在西街的墙脚上、店铺前的石鼓墩上，打在日军野兽的躯体上，像暴风骤雨一样在西街的青石板街路上舞蹈。被烈火烧尽的烟灰化成无数纸蝴蝶随风飘散，洒落于西街的烟尘里。纸蝴蝶飘浮于伤残的日军肢体上，仿佛是小凤凰的冤魂在随烟飘荡，唱着索命的哀歌。呼啸的子弹向着仇敌尽情地泼射，泼射，把这些为人所不齿的野兽埋葬。那悲壮的旋律在汇龙镇古朴儒雅的晨空奏响，在小镇人的心里震颤，就像回到了遥远的古战场，钟鼓齐鸣，万箭齐发，直穿透这鬼子们的心脏。人们在自己的屋里不敢露头，紧张地倾听着街上的枪声，呼吸急促，眼睛发光。陶秀家也处于亢奋之中。财根手里紧握了一把宰羊刀，躲藏于店堂门后。陶秀与姨娘、阿芹躲在后厢屋里，蹲在地板上一点不敢动，惊恐地倾听外面的枪声。

枪声逐渐稀疏。晨阳还未露头，西街的火烧天逐渐变成暗红，小镇被裹在一片灰色之中。战斗处于间隙，小石桥畔的抗日游击队开始撤退，因为他们在激烈的射击过后发现，自己的枪弹已所剩无几。这支抗日游击队是由抗日义勇军、护航游击队、税警大队、崇明岛游击队等联合组成。掩护游击大队撤退的是抗日义勇军的队长独臂人陈大勇和他的十二位队员。他们此时手中仅有六支老式步枪，一支单管老橹子枪，三十多发子弹和十八颗手榴弹。再有就是几把砍刀，刀口已卷边，沾满鬼子的鲜血。独臂人陈大勇是崇明人，军人出身，那条断臂是在淞沪抗战中被小鬼子砍掉的。他因伤退伍后，为雪国耻、报断臂之仇，毅然参加抗日义勇军，带出了这支精干的队伍。今天，他们精心设伏，打死了十几个鬼子，为受尽欺凌屈辱的汇龙镇人出了口气，打响了小镇人抗日第一枪。为掩护战友们撤退，他们面对强敌，做好了拼死的准备。他将一面抗日义勇军军旗用布条绑在小石桥墩上，让它在晨风吹拂下猎猎作响，为宁静古朴的小镇画上了悲壮沉重的一笔。

东风刮起，西街烈火重新燃烧，大火有蔓延之势，向着西街的屋宇、商店、居民小屋肆虐呈威，引起一片哭喊声。鬼子兵在这片哭声中从三面向小石桥的义勇军发动进攻。一路鬼子是被袭击受损的残部，以街市的房屋作屏障向小石桥方向猛烈射击；一路鬼子从西边的九曲河包抄至东街尾部，以夹击之势慢慢压过来，气势汹汹；另一路鬼子则驾驶着汽船从南江里顺流而下，直扑小镇的内河。船头架了一挺重机枪，枪声沉闷凶悍，子弹在河面飞射，打得河埂不时扬起青烟。

小石桥畔的义勇军临危不惧，分两队埋伏于石桥的两边，把手榴弹盖打开，将背上的大刀插于土堤上。那刀把子上的红垂浸透了鬼子的血渍，沉甸甸的。听着鬼子虚张声势的枪声，陈队长轻蔑地冷哼了一声，把半截枪柄的单管老櫓子枪紧紧抓在左手里。游击队都安全撤走了，他长长吁了口气，一丝微笑系在脸上。

"奶奶个熊，格老子今天拼了，打死你个龟儿子！"义勇军里的一个四川大汉骂道。

"弟兄们，大家节约子弹，瞄准了打，一枪消灭一个敌人！"陈大勇吼叫了，在密集的枪声里更显威风。

鬼子的汽船航进缓慢。小镇内河里停满了小商船，汽船卷起的水浪如涨潮似的把小船搅得七摇八摆，乱纷纷堵住汽船。卷起的水浪又不断冲刷着狭窄河道，黄澄澄的泥浆夹着鲜活活的小鱼小虾发疯似的泼向河堤，河堤上的茅草一摆摆地往下掉。小商船都倾斜着首尾不顾地乱摇晃，平静的内河乱成一锅粥。"嗒嗒嗒……"只听见鬼子的机枪在疯狂地吼叫，就像一匹野马在河面上乱窜。汽船开始摇摆，鬼子的枪弹飞向了天空，天空一抹绯红，西半天被烟火烧得灰暗无光。屋宇的燃烧与枪声合奏成魔鬼的舞曲，欲将小镇吞噬。

那片烈火正由西向东蔓延，西街的小商店都处在危急之中。人们无法开门救火，一出门，就会被枪弹射死。那家小山洋行也处于危难之中。此时，小山的二叔指挥店员将十多条棉被浸入大水缸，泡足水，再一条条甩到洋行的屋脊上。又叫店员向上面不停地泼冷水。此招挡住了火星溅落后的连绵燃烧，也挡住了枪弹的袭击，保住了洋行，截断了往东蔓延的火势。小山跟于二叔后面，相帮店员泼水救火。他不时从窗户往东街瞧，心里仍惦记着陶秀。

听到小镇里响着激烈的枪声，心里咚咚乱跳，一时不知所措。望着西街渐渐减弱的火势，他和二叔长长吁了口气。

　　此时，东街尾部已出现包抄的鬼子，他们猫着腰，紧贴着街沿走廊，一步一换身位，慢慢向小石桥方向靠拢。他们身影很注意隐蔽，也不打枪，对陈大勇的义勇军威胁很大。小石桥墩旁、河沿下伏着的义勇军睁大眼睛，紧紧盯住东街那股鬼子跳跃藏匿的身影，将枪口对准街面，耐心地捕捉目标，像打野兔子。西街的鬼子光打枪不冲锋，大概是被游击队打怕了，打蒙了。带队的那个少佐军官鸣里哇啦乱叫，有点虚张声势。队长陈大勇甩了甩那条空瘪的袖子，用左胳膊擦擦额角上渗出的细汗珠，抬手一扬，"啪啪——"一个点射将刚露出身影的一个鬼子打中了。"扑通"，鬼子的身躯像木头一样横翻于东街青石板路上，胸口的血箭一般喷发出来，头上的钢盔飞了出去，咣当一声摔在陶斯咏棉布店走廊上的那只石鼓墩上。"嗒嗒嗒"，东街的鬼子机枪手从东街拐角里横射出一串枪弹，打得小石桥栏杆火星直冒。打得陈队长抬不起头来。"炸死你！"陈队长狠狠骂道，随手扔出一颗手榴弹。鬼子的机枪不响了，东街中部的青石板被炸出一个坑，弹片和石板的碎片打在店铺木门板上，钻出无数小窟窿。鬼子的机枪手在这片密集的弹石碎片里倒下了，仿佛从街的店铺里扔出一个大麻袋，重重地摔倒在街路中央。手榴弹炸过后，东街没了一丝动静。须臾，从东街的角落里发出密集的枪响，鬼子开始猛烈地射击，子弹像疯了似的一股脑儿向小石桥泼射，小石桥孤零零地处在枪林弹雨之中。"轰轰轰"，东街的鬼子打出小钢炮弹，炮弹准确地落在小石桥旁边的河水中，炸起一丈多高的水柱。"轰轰轰"，一颗颗炮弹连绵射击，打中了伏在河堤下的义勇军战士，那个四川籍的汉子也被弹片击伤了，他的肩膀上、肚子上涌出大量鲜血，一段肠子也流了出来。他咬着牙没哼一声，对陈队长说："格老子被小鬼子打着了，陈队长，叫兄弟们狠狠地打，为老子报仇啊！"说完就昏死过去了。陈队长从他手里抽出手榴弹，把他的身体放到桥孔下面的河堤上。还有几个战士被炮弹炸落到河水里去了。清蓝蓝的河水泛起鲜红的血花，一道道地流向河的远方，与东天慢慢浮起的火烧云衔接在一块儿，流淌出一片异彩的鲜红。

驶入内河的鬼子汽船被小商船挡住了，鬼子气得哇哇乱叫，用重机枪向小商船射击，打得小商船千孔百洞，像是贴了一船马蜂窝。船民被打死了，那鲜血从船孔中反溢而出，满船翻滚着血沫。小商船没了主人，越发变得横七竖八，叫鬼子的汽船无法逾越。汽船上的一小股鬼子只能弃船上岸，沿着河堤慢慢爬。那挺重机枪被弃于船上，在内河里孤零零地摇晃，像一条哑巴狗。

西街的鬼子没有了枪弹的压力，开始慢慢向小石桥推进。那个日军少佐又神气起来，竖起腰间那把指挥刀在西街的空隙间乱晃，逼着鬼子往前冲。他已经清楚地看见陈队长活跃的身影，看见陈队长空瘪的长袖在河堤下挥舞。抓活的！他命令士兵向陈队长的义勇军头顶上方开枪，逼迫义勇军投降。于是，日军子弹像飞蝗般打在河堤上，河堤的草皮被打碎了，扬起阵阵灰土。

战斗又进入僵持状态。陈队长回首看了看，河沿上还伏着四名负了轻伤的义勇军，其余都已英勇牺牲。他把几颗手榴弹塞到他们手中，向他们竖起大拇指。四名义勇军也举枪向他致意。

南河沿爬过来的鬼子越来越近了，头上的钢盔和枪刺在河沿上露了头，逼迫陈队长他们向其开枪射击。"啪啪……"义勇军的子弹打得鬼子抬不起头来。这种情形只维持了一会儿的工夫，河沿上的鬼子又开始慢慢爬着压逼过来，离义勇军的伏击地仅几十米之遥。义勇军投出几颗手榴弹，在河沿上发出最后的怒吼。

"啪啪啪……"河沿上的鬼子开始向义勇军射击，又有两个义勇军被击中牺牲了。其中一个滚落河中，鲜血又一次染红河水，在枪弹的呼啸声中顺河水往北流淌，流出一条红色血带。

陈队长见此情景左手狂舞，一边打出回击的子弹，一边引颈怒吼：小鬼子，来吧！爷爷二十年后又是一条好汉，爷爷我不怕你们！打吧，打呀！

陈队长的怒吼在汇龙镇上空久久回荡，在人们的心头震颤。

"轰……"东街的鬼子又打来一发迫击炮弹,将陈队长他们炸翻在河沿上。

枪声停了下来,鬼子们从三面逼向小石桥,长枪的枪刺在晨阳下闪着寒光。那密集的枪刺渐渐地指向一个人,那人是满头染血受伤倒地的陈队长。陈队长屁股坐在被自己的鲜血染红的河堤下,空瘪的右胳膊衣袖随意地甩打在河堤的草皮上,左手紧紧抓着那面绑在小石桥石鼓墩上的义勇军军旗的一角,让那面鲜红的旗帜舒展着迎风飘扬。

鬼子们愣站着,呆头鹅般立于血溅尸横的河沿上。那个在激烈的战火中咆哮如雷而喊哑了嗓子的日军少佐疲惫地用插于河堤旁的松土上的指挥刀支撑着自己的身体,瞪着两只小眼睛,半天说不出一句话来。

慢慢地,陈队长微笑着松开了抓旗的手,艰难地挪动身体,使自己的身子向着河面倾斜,两腿一蹬,跃入河中。此时压在他屁股底下的一枚手榴弹冒着青烟轰隆一声炸响了,前面几个兵被炸个正着,那个日军少佐也眼前一黑,猝然倒在血泊中。

静默,死寂般的静默,只有河水流淌出稍许喧哗的声音,只有西街仍有偶尔焦木复燃爆出的噼啪声,只有风吹河柳掀起的细细碎碎的空气流动的声音。

"冤枉啊,小凤凰死得冤枉啊……"

远处隐隐约约传来老班头声嘶力竭的哭喊声,在静寂的空间微微地响着,显得那么遥远,那么空洞,那么哀伤,那么凄凉。

"啪啪啪……"

河沿上的鬼子突然发射出猛烈的枪声,打得河水都要沸腾了。他们苍白的脸孔毫无血色,握枪的手在不停地颤抖。他们甚至紧闭着眼睛,不敢看一眼河面上浮动的陈队长的伟岸身躯。他们的心里寒冷到了冰点,害怕像瘟疫般传染了全身。他们觉得自己就是一群没有灵魂的木偶,一群被彻底斗垮了的草鸡。

第七章　会长收尸

当红太阳热辣辣地照耀着大地，小镇原本错落有致的屋宇重新显示出古典的身姿时，空气中开始弥漫柳树叶子和河堤畔青草的香味。河水随微风荡漾，滚动着阳光的晶莹碎片，和蔼地擦拭着绿色坡岸，从绿茵青苔的小石桥下战栗流过。暗红色的血浆渗入灰绿的草坡土壤中，浓浓的，有点化不开。河水只有阳光的金黄与天空的泛蓝，那异彩的鲜红溶于清水而无色无踪，仿佛时光在瞬间即逝，只留下了流水哗哗的声音，记刻在这历史长河之中了。突然爆发的一场战斗在小镇人的心口上狠狠地戳了一刀后消逝而去。东西两街静寂得可怕，听不见鸡犬之声。曾经激烈的枪炮声幻留在人们的想象中久久不能退去。春和堂中药店、大兴昌酱油店、大德隆花粮行、汇中楼茶馆的人胆战战地开门将被日军机枪打死的店员拖进屋内。死者身体还软乎乎的，老布衣服沾满血迹，亲友不敢多看，看了胆战心惊。小石桥畔的日军尸体被移走了，只有义勇军勇士的遗体还未收殓。街路静静的，听得见有轻轻的脚步声、磕门声。

——街坊邻居们呀，请出来帮帮忙啊，收尸呀！

——我是商会会长梁尚仁呀，大家出来帮个忙呀！

陶秀姨娘试探着轻轻拉开一条门缝，看到一身黑袍穿戴的中年男子在独自走着，偌长的衣袖在微风中甩着，不时展露出细长的手指，一家一户叩门轻呼。

"财根，你出去帮忙去！"

"哦，我去！"财根将宰羊刀插于腰间，应允道。财根边说边小心翼翼开门走出去了。

陶秀从后厢房出来，问姨娘："外头又有什么事啊？"姨娘嗔了她一声，说"小姑娘家家瞎问啥呢，外头打仗呢，你就不怕？"陶秀："又怕啥呢，日本人杀人杀到家门口了，说不定哪天就冲进来，躲藏到哪里去呀？"姨娘说："我反正活过年岁了，你还年轻，姑娘家家一朵花还未开呢，怎么能说这种话呢，要保护好你自己呀。"陶秀说："要死我们一起死，要活一起活，怕又有啥用呢？""到我们乡下去吧，乡下大，能躲藏的地方多呢。"阿芹在陶秀身后说道。"对呀，去乡下躲躲，我看家。"姨娘说。

街路上阳光晒得很亮堂了，青石板上陈旧的磨痕都显现得清清楚楚。穿长袍的梁会长不遗余力地敲打着街坊邻居及商铺的门，他的脸庞严峻，嗓子沙哑，声音颤抖得很厉害。

——乡亲们呀，去帮忙收尸啊！

——我是梁尚仁呀，帮帮忙啊！

汇龙镇人头一遭遇见狭窄的街市会发生如此激烈的战斗，头一遭遇见替人收尸的事，头一遭遇见清高儒雅的商会梁会长会出面办这件事。人们从自家门缝里瞧见了梁会长的身影，说："梁会长你真是个大好人，外头打仗呢，乱啊。"梁尚仁说："多做点好事积德啊，那些战死的人可都是好人啊，中国人啊，帮帮忙吧。"门内的人只与梁会长轻轻聊几句，不敢开门出去。梁会长也不介意，继续往前走，去敲另一家的门。他额上的头发较长，有一半被微风吹散了，在脸颊边飘来飘去，时而遮盖了浓眉，只露着很有神的眼睛。他边走边喊着同样的话，将黑色长袍的一角斜斜地塞于裤腰间，腰带上挂着的一个玉佩在他的左腰边不停地晃动，随着他有力的脚步轻轻摇摆，就如他的脚步那样鲜活有力。当他走到东街尾巴的时候，他终于看见从陶记羊肉店里走出了一个人，他看到宰羊师傅财根古怪的眼神，眼睛充满血丝。他看见财根的手有点颤抖，挽起的衣袖上有褐色的血渍。他朝财根稍点了点头，说："是跟我去吗？"财根也稍稍点了点头。他笑了，笑容稍现即逝。

"有空门板吗？木扛子也行，带个铁锨。"

"有块旧门板，宰羊用的。"

"好，快捅出来吧，别忘记拿把铁锨！"

"嗯。"

梁会长将黑长袍又提了提，把后边的袍角也塞于裤腰间。他从财根手上接过铁锨，领头向小石桥方向走去。财根将门板举过头顶，捅在背上，跟随他快步而去。阳光开始爽朗地照耀在他俩的身上，将他俩的身影拉得很长很长。"嗒嗒嗒"，整条古老的小镇，仿佛都聆听到了他俩急促有力的脚步声。

财根将门板搁在河沿上，探看小石桥下的情况。古典的小石桥炸塌了几个角，桥板缝里沾染着褐色的血渍。只见河沿下、桥孔下紊乱地躺倒着七八个人，有几人肢体不全，炸断的胳膊裸露着白骨头。

"先拉哪……一个？"财根问，声音颤抖而含糊不清。

"先拉河沿上的，河里的最后拉。"梁会长说。

阳光晒着财根背脊，河水泛起涟漪，河坡上有青草浮动着暗香。十几处凹陷残缺的河坡成焦黑状，似有余烟袅袅。几缕灰黑的焦草旁边嵌着小钢炮的弹片，弹片的锯齿状看似野兽的尖牙，露着狰狞本相。河坡上的义勇军遗体虽已肢体不全，但脸孔都很安详。他们的手指头上都套着几枚拉火环，紧握成拳，拆散不开。

财根将义勇军遗体一个个拖上来，平放于小石桥畔的青石板路上。沉浮于河脚边的几具特别湿重，财根累得满面通红、气喘吁吁也拖拽不上来。梁会长见状拽起长袍，弓起身子倒退着爬下河坡。他在河水边摆了一个马步，一只脚弯曲着踏在河坡上，一只脚直接踩进冷飕飕的河水里了。财根说："你的皮鞋踩水里去了！"梁会长没回答，只管伸出细长的手指打捞沉河的遗体。河水里映着的阳光将他的身影点缀得清清亮亮。时光似乎很漫长，河坡上已湿了一大片。他和财根很努力地打捞着，费力地将尸体拖上坡岸。义勇军的遗体成一长溜排放了，财根最近距离地看清楚了他们的脸。除了独臂队长陈大勇，都很年轻，有几位脸嫩无须，看上去顶多十七八岁。梁会长弯着腰，用一条毛巾先替陈队长擦拭脸面。他有点近视的眼睛紧挨着陈大勇的脸看，仔细地、轻柔地擦干净陈大勇脸上的污血。他又将陈大勇那只空瘪的衣袖塞至裤带里，把穿了许多弹孔的衣服拉拉平，再深深地注视其威猛的遗容，朝财根招招手，说："先抬他上门板。"然后，又逐个去擦其他人的脸，为他们整理遗容。梁会长很认真地做着，像个老练的收尸者。财根默默地站在梁会长身后，看他做这件事。他感觉到了梁会长哀戚与敬重的神情，瞧见了梁会长微微颤抖的肩膀，心里也渐渐地笼罩上几许沉重的哀伤。梁会长做得很仔细很慢，有点像卖早点的师傅在做活儿。财根说："这样子，我们两个人，几时能把他们安葬完呢？"

梁会长不理会财根，继续不慌不忙地做着。

阳光明媚，有一阵风刮过来，狭窄的东街卷起小小漩涡。窸窸窣窣的风声中，从小石桥西边走过来两个人，其中一人捎了一块门板。财根见状，问："哪家的？"对方有点战怵地回答："小山洋行，来帮忙。"财根愣了，嗫嚅道："你说啥，洋行的，来干吗？"听此话，那两人呆站着，不敢走近。那阵穿街风又刮回来，吹在他们身上，吹得那块门板直晃荡。

"让他们过来。"

梁会长突然说道，头都没抬，继续做着他的活儿。

"梁会长，他们是洋行的，是日本人开的店。"财根说。

梁会长好像没听见财根的话，继续低头做活儿，那阵穿街风吹到他的身上，吹乱了他的头发。财根看清楚了小山洋行的两个伙计，他俩眼睛里藏着深深的惊恐，两眼直直地注视着青石板街路上摆放的义勇军遗体，慢慢地走过来。

日上中天，红太阳很刺眼。梁会长终于完成了他的工作，他有点艰难地站起来，抬头看看日头，低头看看义勇军的遗容，朝财根挥挥手。

"葬哪里？"财根说。

"镇东北那片油菜地，九曲河拐弯的地方。"梁会长遮手望了望河水，河水潺潺，风吹石桥，发出呜咽之音。

梁会长与财根抬起了义勇军队长陈大勇，梁会长抬前头，财根抬后头。他们慢慢往东街而去。小山洋行的两个伙计也抬着义勇军遗体跟在后头，他们的脚步有点发颤，走得歪歪扭扭。财根一直盯着梁会长挺直的腰杆，看见那个硕大的玉佩不停地晃动，给人一种灵感和鲜活的气息。

东街静得可怕，只听见财根他们的脚步声。陶秀与姨娘隔着门缝瞧见他们走来，陶秀拉门栓想出去看看，姨娘不让，紧紧抓住她的手。陶秀说："阿娘，我想看看打鬼子的英雄。"姨娘说："你找死，这是什么好玩的啊，会要你小命的，不能出去。"陶秀央求说："我只看一眼，他们前天来过我家店里，我想肯定是他们。"姨娘说："那你想象好了，千万别出去！"姨娘边说边用自己的整个身子堵住店门，死也不放陶秀出去。

此时，阿芹也来帮忙，从后面抱住陶秀的身体，使之动弹不了。陶秀看着她们那副拼命的样子，眼泪哗地流淌下来，抱着姨娘哭了。财根他们的脚步声近了，突然听到了低沉的歌声：

> 我有铁，我有血，我有铁血可以救中国。还我河山，誓把倭奴灭，醒我国魂，誓把奇耻雪！风凄凄，雨切切，洪水祸西南，猛兽噬东北。忍不住心头痛，止不住心头热。起兮起兮，大家团结，努力杀贼……

穿街风呼啸而来，把这低沉的歌声卷起来，往东街尾巴飘荡而去，陶秀姨娘听清楚了那激荡的歌声，眼睛瞪得大大的，嘴巴张得大大的，心口像有东西要跳出来。因为她曾听过这首歌。

沙地老街　　　　　（插图：胡建华）

第八章　镇龙投敌

晌午时分，金灿灿的阳光突然暗淡，天空像倒扣的一口铁锅，满世界涌出黄澄澄的色波，小镇像一艘迷舟，茫然驶进晕黄色的光圈里去了。空气犹如一笼已蒸熟的米糕，由金黄色转为晕黄、淡黄，把整个小镇屋宇笼罩在迷迷糊糊的记忆之中。骤然变化的天象犹如一片惊鸿掠过小镇人的心头，仿佛有一种世界末日大难临头的感觉。

"嘭嘭嘭"，有人敲陶记羊肉店的门。陶秀姨娘开门一看，是肉陀螺那张睡不醒的脸，在昏黄色的光线里眨着那对模糊不清的肉陀眼。

"财根在家吗？"

"不在。"

"咦，这兵荒马乱的，去哪了？"

"不晓得。"

"嗯，游击队的尸体被人收走了，那边日本兵要追查呢，还乱跑呢？镇龙镇长叫他去帮忙做事。"

"做啥事呀？"

"日本伤兵很多，那个少佐被炸伤了额头，说要喝羊肉汤，叫他去宰羊。"

"没炸着？为啥不炸死他！"

"嘘，你说话小声点，不要命啦？"肉陀螺咽了口吐沫，翻了翻肉陀眼，又叮嘱道，"你通知财根，一定要去呀。唉，这老天暗淡无光，真要触霉头了。"肉陀螺隔着门槛匆匆说了几句，很快消失在晕黄色的光线里。

姨娘看着门外的天，心思乱乱的，有点喃喃自语。昏黄的天空很奇离，像黄泥浆涂满了整个天宇。天边涌来无数浮云，越发加重了昏黄天空的厚度。太阳被天狗吞吃了，海潮灌透了苍穹，膨胀着，翻滚着，笼罩着大地，一片惨淡的昏黄。"嗡嗡嗡"，成群的海鸟从南江里低翔而来，飞快地掠过小镇，往东北方向飘然而去，看不见飞翔的翅膀，看不见高昂的脖子，只有连绵起伏的涌动声，颠簸在黄澄澄的海潮中，在奇异的天空飘浮。姨娘记住了这个奇怪的声音，好像老天在呜咽哭泣的声音。

姨娘从这个奇怪的天象和海鸟骤然迁徙的暗示里寻思到不祥之兆。凭她几十年开店的经验，隐隐感觉到了灾难就要降落下来，她的心都要碎了。她苦心经营了几十年的祖传老店眼看就要和这个多灾多难的年月一同遭劫，那红漆锃亮的桌椅，雕花古典的楼窗，清音环绕花香飘浮的桃园，高蹈飘扬的店旗招牌，要和这东街尾巴一同消失。想到还在哺乳的小儿子金宝和如花初绽的女儿陶秀，她的心真像被剜了般的疼。"秀、秀、秀！"她连声唤起来，店堂屋里充满了她的呼唤声，那般急切，那般哀怜，那般软弱的呼唤声。那哀唤声穿透了堂屋的窗帘。门槛边框上斜挂着的几把笤帚，噼里啪啦地掉落下来，好像有凉风吹着一样。暗淡的光线晃动着模糊的影子。

"阿娘，阿娘，有啥事啊？"陶秀从暗淡光线中走出来，影影绰绰的女孩子的身影好像有点飘荡的样子。

"啊、啊……你瞧这天，多怪哟，要触霉头啊，要有事啊。"姨娘声音沙哑地说道。

"是日食呢，阿娘不要怕嘛。"陶秀说，"喝上几盏茶的工夫，太阳会重新照耀大地。"陶秀上前扶住姨娘，随手关拢店门。

"噢，这天都像要哭泣的样子。秀啊，这往后的日子难哪，怎么办呀？"

"娘，别怕，我们想想办法，想想啊总归有办法的。"

"我想起你姨夫他了，出门很长时间了，怎么一点音讯都没有？"

"他会回来的，阿娘。"

姨娘的手冷冰冰的，攥在陶秀手里微微地发抖。里面阿芹抱着金宝在轻声哼曲，身影更模糊，有点像西洋镜里的抽象画，似是而非，缥缥缈缈。阿芹抓摸着金宝的小手指，哼哼道：

> 一螺好，二螺巧，三螺骑白马，四螺拖棒头，
>
> 五螺富，六螺穷，七螺坐轿子，八螺戴官帽，
>
> 九螺是寿星，十螺十畚箕死了无地基……

陶秀挽住姨娘的胳膊走上楼梯。二楼光线亮些，可看清东街的轮廓。姨娘说："财根去收埋游击队的尸体了，被日本兵知道要遭殃。"陶秀安慰说："做都做了，怕什么。那个梁会长才是个大好人，他都不怕。"姨娘说："看人看骨头，人家骨头架子里都是骨气豪杰气，哪像别的小商人，光晓得钻铜钱眼，鬼精灵，小气精，哪能上得了这种大场面，躲都躲不及呢。""咦？"陶秀轻叫了一声，又吓了姨娘一跳。

"你又叫啥呢，青天白日。"姨娘说。

"要么是我眼花了，又有一队人马从东街尾巴进来了，好像一团影子在游动。"

"是游击队？又要打仗！"

"没准儿呢，黑乎乎，看不清。"

"快下楼去，子弹会飞上来的。"姨娘急了说。

"财根叔还在外头埋尸呢，危险哪。"

"各人头上一爿天，就看他的造化了。"姨娘微闭着眼睛说道。

姨娘陶秀俩人手挽手下了楼，没看清穿入东街的人马。那队人马像草蛇阴丝丝地游走在灰暗的街道上，脚步轻而诡异，飘忽匆忙地踩踏着小街血腥未消的青石板，在浑浊的天色掩护下，窜入小镇的九曲河畔，摸上那几条被子弹打成筛子的小商船。他们只用一支烟的工夫，将商船上的粮、棉、布等物洗劫一空。在日头昏睡的短暂时光里，他们把小商船掀翻后沉入河底，用

河水抹平血腥味，抹杀罪孽。

几个时辰以后，天光逐渐放出来，歪斜的日头仅露了一点点残光。那残光由淡转红，好像烧红的火圈挂套在西天，有点像哪吒脚下的风火轮，在黄澄澄的天光里悠荡。整条小镇被这浑浊的残光点亮着，东西两街仍空落落地，家家大门紧闭，听不见人声。

"嘭嘭嘭"，又是急促的敲门声，着实让姨娘陶秀她们吓出一身冷汗。

姨娘叫陶秀去开门。

"又是你，又来做啥？"姨娘从陶秀拉开的门缝里看到肉陀螺那张死样的脸，从陶秀身后发问道。陶秀闪过身子，让肉陀螺进来。肉陀螺尴尬地笑笑，把肉嘟嘟的头缩了缩，一闪身跨进屋来。

"财根呢，怎么还没回来，是出事了吧？"

"不晓得。"姨娘说。

"哦，镇龙急呢，他要我催，说找不到财根，就叫你店里现烧一锅羊肉汤送去。"

"从早晨到现在，店门都未开过，哪能有货呢，你这是难为我呢？"姨娘说。

"不行啊，你要赶快张罗，早点送去，迟了，日本人要派兵来拿，恐怕……"

"呀，吃牢我了！"姨娘急了。

"是哪，我是跑腿呀。我对你说，我从日本人那儿看出点苗头，他们要报复的。镇龙说，他在畚箕镇新置了田宅，家眷都搬去了，那里太平些。你求他吧，去那里躲躲。"

"畚箕镇，有多远？"姨娘说。

"十里多吧。"

"嗯。"

姨娘重新振作一下精神，从账台上寻了条青花布腰围裙系了，吩咐陶秀说："你去洗刷锅子和切肉案板，我去拿羊腿。"说罢正要转身，看了看肉陀螺，突然想起他的话，忍不住说道，"相烦你替我同镇龙那小蟹说说，有事了，能不能让我们女客头子去畚箕镇躲几天？"

"阿娘，求人做啥嘛，要死也死在这镇上！"

"死小娘，你知道啥。"

"噢，还是陶家阿嫂想得远，我晓得了。你们煮羊汤要快点啊，要不，我给阿嫂打下手？"肉陀螺捋了捋衣袖，脸孔有了点笑纹，眯缝的眼缝开了，露闪出眼珠，迎合着姨娘的话说。

"哟，你是个袖手大老倌，哪让你动手，笑话。"姨娘说。

"顾不得了，那边有刀架在我脖子上哩。"肉陀螺额角上渗着细汗。

"你等着吧，帮忙抬羊肉汤。"姨娘说。

肉陀螺笑了笑，从腰间摸出一杆短柄青铜嘴旱烟管，抓了些烟丝细细往烟嘴里填塞，跟姨娘陶秀进了后厢屋。煮汤的屋子是财根的作坊，锅台上放满了各式小瓷罐，装有新鲜的调味品，酱油老酒五香粉、葱姜辣椒胡萝卜、金柑皮、中药末儿，看得肉陀螺有点眼花。"有手艺呢，祖传呀？"肉陀螺眼馋了说道，伸出肉嘟嘟手去抓摸。

"别碰！"陶秀说，用细长的腰身去阻挡，占了肉陀螺的身位，用空碗去将小瓷罐一一盖了。"吣"，肉陀螺一惊，缩回手，乜斜着陶秀，看见她初露的两座乳峰，轻浮地哼叽着，随手去撸摸，"耶耶耶"，肉陀螺嘴巴里发出一连串匪气的淫猥之声，野蚊子般的叫声。陶秀两手正抓了磁碗，没防着肉陀螺会有这一手。腌臜的咸猪手在她初耸的乳峰上作孽，在她少女的青苗尖尖上马踏，羞怯与恼火被点燃了，血从腔子里要飙出来。

"啪！"磁碗摔出一根美丽的弧线，磁片碎了一地。

"啥事？"姨娘惊诧得抬起头，切羊肉的刀停在羊腿上。

"馊羊肉，摔了拉倒，死猪腔，羊杂碎！"陶秀痛骂道，朝肉陀螺翻白眼。肉陀螺缩了手，从腰上拔出旱烟管低头抽，快快退向屋门口，两条罗圈儿腿又矮矬下半截，蹲又不是站又不是，活脱脱一头猪猡精。姨娘只看见陶秀亭亭玉立的背影，心中的刺痛如箭钻针扎。头晕晕，眼前突然浮现小凤凰风姿绰约的戏妆、玲珑雅致的扮相、小巧美丽的身段、清亮哆软的唱腔，一脉戏魂飘然而至，深深地向其道个万福，脸露两行清泪，有魂魄游荡面前。"啊！"姨娘失声喊道，切肉刀掉于地上。

"阿娘！"陶秀回头看见姨娘发愣，赶紧过来扶住。肉陀螺抬头一惊，也要伸出手，被陶秀一个白眼唬了回去。"唉！"姨娘长叹了，眼睛酸溜溜的，有黑影子在晃荡，用手揩了揩。"这屋里刚才好像有人来过，我是做梦了？"姨娘喃喃自语道。陶秀心痛地说："阿娘，你是被吓的，累的，你勿要做了。"姨娘抚摸着额头，摇摇首，捡拾了切肉刀，继续切肉，两点眼泪齐齐落在肉案板上。

快点，快点啰！在肉陀螺催促下，一锅羊肉汤在灶火中翻滚出阵阵醇香，香味随灶烟与蒸汽袅袅升腾，绕梁而走。烟汽游荡着与窗门外半明半暗的日光相衔，羊肉汤的一丝香味，越窗而去。阿芹抱了金宝进屋来，嘴里直嚷，好香好香！她怀里的金宝摇头晃脑，小嘴发出声音，一副馋相。这小金宝长得黑，头又小，流挂着鼻涕，印着乡下孩子的邋遢影子。

"你们都出去！"姨娘卷了袖子走上灶台的垫脚砖。陶秀晓得姨娘要亲自做汤料，这祖传的手艺不可示外人。"出去！出去！"陶秀用手拦了拦，将肉陀螺、阿芹拦出门去。陶秀反手关上屋门，自己堵在门口，朝肉陀螺狠狠翻白眼。她恨死这只瘟猪头，她纯洁的少女情怀被这只猪头搅糊了，她愈想愈恶心。肉陀螺看到陶秀在盯着他，有阿芹瞧着他，自知无趣，蹲在墙壁旁抽旱烟。他肉陀陀的背脊猪般拱着，嘴巴里细碎地哼哼，断章断词地哼出淫秽的曲调《十八摸》，歪腔歪调，瘆人，让人起鸡皮疙瘩。

肉陀螺不自在地哼哼着小曲，旱烟管含在嘴里忘记吸，那管烟丝没抽出烟，稍燃了一会儿熄灭了。肉陀螺用嘴吹了几下，烟灰乱飞，听见姨娘闷声闷气叫道"好了"，摔了那玩意儿急乎乎推门进去。姨娘把一锅羊肉汤都装进桶里，盖实了，灶台上、锅子里干干净净，只有一点点余香在游荡。肉陀螺提了提汤桶，又摇摇，说"没装满吧，轻呀。"姨娘说："装满了会溢出来，汤很浓，一锅只能煮这么多了。"肉陀螺无奈摇摇头，说："只好这样了，不够了再来拿。"姨娘苦笑着说："你当这里是无底桶，说要就要？真是看人挑担勿吃力，站了说话勿腰疼。"肉陀螺也轻浮地笑笑，说："等会儿那日本人再要吃，你拿你的两个肥奶当羊肉来煮汤，啊好？"

"下作坯、骚猪头！"姨娘拿了根扁担递给肉陀螺，"走啊，要我抬你？"肉陀螺皱了眉头接过扁担头扛起来，肉陀陀的脸涨起猪肝式，吃力地往门外去。姨娘对陶秀阿芹叮嘱道："别出家门啊，我去去就回，看这浑浊的天，勿晓得要出啥事体嘞。"说完，跟了肉陀螺沿东街灰黄的日头影子踏着小碎步而去。

姨娘跟肉陀螺走过西街，一副遭劫的惨景使她心惊肉跳。苏州班子的宅院子被烧得七零八落，烧焦的桁架成三角形乱糟糟支撑在地上，屋内黑糊糊的一堆零碎，看不清是什么东西。烧毁的门板窗格变成焦炭，屋子焦黑一片，四周冒出青烟，凄凄惨惨。斜对面的南来来文具店也被大火烧焦了，只剩下两堵残墙，黑灰的墙面仿佛女人的泪脸，残留下了许多火烧的痕迹、弯曲的花纹。与之相隔的汇中楼茶馆上层楼板以上也受池鱼之殃，焦黑一片。烧裸的屋脊像教堂的十字架，尖尖戳向半黄色天空，好像在无声地抗议着什么，诉说着什么。哎呀，真惨啊，怎么烧成这样！姨娘边走边叹息。肉陀螺只管低头走，看都不看一眼。青石板路出现坑坑洼洼，那是游击队的手榴弹炸的，板上还残留着黑乎乎的血渍。

"我们扛到哪里去？"姨娘说。

"老县衙。"肉陀螺的罗圈儿腿在打战战。

"有日本兵啊。"姨娘脸孔有点转白。

"有啊，很凶。"肉陀螺说。

"我是个女客头子，去了你要多关照一下啊。"姨娘说。

"陶家阿嫂，你放心吧，都是这镇上玩的人。"肉陀螺低着头走路，似笑非笑着说。

说话间，西天晃悠出小半个日头，天空有点放亮。日头边仍聚满了云彩，云缝中射出些许阳光，一晃一悠地照射着半死不活的大地。寂寥的屋宇，沉默的田野，透气不爽的街路，肉陀螺阴阳着的脸，都印在姨娘的眼睛里了。西街有很湿重的气味，那是镇西头百米远的老县衙监狱飘来的霉腐之气。从老远就听到麻雀在嘈嘈杂杂乱叫，在一片杂草和荒地上成团地跳跃鸣叫，在腐败的衰草尖尖上作抢掠式的飞翔。日本兵的枪刺在监狱岗楼上晃悠，偶尔的阳光反射，引起麻雀尖锐的鸣叫后抱团从斜刺里飞翔着射向低空，放大成一片乱弹乱噪的乌云，在腐气深深的田地上飘忽，在监狱的上空舞蹈。

　　老县衙的大门很厚重，灰褐色的木板嵌着年代久远的纹路，凹凸不平的地方烙刻着许多冤魂撞击的故事。肉陀螺的眼睛盯着这瘟神般的大门看，努力寻找说话的小门洞，被一股霉湿的桐油味呛得直咳嗽。

　　"开门！"随着肉陀螺的喊叫，大门左侧打开了一扇小窗，一股污浊之气冲涌而出，喷在肉陀螺脸上。大门咣当一声开了，伸过来两把贼亮的枪刺，直顶到肉陀螺的胸脯上。

　　"呀呀，是我，送羊肉汤给皇军。"肉陀螺罗圈儿腿打战战。

　　枪刺收了起来，门又闪开些许空隙，让肉陀螺身子钻进去。姨娘愣了一会儿，跟着钻了进去。这就是老县衙了。青砖青瓦红木窗，厚实的梁柱子撑着走廊，将高屋顶跟跄跄地连接成遮阳物，屋宇陈旧而阴暗，四围散发出阴森森的气息。肉陀螺直奔镇龙的屋子而去。姨娘留在场院里，脚旁边那桶羊肉汤余温仍在，透出些微香气。

　　"噢，是陶家阿嫂，快抬进去，春山少佐都等急了。"一个声音从屋宇角落里传过来，从肉陀螺身子后闪出来。镇龙一脸的媚相，朝着姨娘直嚷嚷。

　　姨娘拎了汤桶艰难地往里厢屋挪动。镇龙头里走，一直走至后厢一排紧靠监狱的屋子前。这里站了一个哨兵，身子隐匿在长回廊的暗影中。镇龙在屋门前躬身说道："春山少佐，你要的羊肉汤送来了。"屋内没声音，镇龙提高嗓音又说道："春山少佐，羊汤羊汤。"吱呀一声响，那门开了，一个头戴服务生帽子的小个子兵晃动着头示意让镇龙进去。一会儿，镇龙又叫姨娘把汤桶拎进去。屋内点着灯，非常宽畅。地下铺着大青砖，梁上挂着鹅黄色的帐幔，靠里放置一张很大的睡榻，睡榻的墙壁处开了一扇窗，窗子玻璃透明度很大，能看清楚里面的情况。那窗子里面是一间办公室，姨娘能隐隐约约看见有人在里面活动。

镇龙对睡榻上的日本军官躬身说："她是陶记羊肉店老板娘。"那军官点点头，头裹白纱布，用眼睛示意伺候他的小个子士兵用碗盛汤。

"啊咦，好的。"军官张张嘴巴，夸张地咂嘴大喊道。羊肉汤的醇香让其兴奋不已，额头蒸起细汗，眯眼浅笑。"喏。"他又咂咂嘴巴，示意勤务兵搬凳子给姨娘坐。他又招手示意镇龙先喝一碗。镇龙马上盛了汤喝，说："好喝。"军官又唤兵舀了几大碗送到隔壁去。就这样折腾了一会儿，军官才放心地捧碗喝起来。他叫兵打开葡萄酒，边喝汤边喝酒，镇龙呢，就呆呆地立在旁边看他吃喝。

"啪啪……"

姨娘突然听到鞭子声。啊，那声音是从窗子里边的屋子中传出来的。模糊之间，姨娘听到被打者的叫喊声，十分吓人的呼叫声。那叫喊声渐渐地变得微弱下去，只听得见抽打鞭子的声音。细听好像打在九曲河上的那种钝击声，水花飞溅，血流如注。镇龙一直安静地立在春山少佐身边，目不转睛，随时等待其吩咐。春山少佐专注地喝酒，将一块嚼烂的羊肉含于嘴里不吐不咽地品着。忽地，春山少佐把一碗羊肉置于托盘里，顺手推开墙上的窗，送入屋子里执鞭人的手里。那人接了羊肉狼吞虎咽，要把空盘送回来。春山骂道："猪啊，拿肉来换！"那人一愣，春山又骂道："蠢猪啊！"骂过，只管低头喝酒。那边屋内静寂无声，死猪一样。突然又有人杀猪般喊叫。只见那只托盘送回来了，盘内一只血耳朵一动一动，盘子冒着些微的热气，好像羊的胃。镇龙呀地惊叹一声，眼睛从春山少佐身上移开，斜视姨娘拎进来的羊汤桶，脸孔都黄里转白了。春山少佐低哼着小曲，慢慢把盘子放置于膝盖上，细细嗅了一遍，喝口葡萄酒，再嗅了嗅，嘿嘿笑了。"很好很好。"他说道，露着一口黄牙。

春山少佐喝完葡萄酒，将空酒瓶甩甩，举过头顶挥舞，嘴巴里念念有词。狠命一甩手，空酒瓶猛然飞向墙壁，摔得粉身碎骨。春山低笑着说道："游击队？嘿嘿，炸啊，炸呀！"

姨娘吓得心惊肉跳。看不清内屋里被毒打的人影子，耳朵嗡嗡发响。她好像听见是小凤凰的师兄在受刑，又像老班头在喊冤枉。

春山少佐微醉，仰身躺在睡榻上。镇龙附在其耳朵旁说了几句，少佐又笑了，向空中乱挥手。镇龙转身对姨娘说："春山少佐要你再烧一锅羊汤来，他要去慰问伤兵。"姨娘一听急了，直摆手说："没有羊腿了，不行啊，弄不来。"镇龙嗔怪道："女客头子真不晓得轻重，这种时候谁敢违抗？回去想办法啊。"姨娘争辩道："除非宰羊，财根跑掉了，弄不成啊。"镇龙想想也对，就俯下头，一副媚态地对少佐说："今天不行，明天吧？"春山少佐听了，忽然坐起来，一副凶相，说："胡说，你去弄！"镇龙呆住了，脸孔都白了。他苦笑了一下，说："嗯，我去弄，我去弄！少佐你别累了身子，躺下，躺下，我去通知你的值勤伍长，给你叫个花姑娘？"春山用眼白了镇龙一下，朝外挥挥手。镇龙识趣地点点头，慢慢退出门去。

春山少佐似睡非睡，一只眼细眯着瞧那只血淋淋的耳朵。陶秀姨娘坐在屋内更加害怕，心惊肉跳，想走又走不脱，不知如何是好。那少佐只管玩味那只人耳朵，无视姨娘的存在。小个子兵进屋来，附耳向军官低语几句。少佐向姨娘瞄了一眼，朝那小兵呶呶嘴巴。小个子兵无声地奸笑着，慢慢退出去。少佐又细眯着眼观赏盘里的耳朵，嘴唇嚅动着，脖子僵直呃出声来。"呀"的一声，两个魁梧的兵架着一个长发低垂的女人跨进门来。那女人颈脖上流淌着鲜血。他们都站着，兵们放开了手，任那女人慢慢坐于青砖地上。少佐朝那些兵挥挥手，继续看那只血耳朵。魁梧的兵都无声响地退了出去。屋内又静得可怕，听得见喘气声。忽而，那少佐走下睡塌，将红木盘举到那女人胸前，嘴巴嗫动几下，凶狠地说了一句："吃！"那女人挪挪身子，颤抖得很厉害，慢慢抬起双手接了那盘子。"吃！"少佐又呼喝道，回身从墙壁上抽出一把军刀，轻轻舞了几下。那女人将头低下来，埋进盘子里去。看不清她吃耳朵的嘴唇，只见其埋着头，耸着肩，浑身如筛糠般发抖。少佐笑了，从那女人嘴里夺回耳朵，置于托盘中。须臾，少佐变戏法儿似的将一把琵琶塞到女人怀中，自己执着军刀做了一个砍杀的姿势，命令女人弹曲。慢慢地，那女人拢住琵琶，细瘦的胳膊扬起来，她弹的曲子很轻、很迟缓，少佐在那迟缓的曲子里动作僵硬地舞动军刀，在原地跳圈子舞，嘴里哼着野性的歌曲……汗从少佐的脸上流淌下来，把整个背都洇湿。突然，琵琶声断了，少佐野兽般扑向那女人，用军刀挑破女人的衣服……"畜生！强盗！"那女人终于发出嘶哑的哭骂声，姨娘被吓得胆汁都要流出来了。没听清楚那女人的声音，没瞧清楚那女人的脸孔，那女人就被门外的兵架出去了。姨娘心里战栗得昏然无序，整个身心都是伤痛。突然想起被鬼子抓走的苏州班子的两个女戏子，如一桶凉水从头至脚浇泼得彻骨冰冷了。

"嘿嘿嘿……"少佐歇斯底里冷笑，光着身子舞刀，像着了魔。最后咣当一声，扔掉军刀，躺倒睡榻上，昏睡过去。

姨娘像被人遗忘的一条鲶鱼，扔在墙角边，没有人来叫她。姨娘的魂魄缺少了，呆呆地坐着，好像一根木头。

风吹院落沙沙响。监狱铁丝网上的铃铛杂乱地晃荡，有麻雀结群掠过老县衙阴丝丝的屋脊，与远天厚云印成墨染的画，看不到晌午后阳光的灿烂，瞧不见白日头那苍白的脸。肉陀螺疲惫地从镇龙的屋子里出来，脸色似死猪头烟灰无光。他身后跟着那两个魁梧的兵，一个兵背了一支步枪，一个兵拿了一个扁担，将汤桶塞给肉陀螺，说："拿着！"

镇龙在屋门口挥挥手，抱拳朝他们拱几下，心事重重地消失在大门口。

第九章　两个日本兵

　　肉陀螺缩手缩脚敲陶秀家的门，附耳在门缝上侧听，嘴巴呼着臭气。屋内没有回声。他又敲几下，再听听，仍没声。他就扬开嗓子喊叫。他的叫声在这被血气浸染过的小镇上突兀乱窜，显得怪异。陶斯咏棉布店的那条狗经不起惊吓，吼叫几声后呜咽低吠。

　　肉陀螺很奇怪了，难道陶家那两个女人闻风溜逃了吗？这又不是向她们索命，逃啥呢。肉陀螺回首瞧见跟来的那两个兵正死眼盯着他。他再回望东街，这街尾巴有风吹得凉飕飕的，好像有许多眼睛正从街的隙缝中死样地盯着他，盯得他背脊冷丝丝地疼。肉陀螺后怕了，畏手畏脚地向那两个兵指指门，说道："没人啊。"那两个兵眼中闪射阴笑，突然同时抬脚去踹踏店门，"嘭嘭嘭"，店门很厚实，只听见振动声，踹不开。门楣子上落下许多厚灰尘，洒在他们头脸上，乌鸡似的，一头一脸的灰。

　　"家中没人啊，"肉陀螺嘴巴嘟囔了，"到后园去看看呢？"他用手比画给两个日本兵看。两个兵摇摇头，无奈地答应了。又有穿街风没头没脑刮过来，将他们的乌鸡脸弄成大花脸，很不舒服。"呸呸呸"，那两个兵狠狠地吐着污灰，两只手在脸孔上乱撸，一股霉气正贴着他们身子绕线圈，仿佛要煮茧般蒸煮两只猪头呢。

　　当肉陀螺领着两个日本兵从小石桥上走来时，陶秀与阿芹就在店楼上瞧见了。没有姨娘跟着，陶秀就对阿芹说：如果来敲门，不要应声。阿芹说：不能开门，那两个兵凶巴巴的，放进来我俩要吃亏！于是，任凭肉陀螺叫门，她们都默不作声。危险正如影子一样向她们逼近，阿芹紧抱着怀里的金宝，把肥奶塞进他红红的小嘴巴里，用自己热烘烘的胸脯暖着他，不让金宝发出声音来。当响起嘭嘭嘭的踢门声，她们心惊肉跳起来，陶秀将自己微微高耸的胸脯也紧贴在阿芹背上，她俩几乎要抱成一团了。阿芹听到陶秀急速的心跳，轻轻安慰说："别怕，他们一会儿就走了！"一只麻雀拍打着翅膀从南窗飞进楼来，绕梁飞了一圈，不惊不躁地降落在桌子上。看得清那双细红的脚慢慢地踩着舞步朝中间跳跃而来，灰色的鸟嘴，细圆的小眼睛，安逸地瞧着她们。阿芹朝麻雀眼睛一瞪，嘴巴做着吓唬状，驱赶它。麻雀只两翅一扇，小红脚仍牢牢地踩在红木桌上，顽皮地作弧步踱来踱去。陶秀隔着肩膀伸手朝阿芹直摇动，示意阿芹莫惊动小鸟。那小鸟一定感觉到了陶秀的摇手，整个身子往下一挫，没看清其打开翅膀，嘶啦一声响，箭一般射出窗而去，红木桌留下细微的爪印子，有点像画上的几根杂乱的树枝。当麻雀惊飞后，门外没了动静。陶秀与阿芹心悸悸地走下楼，朝店门口望了望，赶紧往后厢房去。她们躲藏在财根的屋子里，关紧门，大气不敢出。

天空仍雾朦胧地阴气重蚀，偶尔露出一小块丝瓜般的太阳的脸，晃几晃，又藏匿入深厚的云端里。南江里潮水涨了，有隐隐约约的涨潮声随南风飘荡，空气中都灌注着雾霾，阴湿而晦重。沿江翻飞的沙鸥群已在早上突然迁徙往东北方向的黄海滩去了，江畔只有几只鹬鸪在江芦丛上盘旋，形单影只地低翔，偶尔发出咕咕咕的鸣叫声。孤鸣之声，随风飘荡。

肉陀螺带着那两个日本兵一头钻进了东街尾巴，在小弄堂里摸索着。细细的街的缝隙像一条条蚯蚓盘在老屋之间，粗糙的烂桁木，风化的土砖，沿墙缝长出的墙头草和密密麻麻的青苔搅和在一起，增加了小弄阴湿陈腐的颜色，有点鬼气森森。那两个兵眼珠乱转，不时抬头望向头顶上的屋脊，望向阴灰色的天空。他俩的眼珠有点发绿发虚，握枪的手滑腻腻的，有汗珠滴在小弄青苔上。当他们闷声闷气地走出小弄时，南面的风猛吹过来，大团大团的雾气挡着他们的去路。眼前是一道比人高的竹篱笆墙，上面穿枪露马地盘绕了绿油油的藤蔓，竹篱笆的枝枝蔓蔓均开着红白相间的花，簇簇拥拥。

"是这里。"肉陀螺说。两个兵用手摸摸新鲜的叶子，嗅嗅花香，脸上浮动孩子般的微笑。云层里正好射出一缕阳光，跑马般从绿篱笆墙上掠过，闪耀的鲜绿把两个兵惹得天真地叫喊起来，被眼前的景色陶醉。肉陀螺诧异地看着他们，眯缝的眼睛撑成三角眼，用手拉扯竹篱笆墙上的藤蔓，哼哼道："乱蓬蓬竹篱笆，有啥新鲜呢？快走，篱笆墙的门在东头呢。"一个兵猛地拍拍肉陀螺肩膀，说："走哇！"肉陀螺被拍打疼了，一个肩膀歪斜了，脸露痛苦之色，一脚高一脚低，领着他们绕竹篱墙而走。

绕了个大圈子，肉陀螺仔细寻找墙上的门。竹篱墙如绿色屏障，将东街尾巴包裹得粗壮肥硕，把古典小镇嵌入乡村田园的风光。从远江里望过来，一片令人遐想的富饶萦绕在小镇里，很舒服、很神秘的感觉。两个兵的脚步轻盈起来，嘴巴吹起口哨，朝肉陀螺傻笑。肉陀螺用手抓抓这里，推推那里，一时竟找不到那与篱笆墙吻合成一体的竹篱门。看到肉陀螺的蠢相，两个兵露牙轻笑。远江里飞来两只鹧鸪，在篱墙上空盘旋。一个兵悄悄举起步枪，只听啪的一响，其中一只被打中了，斜斜落入篱墙里面。枪响鸟落，两个兵欢呼起来，催肉陀螺赶快找门。肉陀螺在东推西搡中终于找到那扇神秘兮兮的竹篱门，那扇几乎与竹篱墙绝无二致的小竹门，推开它，就像在绿墙上淘了一个洞，使画面出现了空白。两个兵莫名地狠狠盯了肉陀螺一眼，嘴巴里嘟囔一句："八嘎！"

呵呵，一进院子，两个兵又高兴起来。一片嫩绿色的桃园，树下细茸的小草，盈盈而立的桃树，高挑轻盈的身姿，精致得入骨的桃园风光，令人的每个毛孔都灌着兴奋。那两个兵小心翼翼地钻进桃园，脚步轻轻，一步一顿地观赏着，把肉陀螺甩在身后，看都不看他了。两个兵像天真的小孩一样迷失在桃树的芬芳中，让猥琐市侩又奴性的肉陀螺有点莫名惊诧。他想喊叫他们，指挥他们，又没那狗胆，只能跟在他们后面转，任其孩子般疯。青嫩的树间，飞翔着许多蝴蝶。它们围着树杈打圈圈，低翔着嬉戏柔软的草皮，创造出很多花花绿绿的印象，仿佛飘洒着鲜艳夺目的花瓣，诱惑两个兵忘记了战争，无目的地去追逐、去玩耍。

"咩——"清楚地传来羊咩，让两个兵兴奋地要大喊了。顺着羊咩的方向摸索过去，竹篱墙的西南角有一个低矮隐蔽的草棚子，几只肥羊安逸地嚼着嫩草，发出哼哼声。一个兵用枪挑开羊棚门，叫肉陀螺把肥羊牵出来。肉陀螺一头钻进去，抓羊角。那头羊见生，蹶起后蹄一扫，一团羊粪狠狠地甩在他脸上。"呀呸！"肉陀螺苦叫一声，惹得两个兵又要发笑。两个兵轻蔑地哼叽着，同时出手将肉陀螺拽了出来。两个兵像饿狼一样扑进去，去同时抓一头羊。那头羊昂起头，突然纵跃，只一闪，就从两个兵的身旁窜出去，跃过肉陀螺的手臂，放开四蹄奔入桃园，一蹦一跳而去。肉陀螺喊了声"欸——"向那羊追逐。霎时，两个兵眼睛发出光来。一个兵操动手中扁担，向其他的羊没头没脑横扫过去。"噼啪！"一头羊被打折了腿，凄惨地叫着。其他几头羊都伸出羊角，齐齐地抵住那兵的腰腿，一副拼命的架式。"啊哇！"那兵被羊角挤痛了，手中的扁担无法施展蛮力，大声傻叫。见此景，另一个兵竟然操起步枪，向那几头羊猛刺过去。一头羊被刺中了，羊血箭一般飙到他脸上，热气蒙住眼睛，羊棚染成一片鲜艳的红色。那头羊哀叫着，停止抵抗，向那兵瞪着白眼珠，慢慢低下高贵的头颅，倒在地上了。那羊的胡须很长很白，很像优雅的长者。

一番较量，性格温顺的羊的抵抗愈来愈弱，被两个兵用绳子系住。短时的骚动，撩起两个兵的斗志。一个兵胡乱地揩着脸上的羊血，弄成一副大花脸。一个兵军裤上全是羊粪，身上涂满羊骚臭。"八嘎！"两个兵狠狠地咒骂。一个兵用枪刺挑动羊棚角落里的草料，寻一块可擦拭羊粪的布料。挑着翻着，挑出一块黄色衣角，用力拉扯，埋压在羊棚灰里的衣服被揪了出来。呀呀，那是一件军衣，是失踪的士兵小野次郎的。两个兵眼睛里就要滴出血了，红得像苍蝇。"出去搜！"一个兵凶巴巴地对着另一个兵吼叫。两个兵急吼吼向羊肉店的屋子奔去。肉陀螺还在桃园里追逐那头倔强的肥羊，围着桃树满园转，头上冒着汗，脚下绊着闪，几次抓住羊背脊又被挣脱，只抓一手羊背毛。

此时，陶秀和阿芹躲藏在财根屋子里大气都不敢出。她们已经听到肉陀螺在桃园追逐肥羊的脚步声。陶秀气呼呼低声地骂肉陀螺猪头，骂日本兵强盗，担心姨娘出事情。阿芹紧紧抱着小金宝，低声劝慰陶秀，提醒她别惊动日本兵。正劝慰着，屋门被重重地踹开了，两个日本兵气势汹汹闯进门来。一个兵挺着明晃晃刺刀，满脸血渍，凶相毕露。一个兵抓着一根扁担，满身羊骚臭疯狗般逼过来。

"花姑娘！"两个兵突入屋子看清了躲藏着的女人，好漂亮的两个女人，血渍大花脸变成轻浮的淫笑，红苍蝇般的眼珠放出绿黄色的邪恶之光。大花脸举枪去挑阿芹怀里的金宝，吓得阿芹哇地大叫。陶秀见状机敏地将阿芹身子一搡，大花脸的枪刺从阿芹的左臂下穿透过去，"噗"一下插进财根暖床旁边的橱柜上。陶秀此时脸浮微红，一股强烈的抗争之气从脚底涌起，她突地站起来，一把抓了大花脸的枪身，说："别作孽！"陶秀的青春美貌让大花脸看在眼里，酥入骨头，抓枪的手都变软了。听了这漂亮女人好听的声音，这兵竟一时僵在那里，没有拔枪的念头。身后的兵抢过来，要抓撕陶秀的衣裳。陶秀被那兵揪了上衣，露出白嫩胸脯，那对嫩乳小白兔般跳了跳，陶秀脸更红了，惹得大花脸伸出一只手朝身后那个兵挥了一拳。哇呀，那兵突遭同伴老拳，气得哇哇大叫，松手与之开打。大花脸索性丢了钉死在大衣橱上的步枪，举起双拳与之扭打起来。陶秀此时使出全身吃奶的力气将步枪一拔，一个后坐力，那枪托准确无误地击打在大花脸的后脑瓜上。只听噗的一响，好像敲碎了一只红脸大西瓜，血喷到陶秀脸上。大花脸身子僵了一下，像一口沉重的麻袋压在另一个兵的身上，头上的血浇铸在那个兵的军衣上，染成玫瑰色。那个满身羊骚臭的兵霎时又变成一只落入血泊的鸡。陶秀被眼前血淋淋的景象惊呆了，将步枪紧张地抓在手中，用枪尖对准地上的落汤鸡般的血人。那个兵突然间疯狂地翻身扑向陶秀，陶秀的枪刺刺中了他的大腿。"哇呀呀……"那兵惨叫着，仍奋力抓住枪杆扑向陶秀，伸出一只手狠抓陶秀的脸，抓住了陶秀的头发，没命地往下拉。在撕心裂肺的疼痛中，陶秀喊叫道："快点帮我啊，快点啊！"阿芹木头般一动未动，身体不停发抖，将怀里的金宝拢得紧紧的，直拢得金宝大哭起来。金宝一哭，阿芹也哭了，她哭喊着将怀里的金宝往地上一放，操起地上的扁担向那兵身上没头没脑地打将下去，一下、两下、三下……打得那兵负疼撒了手，反转身来抓住扁担，一拧一捅，就把阿芹捅倒在地上。陶秀咬牙将手中步枪一拔，狠命向那兵刺去。那兵一躲闪，也倒在地上。陶秀的枪刺"噗"一下刺中他的屁股，血泊然冒出来，流了一屁股。那兵站不起来了，举起扁担乱挥乱舞，啪啪啪地打在陶秀手臂上、胸口上。陶秀不躲不闪，钉子一样按住枪杆，钉得那兵嗷嗷乱叫。那兵的眼睛里流着眼泪，绝望地惨叫。他又一次举起扁担，向慢慢爬过来的小金宝嫩弱的头颅打去。啪的一声脆响，小金宝天真的小脸被打扁了，瘦小的身体抽搐了几下，趴着不动了。"金宝！"陶秀也绝望地哭喊了，抓枪的手狠命地往那兵身上压，刺刀有了钻地的感觉，痛得那兵晕死过去。阿芹从地上挣扎着爬到小金宝身边，心一痛，眼前一黑，就昏死过去了。陶秀用发麻的手战栗着拔出枪刺，用枪托猛打那个凶恶的兵，啪的一声击中那兵的后脑勺儿。听到那沉闷的撞击声后，陶秀浑身像散了架，一屁股坐到地上，再也爬不动了。一时间，财根的屋子里好像打翻了一缸油漆，满地淌了浓稠的紫红，血腥味满屋乱窜，有点像财根的屠羊屋。早已亮堂的天空从南窗射进几缕明媚的阳光，将一屋的血色照晒得红光闪闪、妖妖艳艳。几只紫色蝴蝶翻转着翅膀成一字形轻松地穿窗而入，在屋内翩翩起舞。一只小鸟飞驻在窗台上探头探脑，尖嘴巴微张几下，发出舒缓的鸣叫，"喳喳喳……"

风吹竹篱墙，蝶绕树林飞，云雾缝隙间，露出天光一片。空蒙蒙的园子只有肉陀螺仍在努力地追抓那头羊。那头羊的机敏与灵活使肉陀螺的笨拙原形毕露。肉陀螺追逐得有点上瘾的感觉，玩的感觉。肉陀螺很奇怪，自己竟然对付不了一只羊，他跑得愈快，羊跑得愈快，他慢慢走，那羊也慢条斯理地走，那羊屁股上好像也长着一只眼睛。肉陀螺抓那羊抓到全神贯注的地步，脚步时轻时重、时快时缓。他追逐了好几圈了，总是相差那羊一步之遥。无奈之下，他只好放弃追抓，两手空空，感觉不是个滋味。他悻悻然走回羊棚边，只见几只羊都被绳子拴在棚柱上，两个兵却没有了影子。肉陀螺进羊棚抓抱了一只稍大点的羊，将绳子紧紧挽在手中，向前面厢房走去。

　　肉陀螺抱羊累得背脊上汗湿衣衫，进了后厢屋听不到一点人声，甚觉奇怪。他朝店堂屋走去，客厅里无一个人影。他喊叫了："喂喂，有人吗？"空空的回音，静寂寂的屋子，眼睛黑影瞳瞳。一股莫名的恐惧袭上心头。抱羊的手又酸又麻，脚底下好像踩了棉花包。他再转寻至后厢屋，从东间寻至西间。西间的屋门大开着，一股血腥气直冲眼睛。肉陀螺眨眼细看，满屋的污血，睡着四五个血人，一支步枪横压在那两个日本兵的尸体上，吓得他倒吸一口凉气，嘴里失惊风般说着："这这这、咦咦咦、呜哇哇……"抱着羊一屁股瘫软在门槛上，裤子都尿湿了。肉陀螺僵坐了片刻，只喉咙里呃出清痰来，弄得衣襟脏兮兮。怀抱的那只羊用白胡须擦拭他的脖子，羊嘴里吐的唾沫沾在他的衣领子上，臭烘烘的。肉陀螺眼睛里慢慢淌下泪水，心悸悸低了头，呜呜呜，哭了。

　　陶秀听到肉陀螺的哭声，慢慢爬起来，将那支步枪抓在手里，跨过日本兵尸体，走近肉陀螺说："老叔，你要去报告吗？"

　　肉陀螺用手揩揩眼睛，擦一下鼻涕，抬起头呜咽着说："真正闯了大祸了，你老叔这条命都要交出去了，呜呜……"

　　"你快逃命去吧，我们等姨娘回家，也要跑，你如果去报告，我这就打死你！"

　　"啧啧啧，陶家小姐好凶啊，你看我会报告吗？呜呜……"

　　"人心隔肚皮，你就是鬼，当我不晓得你？"

　　"小姐你别看错人，我堂堂正正一个男人，没做过伤天害理的事。"

　　"帮着日本人，还说是好人？"

　　"你们是闯大祸了，呜呜，那两个兵那么大膀子，怎么弄不过你们两个小女人，嗯？"

"弄也是死，不弄也是死，你没看见刚才的凶险，命都快没了，就拼命啦。"

"他们要杀你们？为啥呀？还是要欺负你们？"

"这些畜生！"

"噢，呜呜。"

肉陀螺不再问了，慢慢爬起来，把手里的那头羊牵到屋檐下的一根木桩上。返身进屋细看了看两个兵的脸，再看了看倒在血泊里的阿芹和小金宝，连连叹气说："该杀该杀，该杀啊！"又回头对陶秀说，"你还年轻，快去洗洗，换了血衣，逃命去吧，这里由我来承担，我……我去抵……命！"肉陀螺一脸的哀戚，眼泪就像断线的珠子一串串往下落着。

"老叔！"陶秀看着肉陀螺肉陀陀的背影，不由得喊了一声。她把枪背在肩膀上，绕过肉陀螺，将昏迷的阿芹扶起来，半拖半抱地架到财根那张暖床上。

"她还活着？"肉陀螺识相地没靠近陶秀，低头寻找扫帚，处理地砖上的血渍。

"被打伤了，晕了，这两个强盗！连个小孩子也不放过，畜生！"陶秀用干布细细擦干净阿芹的脸，愤怒地说。

"嘭嘭嘭"，街上有人来敲大门，陶秀的脸唰地全变色。肉陀螺对她说："你啊赶快逃命吧，快逃吧！"陶秀说："阿芹怎么办，我娘她怎么办？"

"快逃吧，逃掉一个算一个，顾不了啦。"

"要逃一起逃，要死一起死，反正是个死，拼命算了。"陶秀把枪又抓在手里，说，"你别动啊，我去看看。"陶秀眼睛里闪着倔强的光芒，踮手踮脚出去看动静。

"阿芹快开门。"陶秀听清楚是财根的声音，心里石头落了地，急忙去开门。财根见是陶秀，笑笑说："都好吧，没事吧？"又见陶秀抓着步枪，惊诧了，"你，你……你怎么弄到它的？"陶秀紧张得脸又白了，连连摇手说："莫要声张，小声点，快关大门！"财根急了，脸孔发青发白，嘴唇打哆嗦，说："事情破了？被小日本查出来了？要死吗？"

"你小声点，什么破了，人都差点被这些强盗弄死呀，金宝被打死了，你快进去看看吧，都要去逃命呢，快点啊！"陶秀急急往里边走去，财根紧张地跟进去。财根一跨进后厢房，一股浓重的血腥味直冲脑门，他惊讶得失声叫道："天啊！"呆在屋门槛里一点点的地方，眼睛发直。"这这这……这是怎么弄得啊，要命啊！"财根胸口中一口气缓了过来，重重地叹息道。看清楚肉陀螺的脸，又问道："是怎么回事啊，小日本杀进来了？"

肉陀螺呜咽着说："闯大祸了，闯穷祸了，弄死他们了，要抵命呀。"肉陀螺哼哭几下又说："是那春山少佐还要喝这店的羊肉汤，镇龙叫我领这两个兵来拿，可谁晓得会发生这种事，大概是那……那两个兵见色起意，要欺负……她们。"

"呀呸，这帮猪猡，畜生！"财根疲惫不堪的脸上涌起愤懑，嗓音嘶哑，"秀啊，你和阿芹想法儿先逃出去，这里的事我来收拾。"

"阿娘还在那边，往哪逃呢？"陶秀仍紧抓着步枪，用手背擦额上的热汗，血渍染花了手掌，睁大眼睛看着财根的脸。

"噢，老哥，你说怎么办？"财根想了想，问肉陀螺。肉陀螺手脚都在颤抖，结巴着说道："小日本……他们要喝羊肉汤，去晚了就要命了。先宰羊煮汤送过去，这边快把……把死人埋了再说。"

"只能这么办！"财根咬咬牙说，"秀，你帮老叔把死人埋了，我去宰羊，一定要快。"说完不等陶秀回话，返身就把肉陀螺抱来的那头羊牵进隔壁的屠羊房，杀了，剥了羊皮，三下五除二地切肉下锅，烧煮起来。

陶秀寻出两只空麻袋，与肉陀螺一起将日本兵尸体装了，埋到后园子里去。陶秀将金宝另埋在东篱笆墙下。陶秀用一条棉被将小金宝裹好，把金宝喜欢的拨浪鼓放置在他小手里做陪葬。陶秀边埋葬金宝边流泪，泪水淌到嘴巴里，咸兮兮的。

阿芹从昏迷中逐渐苏醒了，财根屋子里空荡荡的，她用手摸摸身边，摸不到金宝。她想喊，嗓子提不起声音，浑身像散了架，软绵绵的。身子很酸麻，胸口钻心痛，两只脚没有感觉，轻飘飘动弹不得。她睁大眼睛看屋子里景物，有点陌生。她忆不起刚刚发生的事情，只觉得身边缺少东西，好像是孩子。她摸索着抓到了一个小枕头，拥在怀里，嘴里喃喃道："乖乖呀，莫哭呀，宝宝呀，莫吵呀，我给你说悄悄话……一螺好，二螺巧，三螺骑白马……"

羊肉汤的香味又飘起来了，透骨透髓，一团团气雾漫溢着，羊肉店浸染着肉汤味。财根全神贯注地工作着，用汤勺子轻轻捞取汤中不断浮出来的白泡沫，按时添加各种调味品，放置专用药味子。羊肉汤的醇香愈来愈浓郁，一种特有的味道在烹饪中慢慢透溢出来，味香而不腻，汤浓而不腥，肉酥而不烂，喝之舒肠，食之脑清。财根不断举汤勺品尝汤味，两眉间萦系深思之态，不断地添加药味子，不断地调试汤的浓度，察看火候，其烹饪之艺烂熟于心。

"财根呀，汤煲好了吗？"肉陀螺急吼吼问道。

"好了，装桶吧。"财根说。

"你带她们快逃吧。"肉陀螺低哑着嗓子说。

"老哥，这事你别瞎扯，哪能赖在你身上，我这里骨头是骨头，肉是肉，分得清的。"财根最后尝了尝汤，又说，"如果事情露了，尽管往我身上推，我不怪你，绝不冤屈了你。"

"好兄弟，真难为你了。"肉陀螺哭丧了脸说，两滴眼泪滴在汤桶里，埋了头低泣。

陶秀从财根屋里取来扁担交给财根，财根装好汤，拉了陶秀到一旁，附耳说了他心中那个秘密。陶秀轻轻"啊"了一声，继而说："财根叔，你去了赶快回来，带阿娘回来，我们一起逃。"财根说："好，你把步枪也埋了，也埋到羊棚灰下去，被人看见了，就危险了。"陶秀又点点头，急忙去了。财根擦了擦衣服上手臂上沾染的羊血渍，回到自己屋里去看阿芹。阿芹见是财根，咧开嘴巴傻傻笑着，仍数说着儿歌："一螺好，二螺巧，三螺骑白马，四螺拖棒头，五螺富，六螺穷，七螺……"财根突然弯腰用嘴吻她，吻得阿芹呜呜地乱哼。财根使劲吻着，吻着，阿芹被吻得不哼了，眼泪像小河水那般淌下来，热气腾腾地沾在两人的脸上。财根的脸皮也湿润酸咸，嘴里苦涩涩。肉陀螺走过来，脸上泪水涟涟。

财根整理好屋里的衣物，换了件干净衣服，把一个小纸包藏于衣袋中，用湿毛巾擦把脸，腰间系一根阔皮带，撸一撸乱草般头发，对肉陀螺说："别再哭相了，脸擦擦干净。"肉陀螺也擦干净脸上的泪痕，整整衣衫，说："快走吧！"财根点点头，又附身热吻了阿芹，嘴里喃喃说："心肝，我去了！"说完，返身与肉陀螺走出屋去。

第十章　财根遇难

日头有点偏西了。阳光淡淡地晃进春山少佐的房子窗户，留给大方砖一小块光明的印痕，散乱地、零碎地铺在地上，提醒屋子里的人对时间的记忆。陶秀姨娘呆呆地坐在屋角落里，睁着失神的眼睛看着睡榻上的少佐打鼾死睡，惶惶然心事重重。姨娘很轻地叹着气，为春山少佐扣押自己而担忧。总觉得一种危难正像影子一样慢慢爬上来，藤蔓似的缠绕不清，好像落水之人濒于没顶，令人窒息般难受。春山少佐的每次翻身，都系着姨娘的神经。很长一段时间就在这种惶恐中挨过去了。眼看日头都要偏西了，姨娘弄不清这小日本要对她做什么难事。正想着，小个子勤务兵推门进来，附在少佐睡榻边，嘴里轻轻吹了一声口哨："嘘嘘。"少佐动了，举起左手向空中挥一挥，忽然坐起来，问："有事？"那兵说："羊汤送来了。"少佐一笑，说："送去！"勤务兵"嗨"了一声，回话去了。少佐朝墙角边的姨娘看看，嘴里"嗯"了一声，低头作沉思状。门突然又被推开了，镇龙急吼吼地走进来，对少佐说："少佐，你的两个兵不见了！"

"什么？"少佐受伤的额头顿时青筋暴涨，血染纱布，凹陷的鼻梁青里透黑，两眼凶光毕露。"是谁去的？"少佐问道。

"肉陀螺。"镇龙压低嗓音说，斜眼瞧了瞧墙脚跟的姨娘。

"叫他进来！"少佐低吼道。

"嗨。"镇龙低哼道。

"回来！"镇龙刚走近门口，被少佐叫住了，"羊汤是谁送进来的？"

"财根。"镇龙说。

"把他带来！"

"嗨。"镇龙又哼道。

财根被带进来，镇龙对少佐说："他是羊肉店的伙计。"少佐瞪了瞪眼，问道："你会宰羊？"财根面无表情地回答："嗯。"少佐又问道："你会煮汤？"财根回答："会啊。"少佐狠狠盯住财根的眼睛，说："你的不是良民！"说完，对镇龙说，"你去把那桶羊汤抬过来，快点。"

镇龙抬来羊汤，少佐叫他盛了一碗拿给财根。"你喝！"少佐说。财根面无表情地大口喝下去，撸一撸嘴巴，说："还热着呢。"财根说此话时，抓碗的手指稍稍发抖。少佐盯着财根的眼睛狠狠看了看，低头沉思。突然，他对财根吼道："你杀了我的兵？"财根身子轻轻一颤，闭了闭眼睛，摇摇头说："我没有！"少佐怔了怔，又作沉思状。镇龙脸上肌肉一动一动，回头看了姨娘一眼。姨娘脸露惊恐之色，两手掌无意识地不停搓着。少佐不看财根了，自己在睡榻前的大方砖上踱步，一会儿又仰首望望屋梁，嘴里喃喃自语，叽里咕噜，全是日本话。

"镇龙，你与她都出去！"少佐眼角瞟了瞟姨娘，说道。

"嗨。"镇龙说，用手向姨娘招了招，先自退出去。那边姨娘木木地站起来，朝财根望望，擦拭一下眼睛，跟着镇龙出去了。姨娘紧追两步，问镇龙道："出了什么事，要紧吗？"镇龙回头看着她说："跟去的两个日本兵失踪了，肉陀螺说他在你家院子里捉羊，没看见那两个兵跑到哪里去了，很奇怪。"

"那怕啥？还怕把人生吃了不成。总归在这镇子上哩，寻呗。财根他怎么会杀人呢？那日本人又要敲我们竹杠了。"姨娘叹气说。

"你晓得啥，那两个兵凶兮兮的，杀人不眨眼，能跑到哪里去？"镇龙弯腰走进了镇长办公室。姨娘急了，求镇龙道："老哥啊，看在老邻居老乡亲的分上，帮我们一把。"

"怎么帮？那两个兵在你家园子里失踪的，我怎么向日本人交代？这青天白日，日本兵能跑到哪里去？要么被游击队抓去了，要么被你家人杀掉了，还有啥？"镇龙脸露苦色地说。

"肉陀螺没看见那两个兵的去向，财根就看见了？这是敲竹杠嘛。"姨娘又说道。

"你知道个啥。人家日本人曾听见枪声。肉陀螺说是那两个兵用枪打野鸽子。现在人没了影子，谁相信啊？说不清啊。"镇龙皱着眉头，摇头不已，"陶家阿嫂，我看你还是往最坏处想，保命要紧啊。"镇龙一本正经说道。

"噢，我听你的，我们往哪逃呢，举目无亲啊。我男人又长年漂在外头，没主心骨啊。"姨娘叹气了。镇龙翻翻眼皮，神秘兮兮附着姨娘耳朵说："我倒有个去处，你去吗？"

"去哪里？"姨娘突然想起肉陀螺的话，心里想到那地方，但仍问道。镇龙咽了口唾沫，清清嗓子说："畚箕镇，离此不远，我在那有一块宅地，我家眷都移过去了。"

"南无阿弥陀佛，你这是做好事了，下一世都有好报啊。"姨娘脸上闪开一线笑颜。

"你去啦？快点回家打点一下，马上走，晚了恐怕就麻烦了。"镇龙显得很兴奋。

"你能做主放走我？"姨娘半信半疑说。

"看你，一个女客头子，犯啥啦？我放你。"镇龙咬咬牙说道，"不过，我放了你，你要给我立个字据，以防日本人追问，我有个托词。"镇龙眨了眨眼说道。

"立字据？写啥？"姨娘有点困惑地望望镇龙发油发亮的头发，很轻地说道。

"写个托管协议，日本人追问，我给你挡着，要追究就追究我。"镇龙眼睛放着一丝光。

"托管我和家人，还是托管羊肉店？"

"当然是托管店啊，俗话说，跑得了和尚跑不了庙嘛。"

"啊，让我想一下。"姨娘眉头紧皱，脸色变白，手掌心发麻发胀。江湖上的风水行头她都见过，没想到这时镇龙会以此要挟自己，这明摆着是设了个陷阱让自己钻。这么红火兴旺的店，因了小日本的侵略，眼看就要移主，姨娘仿佛被人用钝刀子割肉，心里那个痛啊。又想起在那个春山少佐屋子里看到的犯人被打被割耳朵的惨状，想到财根被当作杀人疑犯受追查，想到水灵灵的姑娘陶秀与儿子金宝，举家逃命的念头就占了上风。心想大难当头，有家没家都是要命的死，只有先逃脱性命再说了，如果鬼子要杀过来，人都没了，要店有何用，空空一个屋顶，能挡得住日本人的枪弹？又想起苏州班子小凤凰被奸杀，老班头及其徒弟们被抓，房子被烧毁，想起鬼子疯狂的烧杀情景，姨娘低头答应了。

"想好了，莫要说我逼你啊。"镇龙阴笑着说道，把一张早就写好的字据拿给姨娘。姨娘读了读，上面写着：陶记羊肉店自即日起由汇龙镇公义和花粮行镇龙代管……字样。读完，姨娘的手指被镇龙抓在手里，往那张字据上按手印。姨娘的眼泪滴落在那张淡黄色的纸上。

镇龙收执了字据，随手写一个便条交与姨娘，领她至老县衙大门口，让哨兵拉开一条门缝将姨娘塞了出去。镇龙用两个手指细细梳理油亮的头发，朝哨兵笑笑，掸去衣襟上的灰尘，摆动双脚，轻哼小调回办公室而去。

肉陀螺被两个兵推进春山少佐的审讯室。春山少佐推开了睡榻墙上那扇窗，使审讯室的情景变得很直观、很贴近，肉陀螺的细眯眼都看得一清二楚。少佐将姨娘坐过的那张小方凳拿给财根，叫财根坐在离自己较近的墙边。小个子勤务兵端来咖啡，少佐接手捂住盖子，让余温烘热手掌。

"啪！"一个兵用长长的鞭子抽打肉陀螺，肉陀螺一声惨叫，肉陀陀的背上浮起一道血印。

"财根呀，"春山少佐中国话已学到炉火纯青的地步，"你说宰羊是割羊头呢，还是放血呢？"春山少佐做了个刀割的手势，两眼盯着财根。

“放血。”财根不假思索地回答。

“从哪里下刀子？”春山的眼珠子稍稍转出眼白，睨着财根。

“羊颈脖子。”财根说。

“啪！”肉陀螺又是一声惨叫，肉陀陀的背上又浮起一道血印。

“羊脖子的哪个部位？”春山少佐眼里精光一闪。

“羊脖子的下段。”财根回答。

“靠近哪里？”春山少佐眼珠睁得滴溜圆，眼皮皱纹突显，暴涨成赖蛤蟆眼。

“羊心。”财根说，脸上浮现玫瑰色。

“如何下刀子，是正插还是斜插？”春山少佐眼珠一动未动，白多黑少。

“正握斜插，反握正插！”财根眼睛有点发热，用劲眨了眨。

“血飙吗？”

“飙！”

“往哪飙？”

“地上！”

“啪！”肉陀螺惨叫一声，肉陀陀的背上又起了一道血痕，有血洇出来了。那个审讯他的兵问道：“说？”肉陀螺只轻哼了哼，低着头没说啥。那个兵上前揪揪他的头发，说：“还要挺吗？”肉陀螺朝春山少佐这边屋子里望望，仍摇头不说。那个兵甩甩胳膊，又拿起长长的皮鞭。

“财根，看来你真是个宰羊的行家。”春山没看窗户那边审讯肉陀螺的情况，一本正经地同财根谈论宰羊的技术，“你剥羊皮吗？”春山继续问道。

“剥啊！”财根看清楚窗户里被鞭打的肉陀螺痛苦不堪的脸，眉头皱了皱，重重地回答道，嗓音嘶哑难听。

“如何剥呢？”春山嗓子很清爽，口吻温和，仿佛与财根谈家常。

“下刀子，连毛剥呀。”财根说得很快。

“先剥哪里？”春山兴趣十足地继续询问，脸上漾动着快意。

"剥头！"财根关切地往窗户那边审讯室看，随意回答道。肉陀螺抬头正好看见了他，肉陀螺的眼睛红得发紫，肉陀螺的细眯眼顽强地睁大了，里面露着哀求的目光，看得财根眼皮低垂，手脚发麻。

"啪！"又一鞭子，凶狠地抽打下去，肉陀螺闷哼一下，晕了过去。

"财根，不剥皮，刮毛烫皮要用几度热水啊？滚烫水行吗？"春山少佐看都不看肉陀螺受刑罚，语气温和地继续与财根扯淡，皮笑肉不笑地盯着财根。财根咬牙说："像泡猪头那样，要用滚烫水，死猪腔！"财根低吼着恶骂了一声。

"死猪枪？宰羊也要用杀猪工具？"春山眨了眨眼，问财根。

"是啊，死猪腔、醒睨鬼！"财根恶骂道。

"不，不不！"春山脸露奸笑说道，"谈宰羊，不要激动，泡皮要用多长时间？"

"像泡死猪头，泡烂了最好，死猪腔！"财根恶骂道，疲惫不堪的身体里像有热火在燃烧，胸腔里空荡荡的，原来的那一点点小小希望都被抽打肉陀螺的皮鞭打跑了。他知道自己的命运，不抱一点生的希望。他有点鄙视春山少佐了，那点鬼把戏只能欺骗三岁小孩子。自跟着陶家开店这几年来，江湖历练三教九流他都见识过，还识不破你这种杀鸡给猴看的伎俩？天杀的小鬼子，来吧，抽我吧，杀我吧，死猪腔！

"嗯，你良民的不是，你大大的坏！"春山少佐从财根的怒色里听懂了"死猪腔"这句咒骂的话，眼珠子忽地瞪起来，凶相涌现，眼露杀机。

"你把他放了！"财根说。

"什么？"春山少佐一愣。

"把他放了！"财根举手指着审讯室里昏迷的肉陀螺说。

"为什么？"春山装腔作势说道。

"他没做什么，冤枉的！"财根放大点声音，嗓子沙哑着说道。

"你做了？我的人呢？"春山阴险一笑，脸色变灰白，眼珠呆滞，懊丧地说道。

"死了！"财根痛快地说道。

"怎么死的，尸体在哪？说！"春山少佐不再有耐心与财根研磨那份心智，更不敢小瞧这乡下汉子的狡猾与仗义。

"自作孽，不可活，自己找的！"财根的嗓音沙哑，有点像碰响一面破铜锣。

"八嘎！"春山少佐骂道，用手向审讯室的兵挥一挥，"给我打！"两个兵从隔壁屋子跑过来，将财根弄过去。"死猪腔！"财根临出去又对春山少佐狠狠骂道，骂得春山少佐翻白眼。

审讯室里亮着一盏汽油灯，把肉陀螺的身影照射得清清爽爽。几道麻绳将肉陀螺绑得结结实实。肉陀螺脸孔煞白，涕泪滴在衣服上，嘴巴吐着白沫，头歪在一边。财根被绑在肉陀螺边上，嗅得到肉陀螺嘴里发出的血腥味。一个兵站到财根背后，举起长鞭，那鞭子在灯光斜照下从白壁上竖起一把弯曲的长刀，摇曳中透出霸道的凶残，刀口沾满血气，冷影憧憧。那兵的手高举着，眼睛只盯住隔窗相望的春山少佐。暗影下的兵的手像一根木桩，动都不动一下。财根张眼望了望白晃晃的汽油灯，朝隔窗监察的鬼影轻蔑地哼了一下，闭嘴不语。空气凝结了，时光慢慢流逝。春山少佐呆呆地望着审讯室的墙壁，一语不发。肉陀螺慢慢苏醒了，吃力地抬头看到了财根，嘴巴动了动，也没吭声。春山少佐的眼珠转动了，朝肉陀螺盯了一下，嘴巴叽里咕噜讲了一串日本话。"啪！"那个兵的手朝肉陀螺那边斜斜地切下去，肉陀螺肉陀陀的背上开出一串血花。

"戳你妈小鬼子，有种打你爷爷，别演戏了，死猪腔！"财根嘶哑地咒骂道。肉陀螺浑身颤抖，嘴巴里嘟囔着。财根听清楚他话中的意思，肉陀螺说小鬼子不是人，是魔鬼，今天落在他们手里，我们都别想活了！听了肉陀螺的话，财根更骂得凶了："我戳你妈，死猪腔，死……"一个兵将一团烂布塞进他嘴里，拿一把剔骨尖刀贴在他脸孔上。那把尖刀冷飕飕的，财根凭感觉知道此刀锋利无比，宰羊割肉剥皮很容易使唤。那刀子冷兮兮的锋芒在他眼前一晃，左一撇，右一撇。他的听觉开始模糊，前后左右都有冷风吹在自己脸面上。从耳朵根至颈脖，有一小队蚂蚁在爬，热乎乎，痒分分。许多金属敲击的杂音漫天飘洒而来，叮当叮当，敲成遥远的五番锣鼓。嘈嘈杂杂的人声围着新娘的轿子，轿子颠啊颠，摇啊摇。黄色的油菜花沾在人们的裤脚管上，细细的鞭炮屑飘撒在头上，像一团蜜蜂在嗡嗡嗡嗡飞舞着钻入他的耳朵，钻进他的脑袋里去，痒痒地疼。（他听清了有两只耳朵掉落在金属托盘里，发出叮咚叮咚声。）肉陀螺泪眼朦胧中看到财根头颅上流着血，那把贼亮的剔骨刀又晃悠了，一团青白色的肉球从财根的脸上跳出来，叮咚落在托盘里。肉陀螺紧紧闭上自己的眼睛。财根又看见青草地起风了，灰白的羊群像潮水般涌过来，羊羔绒毛上染满五颜六色的花蕊，羊绒毛暖烘烘的熨平他刺冷的胸膛。几只肥羊的口水流淌在他的脚踝上，腥味唾沫流淌一地，他光脚踩在其中，冷丝丝地疼。一只肥羊咬住他的手指，几番嚼咬，他白里透红的手指流淌着粉红的浆液，滑溜溜、酸腻腻。他无意无觉地举起手，粉红色的血浆流淌下来，流满白嫩的脖子。阳光的影子半明半暗地在眼前飘浮，一串红一串绿，一边蓝一边灰，云朵般飘散聚合，明明灭灭。财根从迷糊中睁开眼睛。一只眼血流满面，漆黑一团；一只眼金星万颗，满室飞花。春山少佐的猪头在飞翔的金星中冷笑，在飞花中坠落。

"戳你妈，死猪腔！"财根吐出了烂布团，沙哑的喉咙发出金属般声音。

行刑的兵用布擦拭那把冷丝丝的剔骨刀，转过身子，挑开财根的上衣。财根口袋里掉下一个小纸包，那兵捡了，交给隔窗指挥的春山少佐。春山用手指甲轻轻挑开纸包，用鼻子嗅了嗅白色的粉末，脸上怪异一笑。他舀了碗余温尚在的羊汤，倒入白粉末，将碗举在手里，嘿嘿冷笑。行刑的兵隔窗将羊汤端过去，端到财根嘴边。财根努力用那只浑浊的独眼盯住汤碗，嗅着羊汤熟悉的醇香，嘴巴浮动最后一丝笑容。整个脸面开始涌起冷冰冰的剧痛，头上一丝丝钢刷子拉扯般的剧痛慢慢钻入脑髓，入骨入髓地疼痛。那兵将羊汤举过财根头顶，慢慢地浇下来，浓香的汤汁渗进头发，有一丝丝青烟冉冉而起，一滴一滴地在脸皮上滑落，融进血渍。财根闻着羊汤的醇香，头顶脸皮火一般灼热，那包白色粉末慢慢渗进他的血液里，火一样灼热的疼痛钻入他的血液里，像臭虫一样疯咬着他的神经，奇痒奇痛地撕咬着他的肉体，奔向他的心脏。财根紧咬牙关，全身抖动，微微张着嘴巴，吐出最后的咒骂："死猪腔！"在烈火灼烧般的疼痛中死去。那只独眼暴涨出黑白分明的眼珠，将愤怒印在青色的瞳孔中了。

隔窗相望的春山少佐慢慢垂下头，用手指去碰摸睡榻边的那杯冷咖啡，嘴巴里叽叽咕咕乱说一通。须臾，朝审讯室的两个兵挥挥手，低吼了一声，倒卧睡榻上，死一样没了动静。财根的尸体被拖了出去。只剩下肉陀螺被绑在那里苟延残喘，奄奄一息。

第十一章　逃难荒村

掌灯时分，天地灰茫茫一片，远近农舍透出微弱的烛光。乡间的泥路泛着灰白的颜色，七高八低。陶秀携着姨娘，姨娘满脸哀戚，不时地呼唤着身旁疯疯癫癫行走的阿芹，往乡间逃难。陶秀呼呼喘着气，细汗沁湿衣衫，汗味穿透内衣，热烘烘地熏染了头上青丝，蒸发出青春的气息。姨娘很多年未曾去乡间了，走在这乡间的小路上感觉到一种落寞与悲伤。儿子金宝死于非命，陶家几代相传的老店，又在今夜被自己抛弃于古典旧俗的汇龙镇，浸透了小镇人风俗民情生活的小店老板娘，可怜虫般踏上逃难的路。远处有弯曲的小河时时亮着微光，河堤的茅草荒漠地刺向夜空，晃荡出奇形怪状的图案，使路的前程变得愈加鬼形森森。孤苦的三个女人形单影只，胆战心惊。当穿过古坟堆积的河滩时，有夜鸟呀呀叫着掠过她们的头顶，恐怖地飞翔在她们的心肺上犁过一道惨白的印痕，心跳骤然加快。她们互相搀扶着努力前行，将灵魂紧靠在一起，战栗着，咬着牙，往乡间的浓深处潜行，在黑夜中潜行。汇龙镇愈来愈远，渐渐地幻化成一条墨线，隐匿在身后的记忆里，让人伤心，让人悲哀。阿芹背着一个较大的布包袱，手里拿了一个财根的枕头，弯曲着臂膊，还似搂抱小金宝的样子。财根的枕头油腻腻的，残留了羊腥味与男人荷尔蒙反复沉淀后的余香。陶秀的行装很特别，携带了一只藤箱，藤箱的四个角由黄铜皮包着，在暗夜里发出一丝丝微光。姨娘将细软都交给陶秀放入这只藤箱里，使得藤箱沉甸甸的。陶秀在荒乱中一件读书用的东西都没带，古典的墨砚、银质的镇纸、珍贵的湖笔、满橱的书让她心痛得连哭的力气都没有了。那些闺房用品啊，绣品啊，红木书桌啊，精雕细刻的暖床啊，几乎都扔在那里了。还有那个日本同学小山赠送的书啊，画啊，小饰品啊，也都丢了。急遑遑如丧家犬，携姨娘和阿芹夺门而出，投入暗夜中去。听姨娘说，这是去一个叫"畲箕镇"的陌生乡下，在紧靠南黄海的小村镇。看着暗夜里这荒凉的村路，陶秀对那要去的地方愈加伤感，身子疲惫不堪，走路歪歪扭扭，头脑里更如麻木了一般，一片空白，空荡荡的。

走走歇歇，歇歇走走，当暗夜透出些许亮光时，面前竟是一片小山般连绵起伏的苇丛，将乡野的小路遮掩进去。齐肩的苇丛浓雾般包围着，将天上的微光挡住了，眼睛瞳孔被几倍地放大着，也看不清哪是路，哪是芦苇。三个女人惊慌失措，是进是退，无所适从。姨娘问陶秀："秀啊，还走吗？"陶秀将压得肩膀又疼又酸的藤箱往地上放了放，努力透过苇丛的尖叶观察黑黝黝的天空，咬着牙回答道："阿娘，只有走啊，逃得愈远愈好，趁着天黑，还有这密匝匝的芦苇荡啊。"姨娘在黑暗中想了想，轻轻拉了拉陶秀的衣服，说："走啊，摸黑就摸黑吧，逃命要紧啊。"陶秀应了声"噢"，往身旁看了看阿芹。阿芹木木地站在暗影里，嘴巴张大着，露着一口白牙。她紧紧地抱护着财根的油枕头，黑眼睛呆滞地望着阴森森的芦苇荡，不发一声。陶秀拎起藤箱，拉了拉呆滞的阿芹，说道："快走啊！"一只夜鸟从苇丛中扑腾着飞了一段，给这森森的苇丛带来一阵生灵的气息。阿芹嘴巴里发出轻轻的笑声。这片芦苇荡确实密匝得可以，齐肩高的苇叶已将整条小路遮掩住了。小路上冒顶着稀疏的茅尖尖苇芽头，踩上去脚底板一棱一棱高低不平。钻进苇丛后，陶秀她们心里倒有一种安全感笼罩了。头顶上的天空有小片亮光穿射进来，脚底下有茅尖咬着鞋袜，苇丛的影子将她们全部包裹在里面，安逸又宁静。苇叶在自由地摇动，发出沙沙沙的声音。眼睛的瞳孔放大了，看得清小路，看得清苇丛下端白晃晃的苇秆子，甚至已看得清那苇秆子与苇丛青白的土地紧密接触拔地而起的身姿。苇叶的清香慢悠悠地散发出来，给疲惫不堪的陶秀她们身心的按摩，一种慢悠悠的安慰。陶秀姨娘此时才开始详细询问陶秀，店里到底发生了什么事情。陶秀边走边说，泪水涟涟，说到伤心处，说到与那鬼子兵拼死相搏时的险景，说到弟弟被打死的惨状，说到财根与肉陀螺争相去抵命时，浑身颤抖，泣不成声。姨娘脚底板硬硬地不停走着，两手不断地抹眼泪，擦得眼睛都酸痛了。密实的芦叶碰触着她们的泪脸，划出一道道血印子，伤心的颤动像波澜般在她们肩头浮动。

在这苇叶包裹的深夜里，小河水静静地流淌，慢慢地渗入黑青青的土地中，滴得黑青色的土地湿漉漉的。

"财根叔恐怕凶多吉少。"姨娘哽咽了说道。"财根叔被鬼子扣了，太危险了。"陶秀叹息着喃喃道。此时一直默默紧跟着跑的阿芹嘴里又唱起儿歌：

> "一螺好，二螺巧，三螺骑白马，四螺拖棒头，五螺富，六螺穷……"

起风了，苇丛掀起河水般的波涛，连绵起伏，萧然作声，把三个逃难的女人淹没在汪洋之中。

这段芦苇荡有方园十几里，周围青茫茫一片，看不到边。当启明星出现在天空时，有早起的野鸭子从苇丛中飞起，一片片地锐叫着掠过低空，向远处朦胧的天际飘浮，给刚刚启亮的夜色涂抹串串黑影子，仿佛黎明前的一块块浮游的橡皮，轻轻擦拭天幕，拱迎天宇间光辉之神的降临。"沙沙沙"，苇叶疯子般地舞着，仿佛要挣脱这夜的束缚，踮着脚尖争相观看东方的日出，有点像为神吟诗歌唱。在这光明的分娩之中，陶秀她们被慢慢从这苇丛里推挤出来，青黑色的小路已经走到尽头。眼前是一条茫茫的大河，河水平静地流淌着。渐渐地，清晰的晨曦倒映在河水中，身后的苇丛影子忽映忽掩，看不到苇的彼岸。陶秀放下肩膀上的藤条箱子，踩着河边的嫩土，弯腰用手拂拭河水，一丝寒意从指间直透身子，打了个寒战。有雾气从河面推拥而来，若隐若现。陶秀折手打个凉棚往对岸望去，河岸挺着嫩苇的尖叶，间隙中透出一团团杨柳树的影子。突然，雄鸡的叫声响起，隔岸飘来人烟之气。回望四周，那条大河向外伸展得很远很远，看不到尽头。这片水域，野气十足，叫人心里空落落的。走了一夜路，心都吊提着，此时才觉稍许松弛，陶秀她们的身子都忽然软下来，浑身像散了架。她们一屁股坐在河沿上，等那天空放亮再说。

红太阳从河雾中慢慢露出脸来，照彻了这一片水域。白茫茫的河水有了许多嫩黄的颜色，与远近不同的苇丛区分开来。红太阳从水面的浮游中突然脱跳了出来，河水一片绯红，转而天蓝水清，青绿色的芦苇簇拥着，发出一阵阵啸声。从对面的苇丛里轻轻摇出一条小船，船上只有一个年轻的艄公，身穿一件黑衣，远望似一只大鱼鹰驾舟而来。

"从哪来？到哪去？"艄公敞开那件黑衣，露出肉白色老布衬衫，未等小船拢岸就问道。

"我们去畲箕镇找镇龙的新宅。"三个女人见有人来都站了起来，姨娘回答道。

"你们是他家什么人？有什么凭证吗？"

"有。"姨娘举起镇龙给她的条子说。

"嗯，好的，上船吧，一次只能渡一人。"艄公拢住小船，用力撑着，尽量让船平稳些。姨娘看看陶秀阿芹，说："我先上。"陶秀拉拉姨娘的手，说："阿娘上船当心点。"姨娘轻轻哼了声"噢"，踏进小船先渡而去。

陶秀最后一个渡过河去。那艄公跳上岸来，说："我领你们去。"姨娘要给船钱，那人坚辞不收，说："隐娘吩咐过的，船钱由她付。"

一踏上岸，就有农家的气息扑鼻而来。

这边岸畔的芦苇仅有几步之遥就断了踪影，一排杨柳团团如盖浓墨重彩地挡住了芦苇丛延伸的企图。嫩绿的柳条婀娜多姿，在朝辉下显得越发清新。在那绿杨的后面就是碧绿的田园，田园深处才是村落。远望是一排排青瓦茅屋相间的房舍，此时正冒着几许袅袅炊烟。"那边就是了。"艄公指着那炊烟袅绕处说道。陶秀姨娘遮手望了望，说："想必是个小小水洼村子了，怎么叫畚箕镇呢，恐怕连买卖东西的市场都没有呢。""噢，有个街呢，吃酒的店子什么的都有呢，你们去了就晓得了。"艄公说。"这么小的村子，也有市面啊？"姨娘说。"原来是小，现在新造呢，阔气得紧呢。"艄公又回答说。陶秀走路有点跛脚，姨娘问她的脚是不是崴了。陶秀说，脚上痛，脚指头痛得很厉害。姨娘说忍一下就快到了。他们边走边说，一盏茶工夫，倒也走到镇口了。

这镇口很讲究，树了个门楼，楼眉刻有"清荡苇密"四个古篆字，两侧也有楹联：

清荡荡平安地熙阳普照漾五谷
苇密密江海滩明月辉映润六畜

门楼柱子用了古樟木，柱垫是两只石鼓墩，石鼓墩也雕刻着几只雄狮子，张牙舞爪。在门楼前还摆置了两个戴官帽持简的石人，在这水洼密闭的小村镇摆弄这些文化官场的旧礼仪、旧建筑，有点不伦不类的味道。陶秀读完楹联，脚指头很疼。

转过门楼楼口，一排排低矮的茅屋，屋檐的陈旧茅草正滴着露水。在那几排茅屋的背后有一条青砖瓦屋组成的小街，飞檐雕梁，气势不凡。陶秀她们被那突兀的富气黏住了，心想不知身在何处，朦胧又疑惑，都怔怔地有点傻相。

"哇，有个街呀，簇簇新，怪漂亮呢。"陶秀姨娘赞叹道。

"好怪呀，这种乡角落里，也建漂亮的街市？好富气。"陶秀很惊讶。

"有钱能使鬼推磨，这是你们街坊隐娘家造的，用小船驳来驳去造了很多时日呢，硬给这烂泥塘般的村子装了点新门面，是稀奇得紧。"黑衣艄公说道。

"隐娘住哪呢，近吗？"姨娘问道。

"喏，那东南角的宅子就是了。"舲公指了指远处隐现于绿树之中的大宅说。

陶秀他们急急穿行过街，无心欣赏这富气小街的景物，向隐娘的宅子走去。从这条富丽的小街至大宅，是用小青砖铺就的路，顺着路边的杨柳树，呈半弧形缓缓向前伸展，给人曲径通幽的感觉。

一群水鸟从低空掠过，翅膀簌簌地划过早晨渐变的云彩。一座新宅就座落在前面的绿树裹挟之中。从宅门前望去，新宅依树而砌，宅后是一片竹园，那片竹园隐在宅后门的大树之后，远看也似一片绿荫浓重的树林。在这绿意的包裹里，更凸现这片宅院的隐世舒适的风格。此时，院门紧闭，无一人。黑衣舲公笑笑说，她们还未起床，你们等等吧。陶秀姨娘阿芹三人就在宅门前的台阶上坐下了。走了一夜的路，腿脚都走疼了，此时一坐下，全身就像散了骨头，一点力气也没有了。那舲公见宅内无动静，也烦了，对陶秀她们说，你们等着，我要返回河滩去，天好了还有人过渡呢。陶秀和姨娘均点点头说："麻烦你呀！"

当太阳热乎乎地照耀着田园、湿润的雾气消失得无影无踪时，陶秀她们身后那扇大门打开了。一个女佣胳膊上挎个小竹篮从里面闪了出来。姨娘眼尖，一看是镇龙家的，就喊她。咦，那女佣眼一亮说，你们怎么走到这里呢？姨娘叹气说，汇龙镇乱啊，我们是逃出来啦，这年头，让人无法活命啊。女佣说，你们这是投隐娘她啦，我去喊她。见姨娘点点头，那女佣返身退进门去了。

一盏茶工夫，大门里才响起人声。先是那女佣闪出身来，将大门推开，接着一个女人一脚跨出门槛。陶秀和姨娘眼睛顿时一亮，那女人一副清爽又别致的打扮：齐耳短发，发上夹一个红绸丝蝴蝶结，上身穿一件细碎格子花布衣服，下身穿一条精织芦花蓝土布裤，腰间紧束一块很小的粉红色衣兜布，手腕上戴了一个玉镯子，一块花丝巾绕在手臂上，脸如三月桃花，身材清秀，犹如水墨画中之人。姨娘从未见过隐娘，只知道镇龙有一小妾年轻貌美，今一见，果然美丽，超过姨娘的想象。

"呀，陶家阿嫂、大小姐，是你们啊，怎么跑到这儿来了？汇龙镇出大事了吗？我家镇龙他？"隐娘清嫩的嗓音响起，声音细软婉转，很好听。

"呀，你认识我们？几时到我店内来过？我怎么想不起来呢？"姨娘从门前的石阶上站起来，细盯着隐娘看，直看得隐娘脸儿绯红，红里透嫩，水浸过一般。

"来，让我瞧瞧。"隐娘被陶家人看了个够，嘴巴噘了噘，才回过神来，轻跨几步上前拉过陶秀的手，有滋有味地盯着陶秀身上看，"陶家大小姐已出落成大姑娘了，好标致的小人儿喃！"说完，又在陶秀的嫩脸上轻轻捏了一把，嘴巴轻轻哼哼着，油滑滑笑起来，空气里都扬起她轻浮的笑声。此时，阿芹抱着财根的油腻腻枕头站于她俩中间，两胳膊一伸说："我家小宝，喏，啊标致？嘿嘿嘿……"隐娘被她吓一跳，身子向后一仰，嘴巴一张，将那油滑滑的笑声噎在喉咙口了。

"镇龙嫂子。"姨娘说道，"那是阿芹，昨天受了惊吓。喏，这是镇龙写的条子，我们暂时到你这里避一避，啊行？"

"哦。"隐娘被阿芹惊吓了，说话的嗓音有点颤悠，接了姨娘的条子，细读过，眼睛细眯一笑，眼眸斜看着陶秀的脸，浪声浪气地说道，"好啊，既是镇龙的热心热肺热肚肠，又是老街坊老邻居，有难么大家担着。快点进屋吧，看这毒日头快要罩上头来了，看这清早的露水都要晒干了，进来吧，嘿嘿嘿。难怪我昨夜做梦河滩里浮来一大群野鸭子，说要发财了，真想不到是你们啊，哈……"说完，细扭小腰身，轻挪着脚步，手臂朝空中一甩，让花丝巾舒展着飘然而下，有点妖艳。

隐娘先领着陶秀姨娘她们在这富气的宅子走了一遍。这宅子由三幢青砖大瓦房组成，四围砌了围墙。西墙空地间依墙盖了朝东向偏房，东围墙搭建了葡萄架，架下葡萄枝蔓正抽长出绿色新叶，在晨阳里悠悠微动。几只刚出壳的绒毛小鸡在新叶下钻来钻去。前一幢是迎客厅，清一色红木家具，青砖地面，舒适富气。隐娘与贴身的女佣住在中间的那幢大屋里。隐娘的卧室靠东头，女佣住西头。后面那幢有一半做了粮仓，米屯子有一人多高，屋子里黑洞洞的。另半幢空着，屋门紧闭，隐娘不让看。看着这偌大的宅子，隐娘眼睛里亮亮的，摇晃着细软的腰肢，手中不停地扬动那块丝巾。陶秀姨娘问她："还有房子吗？"隐娘浪气地笑笑："有哇，这宅是我家新砌的，那儿半里地还有个旧宅，二排屋面。""有人住吗？"姨娘又问。"有啊，尽是些佃户，有租住的也有帮我家做事的佣人。"姨娘说："我听人说过这东南角落的村子是块穷洼洼的烂泥塘，没有几户人家，是野鸟野兔出没的荒村，现在怎么这样簇簇新呢？"隐娘听此言竟放声大笑起来，将手中的丝巾扬成一个直角。笑够后，隐娘才说道："这叫三十年河东，三十年河西！我家镇龙老祖宗积了德，这茅草堆里也孵出金蛋蛋了！""哦。"姨娘失神地望着这一大片新宅，心里突然涌起莫名的辛酸，轻轻地低头拭去溢出的眼泪。

隐娘带陶秀她们在新宅里兜了一圈，最后将她们带到靠西墙的一间朝东屋子里，说："你们暂且住这里，待我叫翠花收拾了西厢房再让你们搬过去住。"

这是间堆放杂物的小屋，虽然也是新屋子，但屋内一股霉味扑鼻而来。姨娘和陶秀互相对视一下，摇头苦笑。姨娘对隐娘说："难为你为我们操心了，有个落脚的地方就行了，这兵荒马乱的，我们女人家没法子啊。"

"杀千刀的！这日本人跑到这江海滩头来作孽，杀人放火，是强盗啊。我也是躲避到这儿来呀。听说汇龙镇上的漂亮女人都遭殃了，那个苏州班的小凤凰已被弄死了，是真的吗？"隐娘的脸上浮起一丝惶恐。

"是真的。"姨娘说。

"这些杀千刀的！"隐娘狠狠扭了扭细蛮腰，柳眉眼眨眨说，"来世会报应的！"

"嗯。"姨娘轻轻哼道。陶秀把略显笨重的藤条箱搬到西屋内，又拉阿芹进去，替她把肩上的布包袱挪到一张小方桌上。陶秀来拿财根的枕头，阿芹死也不放手。陶秀望着阿芹，眼眶里泪水盈盈，只好作罢。陶秀从屋角捡起一把扫帚开始打扫。阿芹紧抱着财根的枕头嘻嘻笑着，嘴里念叨道："金宝要睡觉，金宝要睡觉，摇啊摇，摇到外婆桥……"

陶秀她们太累了，草草铺了一张大门板床，三人拥在一起，就此睡上去，一觉睡到傍晚。这傍晚的日头红得像血。隔墙映照的夕阳将整座宅院染成橙红色。宅院外传出紧密沉重的脚步声，只听到隐娘的说话声音："多拿些回来，按老规矩，三七开，多拿多得，大家都动作快点！"接着一阵窸窣混乱的脚步声。她们侧耳静听，那些脚步声逐渐往渡口方向奔去，好像人很多。陶秀与姨娘对视一下，心里涌上一丝怅惘。这乡角落里也不太平啊，这年头，人心乱了，看来是没有好日子过了。姨娘举手擦去眼角的泪丝，默默地打开陶秀携带的藤箱，从里面摸出一个包裹说：

"秀啊，娘没有啥了，就剩下这点家当，要挨过这段苦辰光。你弟金宝被害死了，你姨夫爹爹又漂流在外不晓得哪年哪月回来，以后全靠你自己，日子再苦也要咬牙坚持过下去。"

"阿娘。"陶秀用木梳细细梳理睡乱的秀发，嗓音哑哑地说，"我晓得了，我们逃到这里，日本人会不会寻过来呢。阿娘，我一想到昨天的事，身上就出冷汗。我如果不反抗，我和阿芹恐怕都要死在日本兵手里了。我现在好点了，就是手臂酸痛得抬不起来。"

"用热水敷敷就会好的。"姨娘从蓝包裹里摸出一块大洋，小心藏进衣袋里，"我去村子里看看，买些生活用具和粮食，总不能白吃人家。"

"阿娘，你早去早回。"

姨娘的身影消隐于晚色里。陶秀伸伸酸痛的胳膊，想去叫醒仍酣睡的阿芹，看着阿芹倦怠的睡姿，想起昨日阿芹被惊痴的一幕，心里又涌上辛酸而不忍叫她。于是，陶秀自个儿起身整理这小小的屋子。她把带来的一块稍大的芦菲花老蓝布用细麻绳系挂于小屋的中间，将这小屋一半作卧室一半作客堂，用布遮挡住门外强烈的阳光，留给小屋短暂的安宁。门口人影一闪，一个身影折了进来。隐娘挑起布帘，似笑非笑地看着陶秀。

"哟。"隐娘浪声浪气说,"陶家大小姐倒蛮勤快呢,水灵灵的姑娘,看着叫人眼馋。"

"婶娘。"陶秀这样称呼她,"有事吗?"

"有啊。"隐娘将手里的手绢在鼻子上轻轻撸撸,"听说你会唱戏?"

"嗯。"陶秀回答,"小时候学过几句,唱得粗浅,婶娘也会?"

"哪里。"隐娘轻浮地浅笑着,眼光涌出媚色,嚅动着嘴唇,"我在这里开了一家茶坊,这里的人喜欢喝茶听戏,你会唱哪几出戏?"

"《窦娥冤》《珍珠塔》《王十朋》。"

"哇!"隐娘喜欢得紧,"快唱几句我听听。这镇不是镇的乡角落头整天看日头挨日子,鸡飞狗跳的,整个要将人憋死。"隐娘一步靠上前,抓了陶秀的胳膊,好像抓住了一件宝贝似的。

"嗯,可我现在嗓子哑了,唱起来不好听,婶娘别吓着哦。"

"不要紧,唱吧唱吧。"

"爹爹呀……"陶秀一手抓着老蓝布门帘,轻轻哼唱起苏州评弹《窦娥冤》,唱了戏中窦娥含冤赴斩后托梦给做巡抚的父亲的段子,轻哑的嗓音更烘托了窦娥身受奇冤的悲惨遭遇。窦娥诉说冤屈,发咒说老天将为自己的冤屈而震怒,天下因之大旱三年,六月里飘大雪……字字泪、句句血,字正腔圆,直把个隐娘听得呆呆的,眼角不知不觉滴出泪来。

"哇,可惜了你了,这么好的唱戏的料,你娘怎么把你藏匿得那么深?"隐娘挥动手绢嘻嘻笑着说,"弄好了,不比苏州班里那几个戏子差也。"隐娘啧啧称赞了,小而红的嘴巴嘟囔了一会儿,说:"明天我领你去唱。噢,我这里有一套丝弦家伙,琵琶弦子二胡板胡笛子箫,你会哪一种?"

"我会弹琵琶,其他都会一点,但不精。"

"呀,这太好了,你就弹琵琶,我弄那柄弦子,正好配对。"

"婶娘也会唱?"

"嗨,我只会瞎胡闹,乱哼哼,不入腔不入调。唱腔那东西我知道,没有天才的嗓子和师傅调教，是入不了行的。我只喜欢，唱不好，跑调。歌词也记不住。恐怕只能算半个戏迷票友而已。"

"婶娘客气了。"陶秀笑笑说，"婶娘，我想再借块床板，啊有？"

"有有，等会我叫小翠捎过来。"隐娘分明是喜欢上陶秀了，又喜滋滋地盯住看了一眼，"陶家大小姐水灵灵的，可有婆家？要不我给你说一个？好花要插在……那个什么？富贵之家。"

"啊……"陶秀含眉低头笑笑，没作答，她心里说，这乱世连命都难保，找啥婆家？你这有镇龙这头压着，躲藏在这享清福。

"小宝小宝！"阿芹在睡梦里呼喊，嘴角微露一丝苦涩的笑，翻个身子又睡过去。隐娘的兴趣被打断了。她有点讨厌阿芹，将一双媚眼乜斜着瞄了一眼，嘴唇嘟囔着说："看看她睡都没个睡相，哪里钻出来的乡下野娘子，她是你家亲戚啊，怎么那副孬相？"说完，扭转细蛇腰，朝上挥动手中的绸绢，妖妖地退出屋门去了。"婶娘你走好。"陶秀赶紧补了一句客套话，站在小屋门口朝那女人的后背影子挥手。

这一晚阿芹都死睡着，姨娘与陶秀睡一张床。这里的夜寂静如水，没有风，听不到庄稼叶子舞动碰触而拂起的沙沙声。偶然远处传出几声羊咩，轻柔得好像一池碧波里推涌的涟漪，温柔地抚摸你清舒的皮肤毛孔，伴你进入好梦。

早晨，鸡鸣声此起彼落。陶秀对早早醒来的姨娘说：

"阿娘，隐娘她要我去茶馆唱戏。"

"啊？"姨娘呆了一会儿，问，"为啥要你去唱戏？"

"昨天她听我唱了一段《窦娥冤》，非要我去。娘啊，人在屋檐下岂能不低头，这寄人篱下的日子还刚开始，是吧。"陶秀苦涩地盯着姨娘。姨娘无奈地摇摇头，说："出头露面地唱戏，姑娘家就怕出事啊，你看苏州班子的小凤凰死得多惨。娘知道你多才多艺，一直在老街坊面前替你藏着匿着，如今你被她看破了，恐怕会盯牢你。你瞧她风骚的样子，不是个什么好东西。"

"那怎么办呢？"

"我们在这暂避几天，等风声淡了，打听到你姨夫的下落，我们就走。"姨娘说，"你就说嗓子痛，不去。"

"嗯。"陶秀应道。

一晃，日头又高挂空中，已经八九点钟了，隐娘妖艳的身姿又闪在陶秀小屋门口。她手上戴的玉镯碰在门框上发出"咚"的一响。"陶家大小姐，"她嘻笑着说道，"你跟我去我房里取琵琶。"

"嗯。"陶秀应了一声，但坐着没动。姨娘迎上来说："镇龙嫂子，秀她今天有点伤风咳嗽，不能唱了。"

"怎么，嫌弃我了？这儿住得不舒服？昨天还好好的，当我是外人小孩子不是？"隐娘细嫩脸陡然变了些许颜色，"好吧，就算我求你了，今天陶秀一定要跟我去唱一场，给我个面子好不好？"隐娘边说边用那双媚眼看陶秀，"我是喜欢热闹的，你们刚来，不知道这乡下有多寂寞，就算今朝陪我了行吗？"

"这，"陶秀看了看姨娘的脸色，"阿娘……"

"哎呀，这就难为我家秀呀，小姑娘家出头露面，在这荒村野乡弄出个事来，叫我怎么办？"姨娘摊牌了说道。

"哦，这你别担心，这里都有我家镇龙撑面子，离汇龙镇远，又是河洼芦苇滩的小村子，过去没啥人能来。那些日本兵从未来过，这儿太陌生了，他们不会来的。"

"讲是这样讲，可万一……"

"你别怕，由我给你们担着，看谁敢透露你们的行踪！"隐娘的媚眼中隐着一股霸气，口气硬硬的。

"那好吧，"姨娘轻轻摇着头，爱意深沉地抓过陶秀的手，"你跟她去，早去早回。阿娘烧饭，等你回家吃。"

"嗯。"陶秀应了声，跟隐娘去了。

第十二章　隐娘

　　村子的新茶坊砖木结构，门柱子用桐油漆得厚黑粗砺，门槛儿高而阔，门楣上挂个匾，雕刻了一个篆体"茶"字，夹着一丝仿古的痕迹。早茶时分，小小的茶坊居然也坐满茶客。这些茶客衣衫简朴，看似老朽者居多。陶秀跟着隐娘一踏进门槛，一股热乎乎的气氛扑面而来，满屋都是交谈声。乡俗俚语之间还夹杂了几个外地人方言。看来这里是个鱼龙混杂的地方。陶秀心里嘀咕了一下，跟着隐娘坐到茶坊中间靠墙的一张桌子旁。这堵木墙中间镶嵌了一幅古画，一个仙人模样的老者斜倚半坐在一头麒麟狮子上，手执一柄仙人佛帚，半身长的胡须飘遮了麒麟狮子大半个兽身，一朵朵祥云萦绕于周围。略泛黄色的古幛烘托着画中人物，使这间混砌于乡野小村的消闲茶室显出一丝文气。

　　隐娘将随身携带的琵琶从布袋子抽出来，托在掌中轻抚一遍，缓缓交至陶秀手里。陶秀以臂轻拢，将之拥在怀中。隐隐地有一股馨香细细渗入鼻中，似有袅袅之音萦绕耳际。她努力使自己静下心来，隐隐地感觉到手中这把琵琶的分量。陶秀手抚琵琶上的丝弦，忆起小时候江南小镇上教她乐器的卖艺师傅。那师傅虽穷困潦倒，但他怀里那把琵琶却很珍贵，师傅说就算饿死也不卖它。就像她手中托着的这把一样，托在掌上沉甸甸的，有沉香木的香气萦绕在周围。陶秀品味着琵琶，静若处子，眼珠一动不动。隐娘奇怪地盯着陶秀，心里想这小姑娘还真是个唱戏的料，头一次在这人前卖唱，竟然这般老练。陶秀突地将手一扬，十个手指齐动，手中那把琵琶一阵颤抖，抖发出万马奔腾的急骤之音，从低到高，浪涌而来，从高到底，如瀑布飞泻。急骤之音仿佛狂风暴雨，猛烈催人心肺，似打开封闭千年的门窗，一阵清新之曲呼啸而降，震荡了屋内嘈杂的人声，顿时一片肃静，听得见茶灶上沸水的翻滚声。

"好！"茶坊的煮茶师傅独自高叫道，将手中的铜茶壶重重地放在灶台之上。

屋内只有沸水的吱吱声……

"各位爷叔好。"一曲终了，陶秀微微抬了抬头说道，"趁这段空闲辰光，我给大家弹几段曲子，见笑了。"继而缓缓地弹了一曲《杨柳青》。舒缓的音乐小河水般潺潺流淌。有小木船在河水上轻晃着随波逐流，细碎的阳光金子般洒在河面上。鱼儿跳出水面，蹦跶于几摊金黄色的稻草上，扑扑腾腾又蹦回清水里去。惊动了低翔于河面的蜻蜓，柔薄的霓翅飘忽在金阳里，只有河水似镜，摄录其飞翔的舞姿。

屋内仅剩沸水的翻滚声……

晨风吹进来，挂于窗棂上的布帘微微抖动。陶秀突然停了双手，好像倚马写文章的书生正握笔待书时的凝神姿势，头微微抬起，目光细微。一曲终了，茶客们仍出神地盯着陶秀和她手中的那款深红色的琵琶，细细品味着已经消逝了的音乐，偶尔，有人深深地汲了口茶水，嘴里发着咂嘴声。陶秀不弹了，朝坐于旁边的隐娘瞧着。隐娘讪讪地浪笑了。她手中捏着的那把弦琴还未动一指。她用手绢擦了擦嘴巴，轻轻问陶秀："你唱一个？"陶秀摇摇头，用手指指着喉咙。隐娘叹息一声，朝茶师傅招招手，要了一杯绿茶，清清嗓子，才开腔道："我说各位，这位姑娘的琵琶弹得可好？是否扫了大家的雅兴？在这乡角落里，可没有多少好白相的东西啊。"

"好好……"几个穿长衫的老者轻轻拍打着茶桌说道。茶坊里热烈的闲话声又恢复了，有人说得声音大点，几人都嗯嗯嗯嘿嘿嘿地附和。大意是：那琵琶弹得好，不比苏州班子的小凤凰她们差也，好像江南那边艺人弹的曲调也不过如此而已。隐娘的本事真大也，兵荒马乱的，哪里弄来一个戏子，听得我心里头痒痒的，云云。一时间，茶坊里乱哄哄地议论着。那个烧茶师傅是个戏迷，拎了那个铜茶壶过来给隐娘添水，近距离地对陶秀夸赞说："小姑娘好本事，好本事啊。"说得陶秀脸都红了。

"小姑娘，难为你再弹一曲。"一位长者从手中排出一串铜钱，放置于陶秀桌上。陶秀举头朝隐娘看看。隐娘说：弹吧，别扫了大家的兴。"

听隐娘此话一出，整个茶坊又肃静下来。陶秀稍稍理一下头发，轻轻甩甩手，似抱婴孩般将琵琶拢紧在怀中。正欲赴曲，一个黑衣人急速穿堂入室，靠近隐娘低低耳语几句。隐娘脸色一紧，将手中的那把弦琴往茶桌上一放，就起身随那人出去了。隐娘的举动让茶客们木呆了一会儿。有人也起身说要回家去了。一时间小小茶坊涌起波动，大家都窃窃私语。陶秀看在眼里，心里嘀咕，此地的人好像都晓得隐娘在做什么事，使得喝茶的老者们如此牵挂。

陶秀稍稍磨顿了一息，弹了一曲《梅花三弄》。茶室里慢慢安静下来，茶客们都被优美的曲调重新抓住了，沉浸在舒缓的江南音乐之中，忘记了烦恼，忘记了忧伤。

陶秀在茶坊里一共弹了三首曲子。隐娘一去没回来。茶客们渐渐散了。陶秀将桌上的零碎铜钱撸进手心里，略数了数，总共十二个铜板。陶秀也不计较钱多钱少，默默地拿起琵琶和弦琴，向茶师傅道了声："谢谢。"回小屋去。姨娘问陶秀，唱了吗？陶秀说，只弹没唱。姨娘问陶秀，喝茶听曲是些什么人？陶秀说，大部分是老人，好像有些还是外乡人呢。姨娘想了想说，大概也是逃难的人吧？陶秀略感疲倦，将乐器往小桌上一搁，拂起布帘斜倚床头小憩。姨娘不问了，拿个木梳替阿芹梳头。阿芹自昨天睡至今天晌午才苏醒。阿芹醒来后一直沉默不语。姨娘唤她，她木木地盯着，不吭声。姨娘也不急，拿了梳子慢慢替她梳理。

一阵急促的脚步声自远而来，有人推开了半开半闭的大宅门。姨娘一眼看见了几个穿黑衣的人手中提着枪闪了进来。姨娘心中一惊，拉起阿芹转身就躲进屋内，门都不敢碰一下。那几个人在大宅门里蹲了一会儿，才渐渐地听得有较多的人自远而来。这些人将携带的东西往宅门里一放就走了。大概一袋烟的工夫，听到隐娘细嫩的嗓音："快点搬进去，坐在这里乘风凉呀……"

姨娘慢慢地回过神，心惊肉跳地看着阿芹木呆呆的脸孔，长长地叹气。

姨娘不敢出门瞧，拉住阿芹的手，再往里挪挪，不让外面瞧见她们的身影。姨娘听到那几个人与隐娘一道往后厢大屋去的脚步声。姨娘想到那厢大屋子紧紧闭锁的原因，那里藏匿着隐娘从外头弄来的财物。这里难道是个贼窝？姨娘不敢多想。

大约一盏茶工夫，那些杂乱的脚步声从宅院里消失。隐娘从后厢屋踅了进来。

"哟，做啥呢？"看到姨娘低着头在替木呆呆的阿芹梳头，隐娘问道。

"有事么？"姨娘抬起头反问道，姨娘的老练出乎隐娘的意料。

"喔哟，我告诉你呀，你家大小姐可是块唱戏的料啊，今天可把那些老茶客镇住啦，那个味啊，真浓。"

"是吗？我家秀从未出头露面，今天可是头一遭啊，嘘，她刚睡了呢。"

"哦，让她睡，让她睡。今天晚上再去唱啊，晚上这里茶客多，热闹啊，解闷啊。"

"晚上她就不去了，小姑娘家，要闹笑话哉。"

"那怕啥，到我这里有我给担着。再说，这里的人不会认识你们，他们大部分是逃难来的，有钱人多。大家都是落难暂避的，等小鬼子那边风声淡了，他们就散了。"

"哦，想不到这小小荒村，会有那么多人来躲藏，他们都住在哪里？"

"哦，那边靠江边的江堤坝上盖了一些简易的草屋，他们就躲在那儿了。那边江风大些，但安全，四周都遮着厚密密的芦苇呢。你们在这看不见吧，嘿嘿嘿……"

"原来是这样啊。"姨娘心里嘀咕了一下，朝妖气的隐娘瞄了一眼。

"我说陶家嫂子，"隐娘又从腰袋中拽出那块丝绸手绢习惯性地擦拭一下嘴唇，煞有介事地说，"在老汇龙镇，陶记羊肉店是出了名的老店，恐怕已祖传了三四代了吧？"

"嗯，这事老汇龙镇人都晓得。"

"那得传下去呀，大小姐可会？"

"不会，传男不传女。"

"咦，奇怪呀，你不也是女的吗？"

"哦，我是陶家媳妇，看在当家人的面子上，就传了。我家那当家人不像个当家的，一年到头漂在外头，连个影子都摸不着。"

"要不要在这村子里开个小店，我供门面房子，啊行？"

"这……"姨娘心里一惊，好像意料到什么，又难于回答，支支吾吾。

"看吧，现在你一家三口，都不会种田什么的，坐吃山空啊。你会那手艺，靠手艺吃，不穷死呀，对吗？"隐娘逼上梁山了。

"哦，"姨娘低了头深思了一会儿，回眸瞧见斜倚在床边的陶秀，心里一阵紧缩地疼，须臾，咬咬牙说："让你费心了，明天我去那边小街上瞧瞧，可有合适的铺面。"

"有啊，你明天去看啊。"隐娘的柳媚眼笑成两条细线，又用手绢轻拭嘴巴，转身时又叮嘱道："晚上让大小姐去唱啊，我也要去呢。"

"嗯。"

傍晚时分，畚箕镇小小的街都点亮着红灯笼。隐娘携陶秀早早坐在茶坊那壁厢，在灯烛照耀里，陶秀白嫩的小脸映着一丝红光。隐娘说，今晚她也要弹几曲，助助兴。她又问陶秀唱不唱曲。陶秀低着头想了想，说："看吧。"

夜色清淡，月儿东升，没在意间，小小茶坊已经来了许多人。有些头面的中年人都款款落座，难得几位喝早茶的老者也在黄昏时前来捧场。一些年轻的后生较晚一些露面，他们围在茶坊门里门外，站着听曲。先是窃窃私语，后只有几位老者独自吱吱地汲茶。大家都陌陌地打量陶秀，观望她纤手轻抚着的沉香木琵琶。陶秀举眉扫视这场面，心里倒涌着几分酸楚。这乡间人气好重，与兵荒马乱的汇龙镇反差太大了，她真有点不敢相信自己的眼睛。须臾间，又想起几天前的遭遇，想起她和阿芹与小鬼子拼命的情景，心里的隐痛又浮上来，绞得胸口一阵阵发闷地疼。她抚抚胸口，深深喘了口气，朝隐娘微微一笑，双手齐动。一阵急骤之音如脱闸之水奔腾而泻，那粗犷的琴声尽情地泄泻着陶秀心中的悲愤。

四围一片肃静，年轻人的眼睛都瞪得大大的，听不见老者汲茶声。茶室里浮动着一阵夜凉之风，红灯笼轻轻摇晃，仿佛为陶秀伴奏。那屋外的月儿好像也时时弯下腰来睐看。

今晚陶秀依然如故，只弹不唱。她弹了三首曲子。都是古曲。三曲弹毕，陶秀抚琴低头不语。隐娘竟未吟，两眼呆呆地盯着陶秀，细细品味着刚刚消逝的余音，兴趣未了。早茶时听过的几位老者复又胡须颤抖，眼睛细眯，有一位眼角渗出几滴泪。红灯笼摇曳下，坐在茶室角落里的一位中年男人的眼睛里焕发着丝丝精光，一只戴着金戒指的手指不断地在茶桌面上轻磕。

"唱一个吧。"那人突然说道。

陶秀未响应，只管轻抚那把沉香木琵琶。

"来，唱一个。"那人唤茶师傅，交给他一块银圆，袁世凯头像的光洋。茶师傅识相地将那枚光洋递给陶秀。陶秀看都没看一眼，只管低头抚琴。茶师傅尴尬地笑笑，随手将钱置于茶桌上。哄……茶师傅的尴尬惹动围看的年轻人，一阵嬉笑。隐娘竟也傻然一笑。看着那枚清亮亮的光洋，隐娘那双狐媚眼散发着光亮。哇……围看的年轻人看清了茶师傅排放在桌上的那枚清亮亮的光洋，发出一阵惊叹。

> 茶室一片冷清清
> 灯阑人散夜已深
> 小桥水深路不平
> 野坟荒滩鬼点灯

从未独自走夜路

我只好在你店堂等天明

……

　　陶秀在大家期待中开唱一曲《龙凤锁·借红灯》。低缓深沉略带沙哑又清软的嗓音紧紧抓住众人的心。

　　"好。"给钱的中年人喝彩道。

　　"再来一个。"门口的小青年附和道。陶秀将略低垂的头微微昂起，接着又唱了一首《泪洒相思地》。听得茶坊里的人们有滋有味，不思回家睡觉。

小姐既知事明亮

我也不必说细详

不怨他会抛弃我

只怨自己无主张

我原本是官家女

自幼读过几年书

今日流落荒蛮地

误落红尘自作孽

因此被人看不起

将我当作路边柳

……

　　一曲唱毕，月色清空夜已深。陶秀起身离座，朝隐娘摇了摇头。隐娘说："陶秀啊，你唱得好听啊，替我露脸啦。"陶秀手捧琵琶朝围观的人说道："我不是唱戏的，演得不好，浪费大家的时间，谢谢。"说完，眼中渗出细泪来，一副楚楚动人的样子。老茶客似乎听懂了话外之音，老泪也慢慢地渗出眼眶。

只有喝彩的中年男人心思重重地紧盯着陶秀的嫩脸不放，眼珠横着，好像要探出个究竟来。

陶秀捧起琵琶走出去，门口站着的年轻人让开一条缝，恋恋不舍目送她回家去，然后才慢慢散去。茶室里红灯笼仍亮着，那个中年男人拉住隐娘说话。隐娘媚眼妖气盈盈，身子软软的，像一根蒸熟的红萝卜，如水淋湿的小白脸透明般嫩红嫩红，小红嘴更显湿润性感，朝那男人轻浮地笑着。

"老板娘，你这里好受用。喝茶听曲，有点太平盛世的味道啊。"那人夸奖说。

"叫你来，你不来，你把你的那些弟兄都叫过来吧，有饭大家吃嘛，你不相信我家镇龙？"

"噢，我晓得了。嗯，刚才那位弹琵琶的姑娘真行，是你亲戚吗？"

"就算是吧，嘿嘿，你眼馋啦，想吃这小雏鸡，想得真美。"

"嗨，老板娘你才是我心中的宝贝儿，我还真想你哟。"

"去你的，你这死鬼。"隐娘妖妖地轻骂一句，用手绢遮了狐媚眼。

"好吧，你开个价，要多少？"

"你要啥？我可不卖自己，你把我当成啥啦？你这死鬼。"

"买那位小姑娘，你要多少？痛快点。"

"喔哟，你真来劲了。现在还不能谈这个，她们刚刚来，鲜嫩嫩的事情太急了惹人眼，让我用文火慢慢地炖，过段时间再说，嗯？"隐娘妖妖地对那男子抛个热媚眼，嗲声嗲气说道。

"小妖婆，看我今晚不把你吃了……"那男子伸手在隐娘的脸蛋上轻轻一拧，又顺势在她的身上抓了一把，惹得隐娘咯咯咯地一阵浪笑。她的脸更红了，水嫩的肌肤都要淌出水来了，连她自己都觉得人要骚得飘起来。她朝站在茶灶旁边的茶师傅吩咐了一句：今晚早点打烊。又向那男人瞄了一眼，小手似招似甩地在他青皮菜瓜似的下巴上一撸，嗲气地说："跟我回家吧，嗯？"

那男人轻松一笑，抬手拢住她的细蛮腰，似拢似抱地挟着她而去。

"老板娘，你的弦琴。"茶师傅在他们身后喊道。隐娘听都没听见，她今晚的魂魄都被那男人勾走了。

第十三章　肉陀螺

春山少佐弄死财根的第二天，亲自带队去陶记羊肉店搜查。镇龙跟了去。春山少佐站在老街尾巴往西瞧，远远地看见东西两街衔接处的那座小石桥的影子。他回想起前日的遭遇战，身子不禁打了个寒战。这陶记羊肉店可是这镇东头的一个制高点，如果那些游击队分一部分兵力占了它，用一挺机枪就可打得自己抬不起头来。春山呆望着店铺上的那杆陈旧的"陶记"旗帜，又想到那不怕死的财根，木然地摇着头。镇龙装腔作势地陪着日本兵搜店铺。店内空荡荡的，楼上楼下清清爽爽，只有一丝清淡淡的羊肉汤的味道仍然飘着，给人一种味觉的诱惑。那些日本兵去搜后面的桃园，桃树的烂漫和绿树屏障的颜色惹得他们心里透出一丝悸动。他们穿行在桃园里，心里仿佛有一只手在拂着，去抚摸那鲜艳的东西。他们在里边不停地转圈，搜来搜去，追寻一个眩目的影子。

春山跨进店内，闻到羊肉汤的余香，听到后面那些被桃园迷了心窍的兵杂乱的脚步声，心头的懊恼勃然升起。他大吼起来："八嘎，统统地出来，别搜了！"那些兵一个个落了魂，慢慢地退了出去。春山少佐一手握着日本军刀，一手指着陶记羊肉店的店旗，对萎缩着站在店门前的镇龙说道："你的，把羊肉店弄好，皇军要吃肉，皇军要粮食，你地明白？"

"嗨。"镇龙萎萎地回了一声，满脸媚态地盯着少佐。

春山少佐瞪着眼，带着队伍往小石桥方向走去。当他看到河面上几艘小船孤零零摇曳的影子，突然睁圆了眼睛问镇龙："那些船呢？"

"啊，被……被……被皇军烧毁了。"镇龙有点支支吾吾。

春山怔怔地，又瞧见镇上半开半闭的商铺，对镇龙说道："你叫他们开门做生意。"

"嗨。"镇龙提高了嗓门回答道。

春山少佐带了队伍走了，只留下镇龙在镇上徘徊。他又悄悄踅回陶记羊肉店，一个人站在楼窗前窃笑。

晌午时分，他将小板胡找来对他说："你弄几个人把这店重新开起来。"小板胡将头摇成拨浪鼓。镇龙加重了语气说："皇军要开店，你不答应杀你头。"小板胡将头摇得更快，女人般嗓子尖尖地只吐出几个字："那杀头好啰。"把镇龙气得直往地上啐唾沫。他想动用畚箕镇那些人，脑筋转了半天，又感觉不妥。最后想到了油滑滑的街痞肉陀螺。肉陀螺刚被春山打得吐血，估计是皮肉外伤，养几天会好。就抱着一丝希望去找他。

肉陀螺家住北边近郊的一块菜畦旁边，一间旧屋，屋前一棵老树，屋后一畦嫩竹。

"喂喂，肉陀螺兄弟。"肉陀螺正在屋内的一张躺椅上懒散地睡着，一包哈德门香烟掉落于地上，一只黄黑的脏手的两个手指头还夹着一个烟屁股。在镇龙突然的呼喊声里，肉陀螺脸上肌肉猛地抖动一下，慢慢睁开肉陀眼，一看是镇龙这小子，又赶快闭上了，仍作昏睡状。

"喂喂喂，你别装啦！听我说……"

"请我？你算了吧，我可不想再做你的挡箭牌，冤大头。"肉陀螺睁大眼睛狠狠瞪了镇龙一眼。

"你这小蟹，你不是说过要弄个店老板什么的做做，发点小财，这次我邀你出头，咱俩三七开。"

"你叫我做老板，你三我七？"肉陀螺伸出红舌头舔了舔干焦的嘴唇。

"你三我七，反了你了。"镇龙也狠狠瞪了一眼。

"哦，让我再想想。"

"别啰嗦了，干还是不干？"镇龙眼珠有点横了，眼白多、眼黑少。

"干。"肉陀螺身子动动,声音小得像蚊子叫,"不过,你看我这身子,背上尽是鞭伤,这小鬼子太狠了,差点弄丢了小命呢,你让我养几天好吗?"

"行,由你顶头,我再找几个帮工。不过你可不能说是我们的店,你说是暂且替陶家看管着的,听懂了吧?"

"这我晓得,你是那不露面的铁算盘嘛,嘿嘿。"

"嘿嘿嘿……"镇龙得意地浪笑开了,顺手在肉陀螺的肩背上捏打了一把,"哇"的一声,肉陀螺吃痛呼叫,镇龙更浪笑着大步走出肉陀螺的小黑屋,举手撸撸油滑滑的头发,嘴里吹着小曲,向镇上走去。

几天后,陶记羊肉店重新开张了。春山少佐穿了一袭西装,只带镇龙前来吃喝。春山对镇龙说,羊肉店今后对皇军开放,皇军来吃都要付钱。"是是。"镇龙躬着身子回答道。春山少佐吃了一碗,咂咂嘴说,这羊肉汤味道差也,手艺不行!镇龙说,马上改进,改进!

镇龙在楼上陪春山喝汤,肉陀螺站在门边的柜台里躬着腰算账。他的肉陀陀的背越发驼背了。他突觉眼前人影晃动,只见门口闪进来几位彪形大汉。肉陀螺一瞧领头那人,浓眉大眼,左耳朵挂长着一颗粗大的女人痣。

"哇呀,你是……"

"别喊!"那人举手挡住肉陀螺嘴巴。他身后的两个小伙子以极快的动作闪到楼梯口,双手亮出盒子枪,枪身蓝光闪烁。

那人用手指着楼面,问道:"楼上是谁,几个人?"

"是镇龙,还有皇军,不,不是,是春山少佐。只两人。"肉陀螺的背彻底地驼背了,细汗陡然从颈勃子、头发里渗透出来,脸颊像烧红的炭。他眼迷糊地看见楼梯口闪动人影,两个年轻人像大鸟一样扑腾上去。楼面上只听得"扑通"一响,就没有动静了。

"跟我上去!"那大汉命令肉陀螺,目光稍显和睦。肉陀螺哎了一声,跟他上楼了。楼上两个持手枪的年轻人正用枪逼着春山的头,镇龙双膝跪地,哭丧着脸。

"哦，镇龙，不错啊当了伪镇长，好威风。"那大汉轻蔑地说道。

"你是……"

"新四军。"那人口吻坚毅口齿清晰地说道。

"啊……你是陶……"镇龙的脸都发青了，死灰死灰。

"少噜苏，现在就放你回小鬼子那里去，带话过去，让他们把这镇上的女人们放了，把这家店主人母子放了，不然就来替这鬼子头收尸好了。"那人咬着牙说道。

"别误会了我，陶……"镇龙还想辩白。

"给我快滚，你想死吗？"大汉敞开上衣襟，腰带上也插着两把手枪。

"小蟹快走哟。"肉陀螺声音发抖着嘀咕了一句。

待镇龙一走，大汉叫肉陀螺寻一只麻袋来，往春山头上一扣。春山嘴巴哆嗦了一下，在麻袋里骂道："要杀便杀，八嘎……"汉子咬牙切齿地低吼道："死鬼子，还会讲人话，捉你去打断你的猪腿替老百姓出出气，你就等着。"骂毕，回头对肉陀螺说，"小鬼子何时放了女人，你就何时去镇南头的张麻子那边送个口信。"

"噢，哪个张麻子？"

"原来在镇上开烟馆的，现在破产了，在家待着。"

"噢。"肉陀螺说。

那汉子再不多说，将手往屋后一挥，带着麻袋罩着的春山消失在桃园里。

肉陀螺一屁股瘫坐在楼梯上，站不起来了。

三天以后，日本兵将苏州班的人都释放出来。第四天的夜里，被日本兵毁容的小彩霞在戏班子烧焦了的房梁上自缢了。老班头和他的徒弟们号啕大哭，哭声凄惨，一直哭到天亮。第五天，肉陀螺找到了开过烟馆的张麻子。张麻子开口就骂肉陀螺孬种，替小鬼子当差自寻死路。肉陀螺申辩说："不关我的事，是镇龙逼我来的。"张麻子说："你叫他等着吧，迟早有一天他会晓得为啥翘辫子（死）。"第六天，一只装着春山的麻袋被放在日本兵驻扎的老县衙门口。春山的一条腿断了，断腿捆扎着木板，敷着石膏。第七天，春山的部队调防走了，老县衙暂时由镇龙及一批皇协军管着。第八天，苏州班的老班头和他的徒弟们找到了镇南头的张麻子，跟着他参加了新四军，只留下小芳转跟小板胡继续唱戏过营生。小板胡自从收留了小芳，开始在汇中楼茶馆坐台唱评弹。小板胡自小学唱戏，"大书""小书"全会。他人缘也好，加上苏州班子散了，故他的老戏迷都冲他而来，生意不错。第九天，镇龙雇用了泥匠木匠把苏州班子烧毁的破房子拆了，盖了一个很大的店铺，取名为"同兴昌粮食行"。第十天，镇龙又雇用泥匠木匠翻造了西街已烧坏的南来来文具店，改名为"同兴泰花行"。第十六天，镇龙又把汇中楼茶馆买下来，雇用了小板胡师徒在店里坐台唱戏撑门面。到第十九天，镇龙的三个新店正式开张。他邀请了一个扬州戏班在镇上搭台唱了三天戏。还请人把藏匿在畚箕镇的心肝宝贝隐娘接回来同乐几天。一时间，镇龙有了四明一暗五个店铺，被汇龙镇人暗中称为"镇半街"，富甲一方。

第十四章　小山寻救陶秀

看着镇龙那厮裹满血气的发家致富，汇龙镇人看在眼里，恨在心中。一墙之隔的小山洋行叔侄也在家坐立不安。第一，因为日本军队在这小镇烧杀抢，他家是日本人必然被镇上人仇视；第二，镇龙的发家，已经威胁到他家店里的生意，感觉前景不佳；第三，小山因为陶秀全家失踪而焦急万分。

"叔叔，"小山说，"我喜欢陶记羊肉店的女同学陶秀，我一定要把她找回来，叔叔你一定要帮我啊。"

"你真的喜欢那女孩子？"小山健一郎放下手中的账本，抬头看着侄儿的脸说道，"这里可是很传统的中国人聚居的地方，你可想想清楚。你知道你父亲和你母亲的故事吗？当年你父亲差点命丧桃花村，那些中国人可不好惹啊。"

"我听叔叔你讲过，我母亲是中国人，家居东海桃花村。父亲经商路过那，认识了母亲甄氏。甄氏小名桃花，是那个海边的小渔村最漂亮的姑娘。后来他们相爱了。我父亲会讲一口流利的中国话，当时没亮出身份。后来桃花村的人知道了，就反对这桩婚事。我父母私奔了。在逃离桃花村的日子里，母亲生下了我。后来他们回到日本，母亲因为思念故乡，奉劝父亲继续到中国经商，顺便去看看她的家人。父亲真的偷偷回到桃花村探望桃花的亲人。桃花村人不原谅他，狠狠地打他羞辱他。我母亲因此而忧郁成病不治而逝……"

"你既然知道这些事，难道你还要重走你父亲的老路？"小山健一郎的眼睛瞪得大大的。

"那是过去，桃花村的人没文化。这陶秀可是一个知书达理的好姑娘。

她的家人也对我很好呢。"小山说。

"你这是走火入魔呀。"小山健一郎感叹地说道。

"叔叔,你要帮我呀,我……"小山求他了。

"你这是自寻烦恼呀……好吧,看在你是我亲侄子的面子上,我帮你。明天我给你找个好帮手,助你寻找那个陶秀姑娘,寻找到你的爱人。人寻到后,你的爱情故事成不成,就看你们的缘分和造化了。"小山健一郎微微一笑,又说道,"小小年纪,就知道爱不爱的,和你父亲一样,是个情种,惹祸的坏子哟,嘿嘿嘿。"

第二天,小山健一郎将一个半老徐娘带到侄子身边。小山拿眼一瞧,嘴里呀地叫了一声,转身朝叔叔说:"哇嘿,叔叔呀,这是做啥呀,她能帮我什么?"

"你真是个小孩子,你叔叔在这江湖上做生意,从日本来到这异国他乡,没一点用人的本事能混到现在?让她跟着你去,她有什么本事,你自会知道的。你相信我这个做叔叔的不会害你。"

小山又转身细看那女人一眼,圆脸大眼,半老的脸上点缀着几粒麻子,肤色健康,稍显黝黑,走路中规中矩,一看就知道身子骨很好。"好吧。"小山半信半疑。

"小官人,你要寻找那个陶家大小姐?好水灵灵秀气的小姑娘哟,你是上辈子修来的福气,找这么漂亮的姑娘。"那女人开口说道,牙齿很白很平整,嘴里有一种青草的味道。"听说陶家那个财根师傅被打死了,多好的一个人哟。我先帮你打听一下财根他犯了啥事,弄明白了,恐怕就知道陶家人的去向了。"那女人说话很慢,中气很足,小山听了很舒服。"我去找镇龙的女人,那两个骚婆娘,兴许她们知道点事情的原委什么的。"她用舌头舔了舔稍干燥的嘴唇,"这镇上打了一仗,血淋淋的,真是平地起风雷,死了人了。陶家突然失踪,是否与打仗有关?与日本兵有关?这些大家都搞不清,那很有可能与镇龙这小蟹有关呢,看他这几天神气得连老娘都不认识了。"那女人思路敏捷,说话像打连珠炮,一串串的。小山健一郎笑了,朝那女人夸奖地点点头,又对侄子笑笑,意思说我眼光不错吧,请来的人真是个能人,你现在信了吧?小山也开心地笑了,说:"大娘,不,女大侠,有劳你了,这两天你多费心,一定要打听到陶家人下落,谢谢你啊。"

"小官人别客气,你父亲、你阿叔可都是贵人啊,我们是老朋友、老相识,知根知底呀。当年我父亲跑江湖落了难,是你们家人接济了他。滴水之恩当涌泉相报,当涌泉相报呀,嘿嘿嘿……"那女人开心一笑,笑得小山心里更舒服了,朝叔叔点点头,说:"叔叔你真行,这是个女侠呢。"

过了三天以后,女侠来小山洋行回复道:镇龙那两个骚婆娘口风都很紧。好在那个肉陀螺透了点消息。陶家人得罪了日本兵而逃难去了,很可能在靠东南江畔的一个小村子,那村子叫畲箕镇。

"你陪侄子去一趟畲箕镇。"小山健一郎吩咐道。

几天以后黄昏时分,小山与女侠赶到畲箕镇。他们穿着乡下人的老蓝布衣服,女侠还用蓝布头巾把头包起来,活脱脱一个乡下村妇的打扮。女侠的眼光很好。当他们从村路的芦苇荡中钻出来后,她就叮嘱小山躲于河边的苇丛中,自己向河的远处探寻。在河东二百米大河向南拐弯处发现有几个人平稳地从河面上蹚水过去。女侠心里嘀咕,这村子有点稀奇古怪。悄悄下去一看,发现河水里筑有土坝,隔水面仅半尺左右。她唤小山过来,也轻轻松松蹚了过去。这是条进村的暗路。女侠将蓝布头巾系在河边的芦苇上,嘴角微露轻蔑一笑。

夕阳西下,晚霞慢慢爬上村边的芦苇荡,野鸭子在晚色里排成人字形飞回来,呱呱呱地叫着,水淋淋的声音给人一种特别陌生的感觉。

亮灯时分,村子里有了许多人气,小小的村镇上人影憧憧。小山与女侠对了一下眼神。女侠一把拉住小山的手,叮嘱道:"你等我消息,躲在这里别动。"女侠用手拢一拢被晚风吹散的头发,紧束一下腰带,身手矫健,走进被红灯笼罩在光华里的小街。看着女侠渐渐消逝的背影,小山突然觉得自己十分孤单。这里四面环水，芦苇丛生，夜色中似乎魅影憧憧。他读过许多关于鬼怪故事的小说，这水色盈盈的芦苇荡正是妖魔鬼怪出没的地方。他不时地前后左右窥视，总觉着有鬼或人的眼睛在妖妖地盯着自己。为了给自己壮胆，他轻轻吹起口哨。谁知惊动了一窝野鸭子。"呱呱呱"，身旁的芦苇丛中发出急促的声响，那群小东西窜入更深的芦苇丛，潜进密匝匝的河套湾湾中去了。他开始集中精力远眺红灯笼的微光，想象着陶秀的靓姿。自汇龙镇爆发那场惨烈的战斗至今已经一个多月了，他几乎天天都在想陶秀。他不敢单身在街市上走动，因为叔叔叮嘱他千万别出去。时间一长，他被闷坏了，心里像被猫抓似的难受。他在书房里读书，读着读着眼睛就眯缝起来，眼前晃出陶秀的影子：长长黑黑的辫子，头发黑而亮，脸孔细嫩而白、细白而微红，纯真的微笑，偶尔嚅动着小嘴巴，轻软的嗓子唱着绵软的戏曲，莺莺袅袅，宛如小鸟在歌唱。他揉揉眼睛，伸出手一抓，陶秀的影子飘散了。于是，他开始用纸画她的靓影。画她各种美丽的姿态，画她的脸、眼睛、小巧的鼻子。他轻轻地叹息着，想到陶秀不知流落何方，想到陶秀受伤害的情景，心痛的感觉雾般笼罩上来……

一支红烛在紫铜色的灯台里幽幽燃烧，富气的红木暖床上堆叠着绣花绸缎被。粉色烛光映出雕梁画栋的陈色，摇曳出两个女人的身影。雕花窗格飘动着薄纱窗帘，清凉的夜风习习吹到脸上，呼吸里都有青草的香味。一股温馨软香的女人味拂着皮肤毛孔，两个女人踱到他床前，吹气如兰。

"瞧，好像已醒了。"

"嘿，还迷糊着呢，嘿嘿嘿。"

"看把你馋得，我出去啦，有事叫我。"

"什么话，没大没小，没上没下，看我撕烂你的嘴。"

两个女人在眼前晃荡着，他身体软绵绵的，动弹不了。他忆不起这是什么地方，心里只是隐隐约约浮动着几张人脸，是男是女也有点辨不清。他想起蓝天飘浮的白云，排列成人字形呱呱呱叫着从头顶上飞翔而过的鸟。想起大富大贵的红灯笼，吹吹打打的迎亲队伍簇拥着花轿在官道上走着。漫天飘舞着雪花，落在深红色的屋脊上、窗棂上。一团团香烟从贴满喜字的窗格子里飘出来，在开出鲜艳桃花的院子里舞蹈。大黄狗在院子里快乐地吠叫，大团大团的雪花落在黄狗背上，它的厚实绒毛湿润光滑，使人想起温暖的狗褥子，铺在床头，陪着新美娘睡觉，梦里都是温湿的泪……

"喂喂喂，你醒了吗？要不要我喂你莲子粥……你看看我哟，啊啊啊。"那女人站到他的眼前。她的细蛇腰不停地颤动着，一股香气慢慢溢满他的全身。

"嗯呀，嗯呀嗯……"那骚女人细蛇腰鬼魂般缠绕着他微突的肌肉，嘴里发出小狗般的吠声。

小山被隐娘绑架在她的卧室里，手脚用细麻绳捆扎在暖床架子上动弹不得。隐娘贪恋小山年轻男人的美色，竟然对其动用了淫猥的龌龊手段。小山从迷糊中醒来时已是第二天的黄昏。他头疼欲裂，手脚麻木，嘴巴干痛，要死要活的难受。他身上盖着一条薄被，红绡帐子挡住了床外的光线，看不清卧室内的情况，只闻到熏香的味道。小山的心里阴丝丝的，仿佛被扔进了一口深井，头顶上空笼罩着黑影，朦胧的红绡帐子阻隔着他与外界的交流，不知身陷何处。他又想起此行的目的，不知那女侠流落何方，打探到陶秀没有？他忆不起来自己怎么会落到别人的手里，还被绑架在这红绡帐里，这种温柔乡式的绑架，他从未听说过。他读过的中国古典书籍、明清小说中，也没有的事。他有点担忧了，他感觉到了这种软绵绵的折磨的阴险。他侧耳静听室内室外的动静，只听得见黄昏里群鸟归巢的噪鸣和远方偶尔的羊咩，还有庄稼被阵风吹拂的沙沙声。这宅院里静得可怕，几乎听不到一点人声。他的手脚渐渐有了一点感觉，酸麻麻的。他努力挣脱这温柔的束缚。渐渐地，他的一只手被拉近脸边，离自己的嘴巴只一寸左右。细麻绳子深深嵌入手腕之中，手掌呈紫黑色。他继续努力着，用嘴巴去咬手上的细绳子。小山终于挣脱绳子逃了出来。他环顾这宅院，新砌的青砖大厢房，门窗簇簇新，屋内雕梁画栋，好富气的陈设。他观察了后厢屋，门窗紧闭，屋子里堆着高高的米囤，藏匿着许多东西。他跑到陶秀她们借宿的小屋，门虚掩着，从门缝里看到一个女人斜躺在小床上，脸侧于一边，手里搂了个枕头。小山惊慌失措地向宅院外跑去，悄悄溜之大吉。

小山不敢向畚箕镇的中心地带小街跑，他一头钻进庄稼地，躲藏在一丛油菜畦间。从油菜畦往远处眺望，小街已亮起了几盏灯笼。西边的天空已呈青灰色，一丝淡淡的云霞渐渐地被晚色吞噬。晚风有点凉丝丝，吹拂着小山的皮肤，手腕与脚腕的受伤处发出阵阵刺痛。他一屁股坐于油菜地里，任凭油菜花蕊涂抹他的脸。他微微喘息着，从惊吓中平静下来。他想起他的父亲。想起他的叔叔。叔叔讲的话响彻在耳边：难道你还要重走你父亲的老路？小小年纪，就知道爱不爱的，和你父亲一样，是个情种，惹祸的坏子哟！他感觉自己变成了父亲，被野蛮人追杀。就仿佛当年父亲在桃花村的遭遇。这难道真是上天安排的命运？一想到心仪的陶秀，那种恐惧和怨恨顷刻又淡了许多。陶秀现在情况会不会更糟？她们母女会遭遇坏人的毒手吗？他感觉到自己的神经紧张起来，心跳得很厉害。慢慢地，他的身体发软了，疲倦涌上来，有点要睡觉的困乏。他合上眼睛，迷糊了。不知道迷糊了多少时间，一种轻渺的音乐随风飘来，好像是琵琶。他侧耳细听，那旋律悦耳怡人，在这空旷的田园上空盘旋，优美动听。小山想起了陶秀，她经常在家弹琵琶，那种音调很耳熟啊。陶秀，是你吗？小山在心里轻轻地呼喊。

轰隆轰隆，远处传来江水涨潮声，将轻渺的琵琶曲遮盖了。

"有奸细啊，抓贼啊……"

静夜里的叫喊惊天动地。一条黑影箭一样从小街深处窜出来，往小山这边跑过来，又如箭一般消失在庄稼地里。那条黑影矫健的姿势深深地烙刻在小山心里。几个年轻人手里拿着枪，从灯火摇曳中追来。他们在黑暗中追杀，一下子失去目标。于是在庄稼地边扯开嗓子穷咋呼："抓贼啊，出来呀，跑不了啦。"一会儿，从南边江堤上又追赶过来一批人，他们手里拿着锄头、铁锹等家什。他们与持枪的汉子会合，成扇形状向小山藏匿的油菜地包抄。小山想站起来逃跑，身子东倒西歪一点劲也没有。只好坐于地上一动不动。

"哈哈，贼在油菜田地，逃不了啦。"一个农人看到了小山，猛然扑上来。小山被他重重地打了一拳头，歪倒在油菜上。那群人呼地将小山围住了。

"咦，他怎么身子上有血迹，被打伤了吧。软绵绵地，倒像一只软脚蟹。"

"带他到街上去，让隐娘查问他。"

这帮人带着小山返回小街去。夜风有点儿大了，吹拂着街角的灯笼摇摆着，天上黑沉沉的，见不着星星的影子，只有灰黑色的云层掩盖了月儿。小山被那农人打晕了，头很疼痛。他看到追捕的人的杂七杂八的脸孔，在暗夜里人人脸上有一种奇怪的表情。他们在进入小街前手持着乱七八糟的家什乱糟糟地走着。

他们在一家茶馆门前站住了。茶馆里端坐着一些老茶客，脸面朝里观赏一个琵琶女抚琴。一个中年男子穿着一袭长衫拦住了他们。

"捉到什么了？乱哄哄的，什么贼呀，奸细呀，吓唬谁呀？"

"捉到一只小蟹，身上淌着血呢。"

"嗯，怎么是个学生？嫩芽似的。"中年男子掰开小山的手指头摸了摸，叱笑道，"嘿，你们肯定捉错人了，这小蟹太嫩了，也不知从哪里钻出来的，到这乡角落来做啥呢？"

"哎呀呀，你们都给我闪开，让我瞧瞧。"茶馆里传来女人娇媚的声音。小山抬起头看见了那妖艳的女人，好像在那儿见过，又想不起来。那女人拨开众人，一见小山，脸色突地白了，转而泛红。

"你是什么人？"那女人心虚地问道，口气很软，脸孔变换着颜色，用手绢遮着嘴巴，掩饰着眼睛里的慌乱。

"小逼养的，快说，如果是日本人的奸细，就杀了你。"黑暗中有人高骂了一句。

小山怔怔地看着那女人，尽力回忆有关她的线索，脑袋晕晕的，没有回答。僵了一会儿，小山反问道："你是谁？"

"她是隐娘，这里的女老板。"有人抢先说道。

"哦，原来是大娘，噢，不，老板娘。我是汇龙镇小山洋行的，来找同学。"

"你是小山洋行的？这……"一丝惊慌浮上隐娘的脸颊，说话有点大舌头。

"小逼养的，还真是个日本人，来找死呀？"黑暗中还是那个莽汉高叫了。

"隐娘，你们可别乱来，这洋行里的人你们也敢弄？"那个中年男子讪笑着。

"常大哥，你放心，我不会瞎胡闹的，你们先放手。"隐娘吩咐捉小山的人。她举起一只手向小山脸上伸过去，想摸一下，隔着一张纸的距离停住了，继而嘻嘻一笑，"好嫩的脸呀，倒像个小姑娘，这黑天黑地的找到这里来，不怕被吃了？哈……"众人一看隐娘在犯骚劲，脸上都露着讪笑，手里握着的枪啊、锄啊都放松下来，只围着看热闹了。这里的人怎么都这样啊，还手里有枪，是一伙强盗？小山背脊上沁出冷汗。此时，小山瞧见茶馆里卖唱的琵琶女向他走来，那些端坐喝茶听唱戏的茶客也骚动着看着她从那壁厢起身向门口而来。中年男子转过头奇怪地看着她。隐娘还在咯咯浪笑，瘦削的肩儿一耸一耸。

"陶秀！"小山大喊道，推开妖媚的隐娘，跟跄着一把抓着了陶秀手里抱着的琵琶。小山眼睛瞪得圆圆的盯着她的眼睛。陶秀感觉到小山的手在微微颤抖。

"小山！"陶秀脸庞飞快地红了，嘴角漾起一丝笑纹，迅即消逝而去。陶秀读懂了小山脸上的焦虑与愁色，泪水止不住地洇出来，流入嘴巴里，酸酸的，咸咸的。陶秀叫了一声，只是拿眼睛看着同学小山，心里的百结愁肠无法言说。"汇龙镇又出事了？你是来找我吗？"陶秀小声问道。小山点着头，只盯着陶秀，不说话。两人脸对脸待了几分钟，惹得那些围观的人不耐烦了。人群后面那个莽汉又叫喊了："这小蟹是个下作坏，竟敢跑到这里来寻小娘,打痛他。"人们却没有一点骚动,都默然地瞧着,好像在看一出戏。那个中年男子常大无趣地摇摇头,退到茶室里坐着喝茶去,只留下隐娘收拾残局。隐娘呆呆地站在陶秀身旁,两眼里都要冒出火星了。

"好啦好啦,别书生小姐那样做戏给大家看啦,看了都触气。我说这小山,你到底来做啥?"隐娘这样说,她明知道事情的原委已一清二楚,却偏要拧着盘问。她心里的酸意醋意强烈地翻滚着,就想泼洒出来。她昨天无耻地玩弄小山的卑耻感早丢到别处去了。面对着有情有义、白面如花的小山,她心里那个痒痒弄得骨头都酸了、痛了。她想出手惩罚他们,又怕让身后那个死鬼常大看破自己,闹出笑话,所以她用盘问的口气说道。

"学堂里上课了,先生查问,我才来寻找的。"小山编了个说法,"难道这乡下来不得吗,有啥难事吗?"小山反问道。

"陌生人到这里来,非盗即奸,乡下人不得不防,大家说是吗?"隐娘说道。

"他是日本人,是奸细!"有人又乱咋呼。

"他不是!"陶秀突然说道,声音又软又好听。她一开口,那些人一下子都萎下去。那些人再也提不起要整治小山的精神。在他们眼里,那弹琵琶的小姑娘很神圣,他们心里装满了她带给他们的欢乐和精神上的惬意。

"这世道兵荒马乱的,为防万一,先把他看起来,明天赶出去。"隐娘终于发话说。人群中走出两个带枪的人将小山带了出去。隐娘害怕小山向陶秀讲昨天的丑事,决定隔离他们。"陶秀,你要回家呀,别住这里啊。"小山拼命挣扎着叮嘱陶秀,眼睛里盈满泪花。陶秀失神地看着小山被拉走,心里涌上难言的疼痛,苦涩的眼泪在眼眶里浮动。

一场闹剧终于要收场了。陶秀怨恨地瞪了隐娘一眼,拨开人群抱着琵琶回家去。隐娘在她身后喊道:"傻小娘,那小蟹是个小骗子,我晓得的,不骗你。"

陶秀一边用衣袖揩眼泪一边急急地走去,留给众人一个落寞的背影。晚风飒飒吹来,吹得四野里的庄稼与树叶摇曳乱舞。这夜色清凄又荒凉。

陶秀一走,小街又回复了冷清,年轻人慢慢散去,只剩下几位老茶客、隐娘与中年男人常大。常大讪笑着对隐娘说道："看上小白脸了，吃醋了吧，嗯？"说着从大嘴巴里吐出烟圈，细细地喷在隐娘脸上。"呸，下流坯，你才花擦擦，两只眼睛像乌鸡眼光盯着女人。"隐娘妖气地回了一句，狠狠瞟了他一眼。"嗯，小骚妇，忍不住了？来来来，把我吃了去，哈哈哈……"常大伸过大嘴巴，去咬隐娘的鼻子，隐娘嬉笑着躲闪开来。他们在冷清的茶馆角落里调侃，当着几位老茶客的面稍微收敛了淫猥的言语和轻狂的动作。茶师傅过来给他们重新沏了一壶龙井。常大收敛了笑容，一本正经对隐娘说道："今天我要谈赎买琵琶女的事，你开个价。"隐娘嗔怪他说："你没看到老娘我今天心情不好，不谈。"

"什么，你要反悔？"常大从凳子上立起来，又重重地坐下去，"你要多少？痛快地说，一点小钱我还是付得起的。"常大用狼一样的眼睛盯着隐娘，他的嘴巴又要顶到隐娘小巧的鼻子了。隐娘往后仰一仰，往陶秀弹琴唱戏那边的墙壁上的古画乜斜着狐媚眼，阴阳怪气地哼着小调，让那常大猴急一会儿，才慢悠悠吐出一句："我不想卖，你猴急吧，嘿嘿嘿，让你这花和尚难过。"

"骚娘儿们，"常大轻骂一句，"卖多少价，说呀？"

"这个数。"隐娘伸出五个手指头，"少个铜板都不行。"

"五十块大洋？"

"想得美。"隐娘轻蔑地摇摇头。

"五百块？"常大眼睛瞪得大大地，眼珠要出血。

"再猜一次，嘿嘿。"隐娘重重地干笑一声。

"五千？你个疯女人，贪钱鬼，要人家替你去死呀，抄了我家底也拿不出这多大洋啊，你当我是摇钱树，你摇得动？"常大眼珠都要横了，转不动了。

"你出不起？小气鬼！好了好了，退一步吧。你替我办一件事，办成了，我贱卖呀。"

"办啥事？"常大疑惑了问。

"你把停泊在泰安港的皇军那船棉布弄回来，咱们三七分，你三我七，外加那女人，啊好？"隐娘对常大耳语道，声音小得像蚊子叫。

"呀，你这是吃了豹子胆啦，叫我去送死啊？"常大压低了声音说道。

"你当我不知道，你难道没干过这种事？明儿我叫人给镇龙送个信，他把你往皇军那里一捅，看你躲得过吗，嗯？"隐娘声音很低，却使常大的脸陡然变了颜色。"你这骚娘儿们，"常大轻骂道，"又要敲竹杠，你叫我去送死？你都想好了，办这事有把握？"

"我都安排好了，你就出一部分兵力，让你手下的弟兄们一道开开荤。"隐娘说。

"几时动手？"

"明天。"隐娘用龙井茶润润嗓子，"你带一部分弟兄，在汇龙镇南边的三星桥等着，傍晚时候动手，那时皇协军都到三星镇的小馆子吃酒去了，你们正好动手。抢了东西装到我们的小车子上，趁着晚上的月色淡，悄悄运回来……"

老茶客早络绎散去了，两人还坐在墙角落里嘀嘀咕咕。茶师傅又来酽茶。夜风不断吹进来，茶馆里冷意丝丝。

"夜凉了，回吧！"常大说。

"又猴急了，看你个奸似鬼……"隐娘嗲嗲地说。常大立起来，一把托住她的细腰，用大嘴巴拱了一下她的脸，伸出舌头就要舔。隐娘媚笑着躲开，朝茶师傅吩咐道："打烊吧。"说完兀自起身轻扭细腰出去。常大跟上去，急急用手勾搭她的腰。

这一晚隐娘睡得很死，到后半夜才被常大弄得死去活来。她嗯嗯啊啊地叫床，放肆地叫了半个多时辰才软绵蟹般迷睡过去。常大心头有事睡不着，悄悄起床围着这宅院巡察。他把后厢屋里的家资东西看在眼里，心里直发痒：这个骚娘儿们胆子贼大，弄来这么多东西，就不怕杀头？他又转到前厢屋，发现陶秀住的小西屋内仍亮着灯光。他踮着脚尖走过去。

“阿娘，今晚小山来寻我了。”陶秀轻软软好听的声音。

“啊，原来捉的是他啊，我黄昏去南江坝上看张三郎和小末姐去了，只听到吵闹声。”陶秀的姨娘隔掩着被子闷声闷气说。

“阿娘，我想回汇龙镇家里看看，要拿点东西。”

“你寻死啊，躲在这里太平点！人家张三郎说他的店被日本人烧了，账房先生投了新四军，他不敢回去啊，回去弄不好就杀头。”

“是那家南来来文具店吗，那个账房先生是姓黄吗？日本兵要抓他呢。”陶秀叹息了一声，又说，“阿娘，我看这里也不安定，我们逃到阿芹家去吧，那里离汇龙镇更远，啊好？”

“唉，”姨娘长叹一口气说，“阿芹为小宝吓出了病，现在好些了，再过几天等她清醒了我们就过去，啊好？”姨娘停了一息，又说，“秀啊，我看那个小山是喜欢你啦，他小小年纪就爱啊爱地，是个小情种哟，可惜这兵荒马乱的世道，少爷小姐的戏可别演啊。他还是个日本人，与他结亲会被镇上那些人骂死的。”

“阿娘，你别乱讲么。”

“人家都寻来了，还乱讲什么？你阿娘可是过来人，想当年是你姨夫磕天拜地将我从江南弄了来，他那个劲啊，让我一辈子为他守这个家！现在想想真滑稽，我怎么就被他勾了魂了呢？”

“阿娘，我不同你讲闲话了，要睡了。”

屋子里的灯被吹灭了，一点声音都听不见。常大听壁脚听得手脚都冻凉了，悻悻然踮脚踮手回房去，吹了屋里的灯。

“你干啥呀，快睡呀，死鬼，弄得我还不开心，嗯呀……”骚女人翻了个身，喃喃自语着又睡死过去。

“哎哎，我小解，睡了睡了。”常大心虚地哄她，心里仍想着陶秀，想着自己的小九九，迷糊着睡过去。

第十五章　隐娘常大火拼

　　第二天黄昏，常大带了自己十几个弟兄帮助隐娘抢了泰安港皇协军的一船棉布。皇协军情急之下放火烧了三星镇十七家人家，将青壮年抓去审问，一无所获。镇龙出面放言悬赏，知情报告者赏大洋五百元。被抓村民每人交纳保释金大洋三十元，不交者统统迁送王麻子部队当兵。一时间搅得汇龙镇一带人心惶惶，鸡犬不宁。

　　隐娘见常大能干，窃喜心头，就想继续拉他入伙。常大倒也怪巧，此事成功后没有急着要走的意思，宿于隐娘的温柔乡里有点乐不思蜀的样子。大概挨到第六天的时候，常大的一队人马悄悄从村子的暗道渡过来，埋伏于北河边芦苇荡中。那天黄昏，夕阳红得像只大火球。田野里的油菜花飘浮着灿烂香味。天空飞翔着一队又一队的野鸭子，在远处的河汊芦苇丛盘旋，鸣叫，嬉戏，舞蹈。畚箕镇上的村民们安享着这片乡野的宁静辰光，闲汉们早早安坐于小小的茶馆泡一壶绿茶，等着琵琶女弹琴唱曲。常大与隐娘姗姗来迟。常大今晚穿一套中装衫，梳理了一个小分头，油亮亮很精神。当夜幕落下时，陶秀抱着琵琶与阿芹一道走来。阿芹的病已好了，身上穿着蓝印花布的对襟衫，脚穿一双老式绣花鞋，三寸金莲款款移动而来，屁股稍稍翘起，风韵余露。常大分明已经瞧见了阿芹微翘性感的身姿，心欲一阵阵骚动。隐娘的眼睛里也闪过一丝惊讶，心想这小村妇也有几分姿色，这陶家店里尽出标致的女人。这小村妇莫非也是从江南的湖光水色中浸润过的美人坯子，前时我怎么没看出来呢？真正瞎了眼了。正胡思乱想间，陶秀抱琴开弹一曲《梅花三弄》，琴声越发悠扬舒展，将迎春天的气息飘摇着散播开来，令人情痒心醉，听得大家的汗毛孔都通畅无阻，软酥酥的。陶秀在这一个多月里总共演出十多次，弹奏五六个曲子，这《梅花三弄》只弹了一次。充满江南水气的琵琶曲情景交融、旋律舒缓，听得人心头湿漉漉的。阿芹头一次听这《梅花三弄》，从曲调里悟到了爱意，慢慢地忆起小宝的笑脸，忆起财根深情地拥抱她时的那副憨相。忆起财根拥着她在陶记羊肉店的桃园里牵着羊嘻嘻哈哈地玩耍，被他们碰落的桃花洒在身上，她的头上开出一朵朵鲜艳的红花。财根喜欢用粉红色的花瓣揉碎了擦到她的嫩脸上，擦到她脖子上，逗来一阵开心的傻笑。阿芹脸上流着泪，用手绢去擦，被常大的眼睛捕捉到了。常大又一阵心欲狂动。咦，这小少妇真的很性感呢，愁态憨鞠的样子令人心痒难禁。他把手朝空中扬一扬，似乎想抓一把，心里想要这女人的心思在不经意间暴露出来。

陶秀弹这一曲《梅花三弄》很长很长，回环逶迤，韵味浓郁，听得茶客们先是敛神屏气，继而摇头晃脑。隐娘开心得花容微颤。她摸起陶秀演奏桌子上那把弦琴，装模作样地弹起和音。这和音乱点鸳鸯谱般掺杂其间，恰似一面打久的破锣在清凛凛的泉水叮咚中笨拙地敲击，好像有两种音律在打架，粗鲁的蛮音紊乱了人的心率。茶客们皱起眉头，常大却野性地干笑。隐娘仍笨拙地弹着，有点自鸣得意的样子。陶秀的曲子终于弹毕，隐娘的弦琴却又不识相地弹了几下，那干丑的声音仿佛老牛的哞叫，有点不堪入耳。

"好好！"茶馆里清静了一会儿，才响起常大一个人的叫喊声。陶秀弹得很认真，有点累了，对隐娘摇摇头说："我弹不动了！"隐娘余兴未尽，拨弄几下弦线，说："再弹一只，或者唱个小曲，让大伙高兴高兴。这次演资由我来付，绝不让你白唱。"陶秀看了看隐娘，又看了看满座的茶客。发现今夜年轻人来得不多，他们的兴趣不在弹琴唱曲，而在看热闹，看漂亮的弹琵琶女。看多了，听厌了，就慢慢疏远了这老朽呆滞的茶馆，另寻乐子去了。他们喜欢喝酒赌博。此时大概正在隔壁的赌场里玩得很开心。东天的一轮大月亮正徐徐升起，月色清辉从红灯笼的缝隙中透射进来，照在茶客们头上，披上一层淡青色的薄纱。

绕绿堤拂柳丝穿过花径，

听何处哀怨啼风送声声。

人说道大观园四季如春，

我眼中却只是一座愁城。

风过处落红成阵，

牡丹谢芍药白海棠青，

杨柳带愁桃花含恨。

这朵儿与人一般受欺凌。

我一寸芳心谁共鸣？

我七条琴弦谁知音？

……

　　嘤嘤戚戚，一首越剧《葬花》清唱从陶秀的口中吐出来，字正腔圆，听得隐娘眼睛都不眨一下。隐娘喜欢戏曲入骨入髓，听了这纯正的江南越剧，她的眼里要滴出血了。陶秀唱罢离座与阿芹走了。隐娘的心思还未回转过来。

　　"回去吧，天色晚了。"常大心事重重地探头看着大月亮催隐娘了。

　　"死鬼，你催什么，今天老娘我心里舒坦，看这月华有多好，你再陪我一会儿。"隐娘笑意盈盈地睨了一眼常大，又轻轻抚了弦琴，随意地弹几下，嘴里哼一支小曲。此时隐娘的贴身女佣拿一件披风进来了，嘴里说着天凉了小心生病之类的体己话，将衣服披到隐娘身上。常大无奈地看着隐娘继续弹琴，看着隐娘有点苍白憔悴的脸，想起刚才睨见的阿琴丰乳肥臀的少妇风韵，心里似有几个小鬼在打斗，乱哄哄的。想起隐娘在床上的那股骚性，又麻痒痒地生疼。隐娘哼完小曲，对女佣吩咐道："你叫苦生他们晚上少喝点老酒，给我看好仓库。明天分些棉布给他们，后头还要有事干。你就说我说的，跟着我干不吃亏，大家发财。"女佣点着头要退出去，隐娘又吩咐说："你明天叫苦生去陆爷部队说一声，就说我这里有货，价格照旧。还有把这里的财单送给镇龙过目一下，免得他挂心。"交代完毕，隐娘才像喝过老酒般站起来，伸出纤纤玉指朝茶师傅一指，"师傅，你明天匀一块大洋给唱戏的陶秀，她唱得好，顺老娘的心，赏一下！"茶师傅略弯弯腰说声好的，又提壶来给隐娘酽茶倒水。隐娘看着他倒水，也不说话，拿眼瞟着常大。常大也热辣辣地看着她，脸上浮动着好色。隐娘又开心地笑了，略显疲惫的脸孔浮起一丝红云，两颊带了酒色。

"走吧，回房去，看你这奸似鬼……"

常大小心翼翼拢住隐娘的细腰，触摸着温热的女人身子，忍不住用嘴吻了一下隐娘冒着香气的头发，吻得隐娘走路像三岁小孩子，东摇西晃。隐娘一脚跨出茶馆门槛，后脚绊了，要歪跌下去。常大赶紧将她托住。咯咯咯，隐娘一阵狂笑，身子如柳条轻舞，笑靥如花。常大索性就势在她的身上揉抓一把，弄得隐娘笑着蹲下身子，嘴里说着死鬼你要死哟，轻狂发嗲得像只烘熟的红薯，有点叫人觉得烫手。

隐娘被常大调戏得浑身没了骨头，巴不得早点回到屋里与之同床共枕，以消解蹿入心扉的欲火。她的贴身女佣早将睡床铺好，几盏青铜灯点得亮堂堂的，满屋生辉。隐娘轻轻挣脱常大的搂拥，脱了风衣，脱了绸衫，脱了淡青色的衬衣，露出一袭碧绿的小衣，整个玉肩裸露着，鼓荡着那对脱兔般的玉乳。她将手上的那对玉镯慢慢取下来，放在嘴巴上吻了吻，搁在桌上。

"你先睡哦，让我抽一口水烟。"她从梳妆台上摸了一把精致的铜质水烟壶，斜靠着一张红木雕花椅子，双脚一绞，轻一口重一口吸起水烟来。她眼睛眯缝着，从口中吐出一个个小烟圈，又紧喷一嘴，一道烟枪飞快地从小红嘴里吹出来，穿进前头仍在空气中飘浮的烟圈里，排成了一列烟阵，慢慢在屋子里上浮，在灯光里摇曳。常大站着没动，双手交叉在胸前，像在看一出影子戏。他很有风度地站着，耐心地等着，一派恭维小心的样子令隐娘很得意。她抽足烟瘾，突然问道："你真的很看上我，嗯？"一边说着一边将铜质水烟壶搁于桌上，接着回眸一笑说，"你猜老娘多大，十八岁？你想得美也，我比前屋那小娘大整整八岁！人老珠黄，你到底看上我什么？嘿嘿嘿……"常大呆呆地看着她，嘴角掠过一丝笑纹，耳朵根有点发热，恭维地站着，没说什么。常大的沉默令隐娘有点不快，她又说道："你参与了这次袭击行动，现在我们是生死绑在一起，天晓得哪一天会被日本人抓了去砍头！我们这是乱世出英雄，有点趁火打劫的强盗腔。你我都已经做了强盗，这一辈子恐怕洗不清了。"隐娘认真地盯一眼常大，看得清常大脸上的肌肉一跳一跳的。她"扑哧"一声笑出来。"嫩吧，比我还嫩！你想想，这世道乱兵四起，就这九曲河一带就有陆爷、黄爷等杂牌部队好几个。还有新四军、抗日义勇军。那小日本还搞不清我们这些平头老百姓做的强盗。你看到我这芦苇荡里的生活有多安逸，逃难的人都投奔到这里来。你还不知足，这几个晚上天天缠着我偷姑佬（奸宿），你就不怕被我家镇龙给做了？他可比老娘厉害多了。"

"好啦，别说啦，你我做都做了，还怕杀头？我看上你那是缘分，镇龙在日本人那里干大事，天天忙着呢。我这里小禾苗浇点水，难道你还不乐意？"

"呸，你当老娘是妓女，送给你玩？真正让人笑话。你个负心贼，空负老娘一片情了。"

"喔哟，小娘子，真动气了？你说负就负吧，今晚让你再快活地被我负一次，叫你再尝尝我这负心贼的厉害。"常大突然将隐娘抱起来，送到床上。隐娘小狼一样嗥然叫着，女人如水蛇般的妖娆身体在红绡帐里如白烛般燃烧起来。

月色里，一条人影贴上来，只在屋檐下停留几秒钟就消失了。

月光如水映照了这座簇新青黛的宅院，院子里白亮亮的，仿佛铺了一层霜，又似水洗过似的。远处江水喧哗的声音隐隐约约地传过来，越发显得这宅院的清静。江堤上的几间旧屋油灯飘忽，被密匝匝的苇丛遮蔽了，乌黑黑一片。

那条人影又贴靠在前头西屋的门前，只一推，门自开了。

"谁呀，深更半夜的？"屋内姨娘警觉地喊道。那条黑影贴到屋内床前，压低了嗓子说道："陶家阿嫂，快点起来，这里要出事了！"

"咦，你是谁呀，深更半夜的，出啥事呀，吓唬人呀？"姨娘披衣坐起来，阿芹、陶秀也揉揉眼睛坐起来。月色里，屋子里晃动着几个女人的头，充满着女人的味道。那条黑影将头上的青灰布揭下来，露出女人的脸。"也许你不认识我，但我认识陶家人。"那女人说，"是小山洋行的人请我来蹚这趟混水的。那天小山被误捉了，其实他们要捉的是我。小山已经平安回家了，可他非要催着我来救你们。这不，我来了。今晚要出事，河那边藏匿了不少人，手里都有枪，你们快随我逃吧，再迟了恐怕要遭殃啊。"

"啊，快快，陶秀、阿芹，收拾东西跑吧。"姨娘的脸全变色了，在月色影子里像浸泡过的咸带鱼，白里透黄，怪吓人的。仨女人胡乱地穿衣带裤，将细软东西往陶秀带来的藤条箱子里一塞，披头散发，跟着那女侠匆匆逃出宅子，往东南方向的江堤芦苇深处而去。阿芹跑得最慢，她的一对小脚一拐一拐，屁股扭得像一面筛子，被那女侠从后面推得跌跌撞撞。陶秀突然想到那把琵琶，返身就要回去拿，被那女侠狠劲抓着，嘴里说道："大小姐你不想活啊？"一步一推往前跑。陶秀咬着牙对阿芹说："快帮我去拿琵琶，这东西丢不得。"阿芹二话没说，回过身子就去了。女侠一把没抓着，眼看着她一拐一拐地跑没在芦苇丛里。

那把大火是后半夜腾地烧起来的。那把大火像挂在青纱帐里的红灯笼，粉红色的火苗慢慢地舐食月影里那略显青黛骨瘦的屋脊，远眺有点像野炊时用木头烧烤一锅热气腾腾的活物，烧烤小乳猪什么的。深夜里突然烧起的大火将整个畚箕镇照亮了，火蛇飞舞，烈焰腾腾。陶秀她们躲藏在江堤边的芦苇荡里，惊惶地看着慢慢燃烧起来的大火。她们逃到青纱帐里有三个多时辰了，露水沾湿了头发。隐娘的宅院一直静悄悄的，黑乎乎的屋脊好像浮在月色里的小船，在暗云中忽忽悠悠地或隐或现。阿芹一去无消息。这一片空寂寂的田地死一样安静，听不见昆虫的鸣叫声。那火烧起来时，她们看到了隐隐约约走动的许多人影。那些人在烈焰旁边手舞足蹈，好多手推的小车上装着物资，如一条游龙般，向村外的北河边去了。陶秀她们目睹了今夜的浩劫，群魔乱舞，哪里才有她们的安身之处啊。她们为阿芹担忧，心里很难受。江堤上茅屋里熟睡的人们也被这燃天大火照醒了，隐娘的几个乡丁拿着枪要跑过去，一看火影子里那密密麻麻奔跑着的人群，都吓得埋伏在江堤下的油菜田地不敢轻举妄动了。那些逃难过来的外乡人，更如惊弓之鸟般藏首藏尾地跑于芦苇荡深处躲避灾难，在暗夜里痛苦地叹息。在火光照映下，那抢劫的人又向小街窜去。小街总共开有六间铺子、一个磨坊。这些铺子都在店门楣上挂个匾。匾上雕刻了店名，"蟠龙湾酱油店""游龙湖酒店""夔龙河南货店""舞龙潭棉布店""滚龙沟染布店"等，都带个"龙"字。那是隐娘精心为镇龙操持的家业。由她直接经营的只一家茶馆，其余都转租给逃难来的外乡人。在街角还挂着灯笼，灯笼上"福"字隐约可见。

常大脸上蒙了黑布，站在小街的灯笼下嘿嘿干笑。他今晚做了一件昧良心的事，心里总像有一只小鼓在汲骨汲髓地敲。想到隐娘对他的好，心里有小蜈蚣在钻心钻骨地咬嚼。这女人太风骚动人了，一身柔骨如魔鬼般惹人喜爱。可惜她生不逢时，娇艳如花又精明能干，今晚却要……真不该让她这样消失于人世，白白地在自己手上成为玉碎。自古红颜多薄命，真正应验了这条古训，于心不忍，于心不忍呀。他抽完香烟，又仔细看了看隐娘。隐娘睡意蒙眬地喃喃："喔唷喂你这死鬼呀，还不开心，都不让我睡会儿，你想弄死我呀。"常大掀了那锦缎被，"看你这副孬相，好像没见过女人似的，下作坯！嗯啊嗯……"隐娘幸福地漾着笑靥闭上眼睛，香汗湿润，气吹如兰。常大痛苦地拿出细麻绳，慢慢将她送进天国，一串眼泪洒落在隐娘的脸上。他将隐娘的红丝巾盖住她的头和那双勾魂的狐媚眼，用锦缎被包裹了她的身子。他默默地闭了红绡帐，举起手中的灯烛，让幽弱的火苗去吻。火蝴蝶轻扬，蹁跹起舞。火光起处，映着他的大队人马奔袭而来。

阿芹那时正跌跌撞撞往回奔，夜间的小路高低不平，小草皮湿漉漉地，一踩一滑。她奔至大宅门口，隐娘那间屋子火苗一蹿一蹿烧了起来。阿芹稍一犹豫，加快步子进宅去取琵琶。埋伏在河边芦苇丛里的部队远远望见大宅起火，立即行动。他们像一群饿狼，疯狂地奔跑着冲进村去。他们跑得很快，但没人说话，像田野里刮起的龙卷风，龙头直指隐娘的大宅。火光起处，他们看见一个女人怀抱琵琶从宅院大门晃出来。于是，那女人就成了他们追逐的第一个目标。他们很快抓住阿芹，将她捆了。他们将琵琶作为战利品放到后面推过来的小车上。他们像一群疯子一样抢劫，将隐娘几间大屋里的家财物资抢劫一空。

隐娘安静地在红色火海里睡觉，火舌慢慢将她化为灰烬。她的贴身保镖苦生被火光惊醒了，他从女人的床上跳下来，拿起枕边的盒子枪，冲到屋外急吼吼地喊叫。农家屋里的乡下汉子也跟着跑到江堤下的小路上，许多人手里拿着铁锹、钉钯等家伙，嘴里喊着捉强盗，向前冲去。

通往江堤的乡间小路，扼守着常大密实实的部队，一挺歪把子机枪朝着奔跑而来的人群开火，火舌在黑夜里喷吐成一条火线，极具杀伤力。苦生和乡下汉子们也纷纷伏倒在小路上、油菜田里，无法前进半步。这些血气旺盛、年轻力壮的乡下人，眼看着隐娘的宅子被抢光烧光，眼睛里几乎冒出血来。这些在黑暗中施暴的部队只管抢呀，烧呀，没人说话。他们将黑乎乎的枪口对着苦生这边的人，也没有一点多余的喊叫声。他们很熟练地做着，烧完隐娘的屋子，又蹿向几盏残灯空挂的小街。这小街是畚箕镇人刚刚升起的希望，眼看着要遭殃，伏在田头的农人们又要冲了。那挺可恶的机枪又响了，硬生生地挡住他们的去路。苦生举起盒子枪高喊着："打呀，打这些吃人的狗强盗！"话音落地，一串枪弹向他扫过来，压得他抬不起头。慢慢地，乡下人找到可依托的田埂什么的，都不敢动了。

常大脸蒙黑布，手持盒枪，抢先冲进小街。他站在古色古香的茶馆门前，迟迟不肯动手。他的部队井然有序地运动着。一队小推车又从北河那边推过来，一长溜排在小街的尾巴。几个店里看夜的伙计被抓了出来。常大挥挥手，这几个人被捆绑了丢在街边。茶师傅也被抓过来，常大又挥挥手，茶师傅也被丢在一边。常大没有对小街店铺的人下杀手，也许是他与这些人混熟了，不忍心，也许这些温良的店伙计认不出是他来打劫他们，也许自己温良豪侠的形象还印在这些人的头脑里没有轰塌。常大仿佛是置身事外的一个游客，站在小街上呆呆地静默了一支烟的工夫。推手推车的人紧张得手心里都沁着细汗。常大朝小街屋檐下空挂着的灯笼茫然地望了望，终于朝推车人挥挥手。小车进街了，推车人将这条街上六店一坊抢劫一空。只留下空洞洞的茶馆没有拿走一件家什。因为常大没有下令洗劫。看着茶馆里的一桌一椅、一壶一杯，常大还是不忍心将美好的事物一一摧毁。他的耳边回荡着琵琶女优雅抒情的歌声。他的眼睛里浮现着老茶客安逸的身影，还有那风骚美艳的隐娘热辣浓烈的调笑。他痛苦地闭了闭眼睛，向手下打了一个特别的手势。除了茶馆店，小街的店铺都被烈火烧毁。

从漫地烟尘的小街撤出来，常大的手推车队吱吱咕咕重又返回北河那边去了。常大的部队在黎明前悄然退走，只留下仍在哔哔剥剥燃烧的两处大火。浓烟将天空染得更黑。常大在撤退前又环视了隐娘的住宅，他突然看到被绑在一边的女人。那女人令他心头一震。他立即朝手下人挥挥手。女人被捉到手推车上带走了。常大掳走了女人，也掳走了那把沉香木做的琵琶。

东天的晨曦从畚箕镇的火光里露出脸来，小巧精致的那条小街突然不见了，跟着常大放的那把大火轻渺渺飘走了，只留下茶馆店、街口的那几个戴官帽的石人和门楼还耸立着。石人身上落满灰烬，好像历经沧桑的文物。门楼上的匾被烟火熏染成焦炭状，匾上的古篆字有点朦胧难读。而柱子上的楹联在清晨热乎乎的空气中慢慢显示出来，笔迹灰暗。

"阿芹……"陶秀和姨娘站在隐娘大宅废墟前嘶哑地呼喊。大宅没有了，从村子里消失了。宅前宅后的大柳树呀竹园呀也凌乱地萎缩于地，挺着杂乱的枝丫。天边涌上红霞，村子恢复了平静。小村的那片富气如浮云一般漂泊而去。南江里传来早潮涨潮的轰鸣声，那声音古老而遥远。

"陶家嫂子，大小姐，我们回汇龙镇去吧。"女侠劝慰着陶秀娘俩。几只灰头野鸭从头顶上空飞过，发出惊悸的鸣叫。村子里的人们络绎从远处的农家小屋里、茂密的苇丛中走过来，看着这遭劫后的场景，老人们落着酸泪。"作孽啊，罪过啊。"乡下人喃喃道。几个外乡逃难的人却连连摇头说："看不懂，看不懂啊。这世道乱了啊，人心乱了啊。"那几位被抢的店铺的人都萎在一边，痛苦得脸上一片惨白，欲哭无泪。大家心里都清楚，这里将重新回到芦苇滩的荒芜岁月，一切的小小社会文明啊、街市啊、炫目的灯笼啊都将与这里无关。这里曾经做过一个梦，现在被更强悍的势力粉碎了，粉碎得很彻底，无影无踪。有个白发老人嘴里叨念着南无阿弥陀佛，喃喃道："来得快，去得快，前世作孽，现世报。现世报啊，南无阿弥陀佛……"

陶秀他们担惊受怕了一夜，身上一点力气都没有。姨娘说，再待一天吧。于是，她们三人暂到南江堤坝草屋里的张三郎、小末姐那里去。张三郎夫妇俩正吓得躲在屋后竹园子里，大气都不敢喘，见她们来了，正好陪着说说话。同是落难人，话头特别多。

第十六章　重开羊肉店

畚箕镇遭强盗抢劫的事很快传到镇龙那里，镇龙像被霜打的茄子，蔫了好几天。他带话给苦生，要他去打探那伙强盗的行踪。并委托苦生先给隐娘安个坟，树个碑。他等风声淡些再为隐娘做个道场，超度超度。镇龙现在日本人那里说话小心谨慎，没有露一丝口风。汇龙镇对小小畚箕镇上出现强盗的事传说得纷纷扬扬，日本兵那里却是聋子瞎子，一点不知道。陶秀娘俩返回羊肉店了，镇龙也睁一只眼，闭一只眼，只是暗中威胁肉陀螺说："你给我看好了店，等那边风声停了，我再收拾残局！"肉陀螺苦笑着回答道："那店是陶家的，你能占得？恐怕不行啊。"镇龙奸笑数声，扬扬胳膊说："你等着瞧！"肉陀螺心悸悸地说："陶家那当家的是新四军哩，你就不怕被他做了？"镇龙沉默了，对肉陀螺翻着白眼，低低骂了句："倒霉鬼！"甩甩袖子不理肉陀螺。肉陀螺说："那我该做啥，还干店主吗？"镇龙走得老远了，才甩过来一句话："你该干啥就干啥去！"

陶记羊肉店又开张了。姨娘要留用肉陀螺，说他前时看了这小店。陶秀不肯。姨娘对陶秀说："秀啊，这世道太乱了，你财根叔没了，总得有个男人做事挡着点。这肉陀螺是油滑老到，但他这人心不坏。"陶秀说："娘啊，光用这个老油条在店里恐怕不妥当。你去同那个唱戏的小板胡讲讲，让他来店里撑台面，啊好？"姨娘心动了，决定请小板胡来撑台面。小板胡对陶家有好感，又知道陶家男人是新四军，他决定帮忙。于是，陶记羊肉店有了说书唱戏的场子，来玩的人多起来，生意要比前时好。那个苏州班子留下来的小芳同陶秀趣味相投，陶秀邀她在家住。小芳也弹得一手好琵琶，陶秀和她琴瑟和唱，陶家屋里又恢复了往日的融融生机。再说那个为情所困的日本男孩子小山，这几天几乎天天往陶家跑。小山问陶秀："那畚箕镇的隐娘好好的，身边又有人又有枪，怎么被强盗抢了呢？那地方隐蔽又偏僻，又有一条大河挡着，四面都是水，外人是走不进去的。""搞不清楚呀，"陶秀说，"小山你和那救我们的女侠是怎么闯进来的？"小山说他们发现了河里的密道。陶秀说："人算不如天算，这隐娘自己做那勾当，是个隐形强盗，他帮镇龙那贼发昧良心财，早晚要出事。现在畚箕镇的人将河里的密道挖了，强盗跑不进去了。可惜一个美娘子，被活活烧成灰，一点人迹也没留下。"小山说："那镇龙心太黑，引你们往畚箕镇去，恐怕也是想算计你们呢。"陶秀有点猜不透，只是摇着头。陶秀与小山谈得拢了。陶秀对小山有了好感，随意交谈，没有脸红心跳的感觉。黄昏以后，陶秀与小芳弹琴玩，小山坐在边上听，脸上常常浮现痴迷的红晕，被小芳捕捉到了。小芳对陶秀调笑说，陶秀小妹，那小山都快要被你迷死哉！

　　这种看似太平的日子过了没几天，又有事情发生了。肉陀螺急兜兜地跑进陶家店内说，那个春山少佐带着部队又调防到汇龙镇了，春山少佐放言说，他要报断腿之仇。陶秀姨娘吓得关门打烊了三天。第四天的早晨，一个乡下人打扮的年轻人来敲打店门。年轻人对陶秀姨娘说，他是阿芹托他来的。说着将一个用蓝布包裹皮包着的琵琶拿给姨娘。姨娘惊奇地问他，阿芹在哪里？那人很平静地说，她是我大当家的婆娘。喏，这里还有她带给你的三十快大洋！他从腰袋里掏出一包钱，掂了掂，交于姨娘手里。那人说完，低了头就忽忽走了。姨娘要问他话，他头都没回。姨娘捧着那个沉香木做的琵琶，想起前时的一些担惊受怕的日子，想起阿芹，两滴热泪掉落在蓝布包裹皮上。想那阿芹如今顺从了土匪头子，是祸是福只有老天爷知道了。这种事情好像被打落的牙齿往自己肚子里咽，如果让汇龙镇人知道了，她家也会受牵连。姨娘决定不让陶秀知道。于是，她将琵琶重新包裹好，匆匆走进自己的内屋，将它藏匿在床铺底下，并把那钱也藏了起来。姨娘做过这些，心里头才轻松些。她要去唤陶秀起床开店门。三天未做生意，桌椅上飘积着灰尘。姨娘默默地擦拭那桌椅，心里还想着刚才的事。倏忽间，几条人影闪进来。姨娘抬眼一看，心急跳起来。他男人英气勃勃地站在面前正朝她微微地笑呢。"你啥时候回来啦？快，快进后屋去！"姨娘一激动，话都说不连贯了，声音有点发抖。这个早晨，事情还特别多。

男人这次带了两个随从，做什么事，男人没说。姨娘也不详细盘问。因为姨娘知道男人做着为穷苦人翻身的大事情。姨娘为男人守口如瓶，许多年过去了，姨娘也习惯了。姨娘信得过自己男人。男人低低吩咐那两个随从几句，跟着姨娘进后屋。一进房内，姨娘就整个身子扑进男人怀里，泪水如小河流。男人深情地抱住她，用厚实的手掌轻轻拭去她脸上的热泪。男人将她抱起来，回身用脚拨上了房门，将她抱到暖床上。夫妻久别重逢，说不尽的恩爱。对他们来说，这个早晨就是他俩又一次的久别新婚。一切都是那样的美好。这种新婚仪式他俩已经经历许多次，每一次相见的时间很短，这种急风暴雨式的爱让他俩心里年轻了好多岁。姨娘心里积压的委屈也在这急风暴雨的爱里猛烈地释放出来。俗话说"一寸光阴一寸金"，他俩的爱比金子还珍贵。已经有一个多时辰的缠绵，他俩还嫌时光太快。姨娘哭够了，爱够了，恋恋不舍从男人的怀抱里挣脱出来。从床下的木盒子里摸出那袋子银圆，交给男人。男人用手掂了又掂，禁不住又俯身热吻了姨娘。男人本来很会说话，常常说得姨娘的心里痒痒地舒服。现在短暂相会，他只用身体说话。这种方式让姨娘很刺激。姨娘心领神会。姨娘交给男人钱后，穿衣梳头将自己好好整理一番。男人也穿戴整齐，把两支盒枪插在腰间皮带上。

"小金宝被日本兵弄死了，财根也死了，我们娘俩逃难过了……"姨娘淌着泪说道。

"嗯。"男人又伸出一只大手替姨娘抹眼泪。

"你这次回家，待多长时间？"姨娘仰着脸看着男人。

"事很急，就要走。"男人的手仍在姨娘脸上摸着，不时地轻拢她的头发。

"要不要见见陶秀，她也受了不少苦，还卖唱。"

"来不及了，替我向她问好。这孩子很懂事啊，又能干、聪明，我真想带她出去参加工作，但你身边又少不了人。"

"你都成了不回家的人了，还要带走陶秀，你死了这条心吧。你害得我独自守空房，我还算是个女人吗？"

"好了，说说而已，别伤你心了。哦，财根死得很硬气，骨头铮铮，是个好汉子。镇上的梁尚仁说要替他立个碑。那个镇龙肚子里有坏水，你们要防着点。"

"哦，"姨娘说，"后面羊棚灰里埋藏着几支日本兵的枪，你挖了去吧。"

"我会叫人来取的，不要多声张，会招来杀头之祸。"

"嗯。"

男人叮嘱完姨娘，又拉过她热热地拥抱一下。姨娘幸福地笑了。男人轻轻拉开房门，向店堂屋里的随从招招手，立即从后园撤走了。真像一阵风，热热地刮过来，又迅疾地刮出去，就仿佛青天白日做了一个好梦。姨娘真切地摸到头发上的男人的气味，一边生火煮羊肉汤，一边陶醉在与男人短暂相会的梦境里。

第十七章　老班头牺牲

　　日子晃悠着过去，坐在陶记羊肉店的楼上望出去，远处的田野里有一片麦子的葱绿和油菜花的金黄。过几天就是清明节，汇龙镇商会的梁会长出面，暗中张罗着替抗日英雄陈大勇他们及财根立个碑。肉陀螺、小板胡都捐款资助。在梁会长的鼓动下，汇龙镇的好几家商铺也捐了款。苏州班子的老班头自从带着几个徒弟参加新四军后一直未露面。这天突然来到店内。老班头精神了许多，腰间鼓鼓的，佩着盒子枪。陶秀和姨娘都见了他。老班头对她们娘俩说："大嫂啊，让陶秀也参加新四军吧，小凤凰她们的仇一定要报。"陶秀看着姨娘，陶秀心里有点动。姨娘摇摇头，对老班头说："我家陶秀还小，又是个丫头，去不得的。"老班头看姨娘不肯，也不强求了。老班头说，他担任了新四军的税务稽查员，汇龙镇一带是他的工作范围，请姨娘多关照。姨娘点点头答应了。老班头又附着姨娘耳朵说："新四军的陶营长说你这里藏着几支步枪，我晚间来取。"姨娘惊慌地点点头，朝四边警惕地观察，害怕隔墙有耳。说完话，老班头匆匆来又匆匆走了，只留下一个坚实的背影。姨娘忆着那背影，同她男人一样的背影。昨天晚上西边很远的地方传来隐隐约约的枪声。日本兵又下乡抢东西。老班头他们在这一带活动，很危险。晌午时分，小板胡才与小芳进店。今天他们要开唱《杜十娘怒沉百宝箱》。这个曲目他们还未在汇中楼茶馆唱过，故今天来听书的老街坊比平时要多些。陶记羊肉店现在除了卖羊汤，还供应茶水。故此，一些老茶客也常来这里坐坐。这一天店内客人多，楼上都满满的。

　　小山也如期而至，他这几天几乎天天都来黏着陶秀。这镇上的学堂半开半闭，都是因为前时打仗，人心都吓散了。陶秀没学过今天开唱的曲目，也早早过来，一边帮姨娘张罗客人，一边听唱书。小板胡说书，小芳弹琵琶，音韵相谐，听得人很舒服。姨娘在屋前屋后，楼上楼下地忙乎。姨娘在杂乱的客人里，分明看到了几张陌生的面孔。凭着几十年来的江湖经验，姨娘心里咯噔几下狂跳起来。姨娘下楼梯的脚步跟跄了，心事重重。这个下午姨娘都在忐忑不安中度过。傍晚时分，小山约陶秀到后边的桃园玩。前时芬芳四溢的桃花不见踪影，早绽的花朵已凋零。他俩在桃林里蹀步，心里有点落寞，百感交集。望着光秃的枝条和稀疏的树叶，感叹春天的脚步阑珊，艳丽的桃花已经错过了花期。

"秀，"小山昵称道，"我父亲托人带消息来说他要我到南方去。"

"去干啥，帮他做生意吗？"陶秀低头穿过一株稍矮的桃树说。

"父亲说在南方开了一家商行，要我去做。"

"那你去呀。"陶秀拢拢稍散的头发，回眸看小山。

"我……"小山盯住陶秀的眼睛，"我不想去！"

"为什么，这里又是那么乱，天天打仗，杀来杀去的，南方会太平些吧？"

"我不去，除非……"小山真真切切地拿眼看着陶秀的大眼睛，陶秀的大眼睛亮晶晶，像水晶葡萄。

"你看我干什么，又不是陌生人。你去了南方，可不要忘记了我们。这里呀，说不定就没了呢。你没看到畚箕镇那场大火哟，什么富贵呀，钱财呀，美人呀，一把火统统烧个精光。这人呀，都好像在做什么梦。"陶秀沉思着缓缓低了头，说着这些悲伤的话，一副看透人世、楚楚动人的样子令小山心里发着酸痛。

"秀，"小山一把抓了陶秀的手，"我爱你！"

"又说傻话。"陶秀推开小山的手，含羞扭头往桃林深处走去，悄然回眸一笑。小山急急跟她而去，脚步轻飘飘，春心乱动。在那桃林深处，小山抓住陶秀，陶秀香唇微颤，被小山慌乱乱地吻了一下。只一下，令陶秀魂魄飘飞，软绵绵地被小山拥在怀里。

月色轻洒，汇龙镇浸染在一片清辉中。老班头带了两个人敲开陶家小店的门。姨娘心悸悸地领着他们去后园羊棚里挖取枪支。埋了两个月，枪械稍显生锈。老班头拿到枪后带着两个战士从后园撤走，临行，夸了陶家几句。姨娘心里稍许有了安慰。姨娘唤陶秀过来，重新掌了一盏油灯，将羊棚灰填实，把几只肥羊牵进去。大概一顿饭的工夫，北边传来激烈的枪声，姨娘和陶秀的心里紧张起来，赶紧回房去。

那些枪声正是日本兵打的。老班头他们出镇后就遇到日本兵。那些兵刚从乡下抢粮回来，刺刀在月光下亮闪闪的。老班头与日军正面遇上了。日军发现了老班头他们身上背着枪。老班头知道躲不过，妨且只有他有盒子枪可抵抗。他低声吩咐那两个战士赶快往东跑，他掩护。东边是一块油菜地，穿过油菜地是一片竹园，竹园后面是一条大河，只要跑进竹园，游过大河，鬼子就抓不到他们了。

鬼子挺着刺刀向老班头围上来。老班头扭头往回跑，跑进一间小草屋。枪声响了，一个鬼子被打中了，疼得哇哇大叫着趴在地上。一时间枪声大作，小草屋苇子编的墙壁被枪弹打成蜂窝状。鬼子的枪声停了，小草屋静得可怕。鲜血从苇子墙跟下淌了出来。月亮被一小块乌云遮掩着，天空黑黝黝的。鬼子趴在地上大气不敢出，用枪瞄准小草屋，如临大敌。就这样僵持着，听得见镇上传出狗吠声，看得见亮着的窗户一家一家熄灭了灯。月亮惨白的脸渐渐地从云缝隙里钻出来，瞪着痛苦的眼睛。鬼子慢慢向草屋靠近。盒子枪又响起来，逼迫鬼子伏在地上乱打枪。"轰轰……"鬼子的手榴弹爆炸声盖过枪声，小草屋被炸得四壁都是洞。老班头被炸得晕晕乎乎。鬼子又僵持了一会儿，才猫腰弓身向前冲过来。老班头脑子清醒了一些，用血糊糊的手擦抹去眼睛里的血水，嘴里高喊道："小鬼子，我操你家祖宗！"老班头用客家话骂开了。老班头吃了几十年的开口饭，从未这样骂人。他对徒弟们讲得最多的就是做人要温良老实，要讲好听的话，唱戏与做人一样，劝人为善。如今，在血与火的战争中，老班头已疾恶如仇、铁骨铮铮。他高喊着："打倒日本帝国主义！"挥手向冲过来的鬼子开枪射击，枪声伴着他的喊叫声在黑暗的大地上回荡。轰轰轰，鬼子又掷了几个手榴弹，黑烟冒起，小草屋被炸得起火了，哔哔剥剥，大火轰然烧毁了小草屋，火光照彻了汇龙镇外这一片小小的天空。

此时，那两个战士早已安然渡过大河。望着河西密集的手榴弹爆炸声和那片熊熊大火，俩战士痛苦地闭上眼睛，伏在河沿上哭泣。老班头……他们在心里热烈地呼喊，熊熊大火烧在他们的心上，仇恨的种子埋进他们的心里。

这一晚，陶秀与姨娘久久不能入睡。姨娘因为送走老班头他们并听到镇北那阵激烈的枪声后心跳跳，坐卧不宁。她不知道老班头他们是否有事。她几次走到店门口听大街上的动静，东街又死一般寂静，本来有点活气的汇龙镇今晚又陷入对战争的惶恐里了。陶秀此时倒很安静地坐在书桌旁看古书。今天看的是小山从同学那里借来的《镜花缘》。黄昏时，她与小山的头一次肌肤接触至此仍心情激动，脸色红云不褪。她翻看着《镜花缘》，心里回味着刚才的情景，书在手中，目不识丁似的看不过一行字。她对小山有了一种可亲近的好感。但她对小山的心思好像还不在男女之间的那种爱啊、恨啊，可她又不再距他于千里之外。今晚小山对她亲昵，她心里的那种少女情怀又水泻般流淌出来，连自己也控制不住。"小山吻了自己。"她这样反复喃喃道。她觉得自己偷偷做了一件出格的事，虽然很刺激，但有点惴惴不安。因为她觉得自己想的人并不是小山，而是别的什么人。总之她有点无奈的心跳。她无意地翻着《镜花缘》，一张纸条被翻看到了，题目写着：《春色似美人，美人似陶秀》。咦，这个小山，是写给我的哟。小山的字体很美，是用钢笔写的楷书。那纸条上抄录一首诗：

久怪东君不理人。冰融处，犹自笑还嗔。
阶下苔青不染尘。花杯举，浅酌步晨昏。
叶语莺歌燕舞频。相思起，酒尽尚逡巡。

湖起微风碧水皱。兰舟漾，小棹吻波唇。

嫩绿初成景色新。轻寒在，勿却旧纱巾。

风抚田园绿韭芹。初阳照，正见早耕人。

絮落薛笈淡作云。诗成矣，对月更销魂。

逐暖鸳鸯戏水纹。曾闻否？喁喁韵香醇。

最爱桃枝入梦痕。斜簪鬓，暗诩赛昭君。

慵起推窗燕声闻。忙抬眼，已见柳芽匀。

　　"最爱桃枝入梦痕。斜簪鬓，暗诩赛昭君。"陶秀反复轻咏这一句，古代少女美颜临风、楚楚动人的景象浮现在脑海里，诗情画意，美不胜收。"嘿，这个小山，想入非非，将我比作王昭君，还梳妆打扮，斜簪鬓，将我弄成一个梳理着高高发式的古代美女。我是那样子的女子吗？真好笑。"陶秀读着诗句，喃喃自语着。又回想起小山以前念给自己听的一首古诗：寒雨连江夜入吴，平明送客楚山孤。洛阳亲友如相问，一片冰心在玉壶。回想起小山吟这首诗时大胆地吻过她的小手，这小山对中国古典诗词还真会运用呢，心思放在追女人上了！陶秀就这样赏读着诗，想想心事，辗转反侧，夜不能寐。

第十八章　蟛蜞镇之战

　　清明节到了，商会的梁会长早早来寻姨娘，告诉她财根的坟碑竖好了，还有老班头的新坟碑也树好了，镇上人都偷偷去祭祀呢。"啊？"姨娘眼睛瞪得大大的。这几天她心跳跳，夜里睡不隐觉，早上眼皮狂跳，这老班头真的出事了，这江南老同乡也死在日本兵的枪口下，还有小凤凰、小彩霞也被弄死、逼死，她心里更感到难过悲哀。她唤起还在睡觉的陶秀，叮嘱她去沈裕春烟烛店买些香烛纸箔，去鼎和斋茶食店买几盒糕点，吃了早饭去财根坟墓祭扫。太阳很好，晨雾早早退去，阳光照得街道斑斑驳驳，几家做早饭的馒头店、汇中楼茶馆的老虎灶纷纷冒着温热的暖气，空气里都飘溢出诱人的香味。沈裕春烟烛店也早早开门摆出一长溜各种冥纸锡箔，冥纸做的纸人纸马、宝塔钱币聚宝盆，林林总总，人来人往。姨娘陶秀携了纸钱糕点，向镇东北的九曲河北河沿走去。汇龙镇四周围都开挖了大河，东西南北砌有四座青砖城墙。小日本在城门口设有岗哨，盘查可疑人等。一出城门，绿油油、金黄黄的乡村风景就展现眼前。油菜花的香味浓郁芬芳，间杂其间的是小河、竹园、茅屋。那金黄色的油菜花点缀了贫瘠的土地，给大地一片短暂的奢华。看得见南江里的白帆，仿佛浮动于金黄色的菜肴之上的一道道点心，有点透明的诱惑力，正慢慢地摇曳。河东北有一片松柏，稍高的河沿处正站着身穿黑色长袍的梁会长，微风吹拂下，梁会长的长头发飘散在额前。"喂，在这边呢！"梁会长远远就招呼道。陶秀和姨娘应了声，加快步子向那片青松林奔过去。

　　在梁会长的指认下，陶秀娘俩看到了财根的坟。一堆黄土，几许小草爬长在上面，呈现茸茸的绿色。姨娘见到财根的坟，双膝"扑通"一声就跪下了。姨娘想起这十几年财根与她家朝夕相处，热泪夺眶而出。姨娘只是个女流之辈，要在三教九流的汇龙镇立脚做生意，没有财根前后照应，她恐怕撑不住的。这次，财根为她家人赔上一条命，这大恩大德陶家八辈子也还不清了。姨娘哽咽了一会儿，渐渐发出悲声，伏地痛哭起来。陶秀哀哀地站着，眼泪像断线珠子滴落不已。梁会长默默地低头伫立在坟前，双目炯炯看着坟头上的小草，对财根充满敬意。陶秀将新鲜的糕点米酒摆放在财根坟前，燃起纸钱。暗红的火光中，纸钱吞吐着白烟，仿佛是财根的那双青筋暴突的手在触摸、在轻抚。纸灰余烟袅袅升起，一串串纸蝴蝶倏忽飘散，那是财根濡湿的灵魂渐渐远去，带着陶家的思念恋恋不舍地远去。

祭扫过财根的坟，梁会长双眼湿润了。他又指着旁边的一座新坟说，那就是老班头的。姨娘听说是老班头的坟，热泪又夺眶而下。梁会长指着坟前的几堆烧纸的余烬说，那是他的战友们、徒弟们早早过来烧敬给他的。他又指着稍远些紧靠河堤的一个大坟堆说，那些就是死在日军枪口下的义勇军的和一些无辜老百姓的乱坟堆。队长陈大勇的坟在那一边，坟前栽有三棵松柏。

阳光明媚，金黄色的油菜花散发出阵阵清香。九曲河水悠悠，空气里都濡湿着对故人的纪念。中国人的大好河山，岂能由日寇作孽践踏。抗日志士的鲜血流淌在那条温暖如春的河里，河水日夜发出悲鸣。陈大勇和他的战友们静静地睡在这片土地上，老乡们都来给他们上坟，烧纸钱。财根、老班头也安睡此地，坟头青草随风摇曳，喃喃诉说着他们的故事。

祭扫了财根的坟墓，姨娘与陶秀返回家中，偷偷到后园子给儿子金宝烧些纸。想起儿子，姨娘忍不住又发出悲声。陶秀替姨娘擦拭眼泪。傍晚时分，一个乡下人打扮的年轻人急匆匆走进店里，找到姨娘，交给她一包东西。姨娘问："啥事？"那人说："大当家的被小日本捉去了，当家奶奶叫我捎东西过来，想法子救救他。"手拿着阿芹捎来的银圆，姨娘的心怦怦乱跳。陶秀过来问姨娘："啥事啊？"姨娘支支吾吾。陶秀打开包裹一看那么多银圆，心里也害怕了。那年轻人轻声回答道："阿芹大奶奶家有难，特来求救你们。"

"你说是阿芹？她在哪？又出什么事了，快说。"陶秀一口气不停地问道。

"阿芹是我家大当家的娘子。昨天晚上大当家的在一家烟馆赌钱，来了一队日本兵包围了烟馆，捉去了大当家。"

"日本兵为啥抓他？"

"他抢了日本兵的货，这次肯定是有人给报了信才被抓了。"

"自己做强盗，杀人越货，胆大妄为，被抓被砍头那是迟早的事。她竟甘心做强盗娘子，求救什么呀，这种强盗该杀。"陶秀想到畚箕镇的事，气呼呼地说。

"秀，别乱说话。这位小兄弟先坐一会儿，我给你泡茶。"姨娘轻责了陶秀，请年轻人落座。

"阿芹怎么嫁给你家大当家的，大当家的叫啥，他做那强盗有多少日子了……"姨娘给那人泡了茶，坐下来细细盘问开来。那人很简要地叙述了阿芹的故事，听得姨娘泪水涟涟，嘘叹不已。

记得那晚常大带队抢劫了隐娘的财物，又将阿芹掳走。常大这伙人隐居在黄海边的一个渔村里。他们昼伏夜行，专搞强盗勾当。阿芹被绑在小推车上，一路吱吱呀呀推到黄海边小渔村。那时已是第二天的黄昏，那伙人将抢来的财物放置到常大的一个宅子里，把受惊吓的阿芹关进常大的堂屋里。屋子里点起大油灯，将阿芹的脸庞照耀得亮闪闪的。常大笑眯眯地开门进来，身上穿着乡下土布衫，脚下一双老布鞋，干净利落，红光满面。常大进屋后只对着阿芹傻傻地笑，安静地抽着香烟。阿芹想开口骂他，又有点害怕，也怔怔地瞄了他几眼，低垂着头不吭一声。阿芹心里清楚他为啥抓自己。阿芹晓得他喜好嫖女人，今天落到他的手里，已经没路可走，想掙也掙不了。她这样等着，如果他强奸，她决定拼个鱼死网破。她心中那盏爱欲之灯已经熄灭了，财根和金宝惨遭不幸，她心如死灰。这个黄昏只有海风飒飒地刮着，远远的港梢里看得见船桅上高挂着红灯笼，在海潮里晃荡，天地海一片灰暗。常大安静地看着阿芹，丝毫没有轻薄的意图流露出来。约一个时辰，厨房那边走过来一个小青年，隔着门窗说道："水烧好了。"常大轻轻哼了一声，吩咐道："端大盆进来。"于是，那小青年将一个大木盆拖了进来。那盆有五尺多宽，半人多高，几乎是一只大桶。小青年往盆里倒热水，将盆装得满满的。水装满了，常大起身从隔壁卧室里拿来一套女人衣服，朝阿芹点点头，自己轻轻关上门出去，没多说话。阿芹迟疑不决，坐着没动。半晌，听得常大在隔壁说道："娘子啊，你别害怕，如果你不愿意，等外面风声淡了，我就送你回去。今晚我不会逼你的，我这就睡觉了，明天见。"说完，一切趋于安静，四围的灯火先后吹熄，只有这堂屋里仍亮堂堂的。阿芹起身吹熄油灯，慢慢脱了脏衣服，爬进大盆洗了澡。

第二天，小渔村的女人们早早来串门，她们穿着带补丁的衣服，说话嗓门儿很响，对着阿芹上看下看，阿嫂长阿嫂短，全无陌生之感。她们好像早就认可常大这桩事，脸上甚至有点望眼欲穿、水到渠成的喜悦之色。真是一群强盗婆，无羞耻之心！阿芹心里这样嘀咕道，紧抿了嘴，一言不发。

村里那些女人在堂屋里陪阿芹盘桓了大半天，下午又来聊天，对阿芹很熟悉、很喜欢的样子倒让阿芹想象不到。她们嘴巴里谁也不提常大的事。常大一整天没露面，村子里也很平静，远远地望到海边港梢里晃动的船桅和村子里晒着的渔网在阳光下显出陈旧斑驳的颜色。除了这些会串门的女人，村子里的男子汉都做事去了。男子汉们出海干活儿还是去赌钱抽大烟，女人们大概都心中有数，但管不了。女人们靠男人们生活，这小小的渔村就是她们自由的天堂。又挨到傍晚时分，常大从外面带回来一大篮子海鱼海虾，拿给那个贴身小青年去厨房烹饪。常大笑呵呵地朝阿芹点点头，嘴里自言自语说："好新鲜的鱼，刚从船老大那里弄过来，大家尝尝鲜。"说完，自管拉一张凳子坐在门口抽香烟。常大的样子很平常、很亲近，一副老实巴交的乡下人打扮，没有了在畚箕镇时那种富气油滑的神态，家里也没有什么奢侈的摆设。那些曾与他共同出去干昧心事的男人也都待在家里陪女人孩子，看不出这个小渔村里埋伏着一伙胆大包天的人。海鲜煮好了，常大叫小青年一起陪阿芹用餐。常大与小青年喝着乡下人酿的老酒，讲着渔村古老的笑话，很随意地吃喝逍遥。阿芹呆呆地看着他们喝酒，没动筷子。常大给她拿了一只小碗，倒上米白酒，又夹一只大虾给她，开口说道："阿芹啊，女人总归要嫁人的，你是不是良家妇人我不知道。跟了我常大，包你不吃亏。现在这世道乱啊，你在我这里过几天舒心的日子，就算我常大求你了。"那贴身跟随附和道："是啊，常大哥可是这一带的龙头老大，有你吃喝不完的富贵，我大哥是看上你啦，算你好运气啊！"俩人说着话，也不多睬阿芹，只管碰碗喝酒讲故事。阿芹静静地坐着，听他们讲故事，慢慢地觉得渔村的故事很好听，新鲜。看着常大与小青年喝酒扯淡，阿芹突地插话说："你们为啥要干强盗的勾当，这打打鱼寻点钱过活难道不好吗？"常大一听阿芹开腔说话，乐了，嘴里喷着酒气说："唉，弱肉强食，小日本都欺负到我们头上来了，那小日本国漂泊在外洋的小岛上，四面都有海，在那里打打鱼不是也过活么，你说他们拿着枪炮到这里来干什么？嗯……"常大的眼珠子有点发红了，说话也略微带了点颤音，"你没惹过他们，可他们却漂洋过海地跑到这里欺负起我们来了，这说得过去吗！"那小青年附和道："对呀，他们才是真正的强盗，我们这是被逼上梁山，逼上梁山啊！来，大哥喝酒。"阿芹话匣子一开，话头就多了，收都收不住，她又问道："你们又为啥抢畚箕镇，还弄死了隐娘，这可是伤天害理的事啊。"一听这话，常大不喝酒了，撸撸嘴巴，脸上浮上一丝苦色。他细细地瞧着阿芹，眼睛一眨不眨，半晌，才开口说道："你这就不知道内情了吧。那隐娘将这畚箕镇建造得像模像样，我也想将自己的地盘搞得像模像样。可我后来一打听，隐娘这财富来得太不地道。她是汇龙镇伪镇长的小妾，镇龙靠日本鬼子发的横财。那次抗日义勇军流血流汗，他却螳螂捕蝉，黄雀在后，趁乱抢了汇龙镇九曲河里停泊的商船。成捆成捆的白洋布，成箱成箱的南北货，那得值多少钱啊？都被镇龙独吞了！"常大咽了口唾沫，继续说道，"镇龙他有一帮人马，都隐匿在畚箕镇。隐娘成了这伙强盗的头。我取镇龙的不义之财，有啥伤天害理啊。弄死隐娘，那是她太妖气。你不弄死她，镇龙反过来会弄死我。因为隐娘已经知道我的底细。"常大喝了这米白酒，口无遮拦，对着阿芹都说出来。常大对阿芹不封口，因为他要明媒正娶阿芹，他把阿芹看作自己的老婆，他要阿芹。

"你们都是强盗啊，贼不要脸，又奸又烧又杀，坏透了，作孽啊，下了地狱，阎罗王会惩罚你们的，下油锅、转车轮、挖心挖肝、五马分尸，叫你们永世不能超生……"

阿芹一连声地咒骂，声音清脆响亮。常大与贴身小青年脸孔喝酒喝红了，笑眯眯听着她骂。常大觉得阿芹骂得很好听，也骂得实在，谁叫自己做那强盗呢。常大原本是规矩富裕人家的孩子，他三岁那年家中遭遇强盗，父母家人被害，自己被掳。他从此在强盗堆里长大，混成现在这种样子。他没有得到过亲人的爱。他渴望有女人爱他，有个家。听着阿芹的数落咒骂，他觉得在听家里人在管教自己，很亲切。阿芹骂够了，骂累了，又怔怔地坐着不说话了。常大小心翼翼地夹一只大虾给她，又往她的碗里倒酒。阿芹的碗里酒溢出来了，洇在桌子上，满桌散发出酒香。阿芹口渴了，忍不住低头喝了一口米酒。呀，那酒醇香醉人，很上口，很好喝。阿芹干脆端起碗来大口地喝。常大见此景，也忍不住哈哈哈笑出声来。常大边笑边说："好好好，你喝你喝，会喝酒的才是我常大的女人，做我常大的女人不吃亏！"阿芹喝了酒，热辣辣的感觉直涌胸口，脸孔泛起红云。她觉得浑身燥热，就起身去拿冷水毛巾擦脸。阿芹起身的瞬间，胸前两只玉兔般的大奶一颠一跳，撅起的屁股更显女人的妖娆，性感诱人。这些都被常大色眯眯的眼睛捕捉到了。常大用潮红的眼色朝小青年一使，小青年知趣地退出去，轻轻关了门。常大趁着酒色，一个大步奔过去，将阿芹抱在怀里。阿芹喝了米酒，身子里一点反抗的力气也没有了，浑浑噩噩迷迷糊糊，被常大抱住了，挣脱不了了。常大抱着阿芹，酒气猛烈地喷在她脸上。阿芹是个乡村女子，只受到财根清纯热烈的爱，没经历过常大招魂般的抚弄。阿芹嘴里一直不停地骂着："强盗，不得好死！"身子被常大弄得发昏颠倒。阿芹骂着自己："我是婊子！"眼睛里淌着泪，将常大的身子都濡湿了。

　　阿芹在浑身燥热迷糊中被常大睡了去，心里的委屈无从申诉。在经历了常大疾风暴雨般的爱后，昏昏地睡过去了。她为防着常大，两天没好好睡觉。睡梦里，阿芹又和财根在一起。财根爱意绵绵地捧着她那双小脚说，多漂亮啊，一对小船。财根为保护陶家人，被日本鬼子鞭打，一条条的血印里翻溅出肉来，血水喷在墙壁上，像一片红枫叶一摇一晃。那片红枫叶又盖落在阿芹身上，变成财根的嘴巴，在她的脸上游走，又酥又麻的感觉从头发根里溢出来，漾满全身。财根，你在哪，你在哪啊？孬男人啊，又来捉弄我！阿芹想抓住财根的头，却无法抓住，若即若离，令她着急发昏。阿芹的生命里只有财根，她被乡下的老宅里那个驼背的大烟鬼吓怕了，那个鸟男人是她一辈子的孽债，她今生今世的对头。她再也不想回到那个窝里去。一片火海从东卷烧到西，无数烟末腾空乱舞，天空犹如一口大锅，不断翻滚出灼热的熔浆，在狂风吹拂下上下翻腾。汇龙镇一片火海。阿芹吓得哇哇哭喊，没命地逃啊、奔啊。四围都是火苗，阿芹无处躲藏。阿芹绝望地跳进一条大河，那河水深不可测，一片红光闪耀，朦朦胧胧，像睡在一条棉被里，迷迷糊糊……阿芹整夜都在做噩梦，一直到次日凌晨。一场春雨淅淅沥沥掩盖了昨夜的癫狂。屋子里静悄悄的，只听得见窗棂外屋檐下几只小鸟在叽叽喳喳乱叫唤。阿芹仰头又望见了常大那间大屋里墙上挂着的大烟枪，还有红木椅子。她的床沿上搁着一套新衣服，全是洋布做的。"强盗心枪毙鬼！"阿芹骂了常大一句，将那套新衣服掼出去，甩在窗棂上，早起唱歌的小鸟惊飞而去。"婊子。"阿芹又骂了自己，眼睛里又干又红，她已经哭不出泪水，软软地萎在床头边。慢慢地，春雨停了，彩霞飞注东天，大屋里亮堂起来。吱的一声，门开了，一道清媚的晨阳钻进来，清清凉凉的空气也跟了进来。那个小青年手里捧着那把沉香木做的琵琶走到阿芹的床边，小青年说道："大奶奶，当家的说这个东西还了你，我把它放置在床头柜上。早饭已烧好了，你是自己起来吃呢，还是我端来？"阿芹坐起来，看着小青年的白脸，说："随便！"小青年笑了，说："大奶奶你憩着，我去弄。"说完，轻轻转身出去，只留一道晨阳照在屋门口。

"呼呼呼……"，一阵急骤的枪响，惊得阿芹从床上滚落下来。

"鬼子来了！"有人在村子里高喊道。阿芹摸索着穿戴好衣服，紧张地探望着门外的村路。渔家的小草屋里纷纷钻出人来，男人们手里都拿着枪。常大站在村子的中央，一身青衣，腰插两支盒枪，盒枪擦拭得很亮，在晨阳里闪耀着蓝汪汪的光。枪声炒豆子般在不远的邻村蟛蜞镇响着，一道火光冲天而燃，将海边的朝霞烘映得通红通红，把一片海色也染红了。在那骤然喷涌的血色里，一个高大的人影飞快地向小渔村奔跳而来。那人胳膊上已被枪弹打破，流着鲜血。

"你是什么人，那里为什么打枪放火？"常大一手撑腰一手指着前面的蟛蜞镇盘问那大汉。那人奔得近了，脸孔上一脸正气，目光炯炯，看得出非一般人物。他停住脚步，瞧了瞧这小村里人们手上的家伙，回头朝血色的天空挥挥手，说道："乡亲们，那边是日本鬼子，杀人不眨眼的强盗，他们侵略我们，下乡抢粮食，烧杀抢，无恶不作。你们手里有枪，枪口要一致对外，保护蟛蜞镇的乡亲们啊！"常大与男子汉们都听他说着，没动脚。阿芹从门口看清楚了那个人的脸，从屋内跌跌撞撞奔出来，朝常大大喊道："常大哥，他是陶大哥，你一定要帮他啊！"

"你说什么？"常大转身盯着阿芹焦急的脸色，问她。

"你一定要帮他，他是汇龙镇人，是个大好人！"阿芹急吼吼地央求常大。常大转而问那人："快说，怎么回事？"

"我是新四军，跟随的有六个人，今天要从小闸口港出海办事，遭遇日本兵下乡抢粮食。如今他们被围困在蟛蜞镇了。"

"日本人有多少？"

"不多，一个小队，三四十人，他们有一挺轻机枪，将村口堵住了。"

"操家伙！"常大回头看了看激动得满脸通红的阿芹，双手拔出蓝汪汪的盒子枪，朝枪声响亮的血色天空处挥动双手，"全体集合，一队从海边苇丛摸上去，救新四军。一队从港梢里摸过去，打他的机枪手。其余人跟我从蝤蛑镇的东南角往里冲，打他娘的小鬼子！"常大一声令下，男子汉们也不踌躇，迅速集合成队形，携带上枪弹匆匆出发。几路人马好像一溜黑色的硝烟悄然有序地飘向那血色的天空处。村子里只留下那些会闲聊的女人和躲藏于屋角落里的孩子们惊骇的眼睛。阿芹看着常大的身影投入血色天空后嘴里长长舒了一口气。当了新四军的陶家当家人没顾得上仔细看阿芹一眼，就随着去海边苇丛救人的那一队人马消失在芦苇荡里了。

蝤蛑镇的火愈烧愈大，烟愈来愈浓，枪声愈演愈烈。清媚温暖的阳光里飘荡着血腥味。远远的海边的小渔船爬上灰白色船帆，林林总总的船桅在海潮里杂乱地摇晃。枪声逐渐向海边延伸，几艘小渔船扬帆而去，慢慢隐没在火红的朝霞里。海水在远海里拉扯成一条亮晶晶的水线，在朝霞的描述中跳荡着细细如丝的舞步，杂乱的枪声一一融化在无影无踪的海天一线之间，大海恢复了宁静，只有海风一遍又一遍吹着，有老人唱着古老的渔歌。

男子汉们都在这渔歌里出海去了，枪声成了一种神奇的伴奏。小鬼子们一一葬身海的鱼腹。在这片神圣的土地上，溅开着一片鲜艳夺目的野草花，那是渔村的男子汉们洒下的种子、浇灌的血水，滋养而生，枝枝开花。

第二天傍晚，常大带着他们的精英汉子返航而归。

那晚，阿芹的屋子里红烛高照，阿芹将自己柔白的身子火一样投放在常大的怀抱里。常大身心合一，如愿以偿。常大嘴里喃喃不停地说着梦幻般的谚语，阿芹你你你的小脚多么像一艘美丽的小船啊，航行在我常大的心海里……

蝤蛑镇的战斗结束后，海边的人们都知道这里发生的战事，尽管渔民们心知肚明，却闭口不谈此事。常大的那帮汉子也隐藏得更深，深居简出，无事一样出海去了。小鬼子吃了哑巴亏，动用暗探加紧对海边一带的侦察，一心要消灭常大的队伍。常大呢，白天受海边的几位江湖朋友邀请去海东镇的烟馆喝酒赌钱，晚上陪阿芹睡觉，多时蛰伏不动了。那天，天空忽阴忽雨，朋友又带口信来邀他去赌钱。常大身穿一套富绸长衫，将两支盒枪绑插在大腿上，只带一名随从去玩。海东镇是这片海区最大的集镇，因远离县城而逐渐人气旺了。常大去的那家烟馆开设了赌场，玩的人较多。常大与朋友喝了酒，在烟馆的一个包间玩掷骨子。晌午时分，镇上响起清脆的枪声。常大将腿上的盒枪嗖地拔了出来，拉开门冲出去。街上全是黄衣服的鬼子，海东镇被围得严严实实。有人在街心边走边喊："只抓蟛蜞镇的新四军常大，别的人不要乱动！"这一喊，枪声停了，街上亮着明晃晃的枪刺。常大一瞧这情形，知道鬼子伪军是冲他而来，一定是有人透了风将自己出卖了，躲不过去。于是，他对跟随他的小青年低低说了句："你不要动，替我回去报个信，想法子救我。"说完，扬起手中盒枪向街头的鬼子打去。他打倒两个鬼子一个伪军，一个箭步跳出烟馆，跑进对门一家茶馆。这家茶馆人多，大家早已趴在桌子底下躲避。常大几步窜到后门，又窜到屋后，跳进一条小河沟里，伏在河沿上。只一会儿，鬼子蜂拥而入，将茶馆围住。镇外的大队鬼子从庄稼地里露出头来，向常大躲藏的小河沟逼过来。常大眼看躲不过，举枪作最后的抵抗。盒枪里的子弹很快打完了，常大被鬼子摁倒在河沿上，活捉去了。

陶秀和姨娘听完小青年说的故事，愣了半天。心想这常大救了新四军，才被鬼子捉去的，想不到他这强盗头子还真做了件好事嘞。这常大也算有点良心，阿芹后来才心甘情愿跟了他呢。姨娘思来想去，倒有点同情这常大了。于是，对那报信的小青年说："你先回去告诉阿芹，我这里想办法通点路子救你家当家人，请阿芹自己当心自己，好自为之。"小青年点点头眼泪汪汪地走了。陶秀和姨娘看在眼里，说这常大做强盗蛮讲人情哩，手下人对他这么好，也少见。这一晚娘俩嘀嘀咕咕聊了一晚上，既为阿芹的遭遇感叹，也为常大的故事惊奇。陶秀说，要救常大很难，小鬼子肯定探到了他的底，放不过他了。除非透消息给新四军，或许新四军会救的。姨娘想了想，明天去找汇龙镇商会的梁会长，他也许有办法联络得到新四军。

第十九章　江畔屠杀

清明节后第三天的黄昏，汇龙镇的一百多鬼子悄悄整队出发。傍晚的天空似翻滚的黄海水，从东到西黄澄澄浑泥浆一般的颜色。鬼子的小太阳旗系在枪刺上，泛黄的图案就像一枚没煮熟的臭鸡蛋，在浑浊的空气中飘浮。街上居民一看到鬼子兵出动，惊慌失措地关门躲避，谁都没敢正眼看他们。一小队鬼子将"公义和花粮行"围得水泄不通。鬼子用马车把粮行内的粮食棉花统统搜走，把店内一干人全部抓去。接着又抄了"同兴昌粮食行"和"同兴泰花行"两家店。鬼子将抓获的人一道押往南边江堤而去。

西边的太阳早已没有了影子，泛黄的天空渐渐暗下来，换成一种死灰的颜色。远远地，江堤那边传来孤雁冷僻的鸣叫声。南江水沉睡了，失去了白天的喧哗和光彩，和死灰的天空搅和在一起，分不出是江水还是天空。鬼子的队伍阴森森地列队走着，鬼子身上的铁制件发出冷啸的撞击声。鬼子押着一干人，跌跌撞撞走着，他们的脸被死灰的晚色笼罩了，看不清轮廓。青纱帐像一堵黑黝黝的墙，小鬼子将这一干人冷酷地推进这堵墙里去。鬼子手里的枪刺在青纱帐里游弋，偶尔拉划出一道道伤痕，青纱帐发出咻咻咻的呻吟声。江水鲜激的气味愈来愈近，江风鼓荡起衣服，江堤隐隐约约挡在面前。一个鬼子的脚有点跛，一拐一拐走在队伍的中间。他身后有两个兵抬着一挺机枪。他的手上握了一把指挥刀，刀穗很长，在他的裤子上滚来滚去。前面的小太阳旗已从青纱帐里露了头，在黑黝黝的江堤下蠕动。跛脚的鬼子命令队伍停止前进，一个人走到江堤下的荒滩边，遮手看看灰暗的天空，命令将押来的一干人推到这荒滩里。鬼子兵将几把铁锹交给他们，示意他们挖坑。

于是，一百多个鬼子兵将这荒滩团团围住，静静地等待，等待一个死寂灰暗时刻的来临。

几个年轻的店员哆哆嗦嗦地挖了两个土坑，一大一小，在鬼子兵的刺刀下挖好了。跛脚的鬼子先示意把一个十几岁的小孩拉了出来。他在小孩的衣服上抓了一下，嘴里哼然冷笑一声，举起指挥刀在小孩的脸上划拉一下，再恶狠狠将之推下坑去。一道乌黑的血滴从指挥刀上滴落，土坑里传出小孩撕心裂肺的哭喊声。跛脚鬼子又对着被麻绳绑着的"公义和花粮行"一干人指指，一挥手，几个鬼子狼一样扑上去，凶狠地将他们一一推下坑去。鬼子拎起洋油桶朝土坑里浇灌。跛脚的鬼子摸出火柴点燃手中的小火把，向土坑投掷过去。一道火光腾空而起，照亮这片荒滩，惨白的光映射着围困土坑的鬼子，鬼子慢慢蹲下身子，似乎要躲避这烈焰的烤灼。蹲着的鬼子仿佛是一群黄皮狼，纷纷眨着血红色的眼睛。火光里，一个妇女发出拼命的呼喊："镇龙，你这小蟹，你在哪儿啊，天啊，快救救我们吧！"这绝望的喊叫声在这片烈火中非常恐怖。不远处的江堤上，一群野鸟从芦苇丛里惊飞出来，向江水深处逃逸，低矮的夜空飘散着羽毛，纷纷扬扬。烈火将土坑烧得发黄发红，被推下去的十多人一瞬间被烧成焦炭。

在鬼子的队伍里，还有两个被捆绑得像粽子般的人，他们的眼睛被蒙上黑布，嘴里塞了棉纱，动不得，喊不成。其中一人几次吓倒，瘫软在地。在火烧活人的余光里，跛脚的鬼子慢慢蹼过来，将那个瘫软的人牵到土坑边。他举起刀在此人身上划来划去，嘴里发出嘶哑的咒语。他也在此人脸上拉划一下，锋利的刀口将此人的一只大耳朵割掉了，鲜血染红了整个脸庞。那人浑身抽搐着，没有一丝人样。跛脚鬼子凶狠地将之推进旁边的小坑里，小坑已经被大坑的烈火烤热了，发黄的泥土烫得他满坑打滚。一个鬼子拎起洋油又要浇他，被跛脚鬼子低声喝住了。他将另一个捆绑的大汉牵过来，将大汉的蒙眼布撕掉，将塞嘴的棉团拉了。他又拿小火把照明，照着大汉血污的脸。

"常大，"跛脚鬼子开腔说道，"你不愿投降，今天就送你上路，这边还有一个人陪着你，哈哈哈……"

"呸！"常大从嘴里吐出一口血痰，喷射在鬼子脸上。

"哼，死都死了，还臭硬，八嘎！"鬼子用手摸擦脸上的血污。蹲着的鬼子全都站立了起来，用枪口对着常大，如临大敌。

"小鬼子，我常大二十年后又是一条好汉，我常大要杀你们的全家！我戳你妈……"

"拉下去，埋了！"跛脚鬼子吼叫道。常大被鬼子们推拥着丢到小土坑里。在小土坑里拼命跳着的那个人凶恶地扑到常大身上，用头撞击常大。常大吼叫道："你这孬种，害人的狗东西！你他妈的镇龙小贼算是个什么东西，也配和我一同赴死！"两人在灼热的土坑里纠斗在一起，相互用头撞击，像两头野兽。

跛脚鬼子命令挖坑的两个店员用铁锹活埋他们。那两个店员早吓昏了，手抖得拿不动铁锹。几个小鬼子冲上来，抢过铁锹就埋。

灼热的泥土没头没脑撒在常大镇龙两人的身上，死亡渐渐向他俩逼近。他俩不能动弹了，生命之火就要熄灭。常大用最后的力气呼喊道："打倒日本鬼子！"镇龙挣脱了嘴巴里的棉纱团，绝望地喊叫道："春山少佐，你快救救我啊，皇军，我是镇龙啊，你们杀错人啦！"

跛脚的鬼子又慢慢踱到土坑边沿，嘿嘿嘿冷笑几声，用指挥刀在镇龙青筋暴突的头颅上拍拍，没说一句话。鬼子的铁锹又铺天盖地压上来，将小土坑埋得结结实实。

鬼子又将大坑用土埋了。江堤下荒滩地又恢复了平静，荒芜的滩涂新添了两堆灼热的黄土墩。四围暗黑，只有跛脚鬼子的手里还举着小火把。飘动的火光斜照着他的脸，他的脸瘦削阴沉，眼珠子都是暗红暗红的。他默默站在冒着热气的土墩边，阴沉着脸发愣。他回忆着刚才上演的一幕，嗅着那两堆热土墩里冒散出来的焦煳味。他对现在这片安静感到不舒服，他喜欢血腥味，更刺激。他将沾血的指挥刀握紧了指向黑暗的天空，嘴里发出野兽般的狂吼。然而，他不知道今天夜里还将发生什么事。他没深切理解中国人，没弄懂一个民族之魂。在这黑暗的时代里，一个民族之魂正骤然升起。在他的背后，有一支新四军游击队正以迅疾的姿态奔袭而来。这是一个夜的精灵，穿着青灰色军衣的队伍，与厚实的大地和亲密无间的庄稼一样颜色的队伍正熟练地穿行其间。当这些青灰色的夜之精灵赴汤蹈火般赶到三星镇一线时，常大的硬刺刺的头颅已被热土埋到颈脖子。常大看见四围墨绿的庄稼地正发出嗖嗖的呼吸声。常大脸朝东北方看了看，黑乎乎的东北方被一片高大的芦苇遮挡住了，九曲河呜咽着，低唱着哀歌。泪水从常大暴突的眼睛里滚落下来。这泪水是朝着东北方的那片土地洒落下来的。

新四军游击队从三星镇一线向鬼子们包围上来，四围的庄稼地发出嗖嗖嗖的呼吸声。枪声突然响了，江堤下的那片荒滩地成了鬼子的血溅之地。闻讯奔袭而来的是新四军东南游击营陶营长的部队。这是一支训练有素的铁的军队。游击队一百来人，一挺轻机枪。他们从庄稼地里出击，从墨绿色的大地里钻出来，边打枪，边冲锋，像一阵风刮过来。战士们手中的枪刺碰撞着绿色植物的茎叶，青纱帐发出阵阵欢呼声。跛脚的鬼子从瞬间的惊骇中清醒过来，嘴里骂了声："八嘎！"举起指挥刀向空中一晃，命令鬼子举枪还击。鬼子的枪弹漫无目的地打在青纱帐里，青纱帐里跳出了一群被激怒的雄狮，青黑色的枪刺仿佛一夜间拔地而起的春笋，密匝匝围刺过来。一场短兵相接的肉搏战开始了。新四军高喊着口号，"冲啊，杀鬼子啊！为乡亲们报仇……"这呼喊声在空旷的江堤下田野里显得格外响亮，将枪尖对枪尖的格斗描述得无比悲壮。跛脚的鬼子一看情形对其十分不利，带着三十多个鬼子溜进东边的芦苇荡，趁着夜色逃走了。游击队干净利落地消灭了残余的鬼子，缴获一挺重机枪，活捉十多个鬼子。新四军带队的张连长和几位打扫战场的战士默默地站在常大的土坑前，神情肃穆。张连长向黑色的夜空打了几枪，为在这次战斗中英勇牺牲的抗日战士送行。黑黝黝、空旷旷的荒滩地流淌着新四军战士的鲜血。在夜风中啸响不止的江畔芦苇荡见证了这一历史时刻。天空中的阴云飘散开来，一弯新月露出尖尖角，将江潮的亮光透映过来，映射出张连长坚毅勇敢的脸庞。张连长眼睛里闪动着泪光，命令战士们把牺牲的新四军战士遗体抬走。风萧萧，夜茫茫，新四军整队开拔了，仿佛一把出鞘的剑，仿佛一条游龙，隐没于无边的青纱帐里去了。

第二天，新四军打鬼子的故事传遍了汇龙镇、三星镇一带。驻扎在汇龙镇的鬼子残部也悄然撤走了，只留守几十个伪军撑门面。陶秀和姨娘知道了常大被杀之事，为之叹息了一阵。她们想到可怜的阿芹，姨娘偷偷地抹眼泪。陶秀对姨娘说："镇龙一家被活埋，那又是为啥呢？小鬼子杀人杀出瘾了，连狗腿子镇龙也不放过。"姨娘说："你不晓得，那镇龙暗中抢日本兵的军需物资，发暗财。这次肯定被常大说白了，鬼子才杀了他全家。这鬼子一点人性都没有，说杀人就杀人，把镇龙的家小都杀了。可惜这新四军晚到一步，让无故的女人孩子遭殃。"陶秀说："这镇龙做了坏事，引火烧身，死得一点也不冤枉，倒是这做强盗的常大临死前还很有骨气，对小鬼子痛骂不止，是条硬汉子。"娘俩嘀嘀咕咕讲了不少话。正说话间，商会梁会长走进来。梁会长说："陶营长带话给我，问你们认识不认识常大的老婆。"姨娘说："她是阿芹啊，找她做啥？"梁会长说："常大死了，新四军想法子收编他的残部。你们能否去见见阿芹，让她做做那些人的工作。""好啊。"姨娘一口答应。梁会长说："这件事说定下来，等我回音。不过，去常大的老巢做说客，这有点危险，你们娘俩想好了再去喔！"姨娘点点头，送梁会长出店门。

第三天，梁会长带来两个人，其中一人就是带队袭击鬼子的张连长。张连长和另一人腰间都插着盒子枪，高大的个儿，威气逼人。张连长称姨娘为嫂子，口气很亲切。姨娘对陶秀说："你好好看着店。"陶秀说："娘啊，我也要跟你去见阿芹。"姨娘说："秀啊，去那里有危险，你替娘看好这店，有小芳陪你，不寂寞。"陶秀见姨娘不让她去，只好点头了。张连长笑眯眯地对陶秀说："小妹妹，别担心，有我张大哥陪着，保证你阿娘没事！"陶秀说："谢谢张大哥！"说完，姨娘就跟张连长他们走了。陶秀站在店门前的青石板路上，一直看着姨娘他们走出东街尾巴。

青纱帐 　　　　　　　　（插图：青青草）

第二十章　陶秀遇劫

陶秀见阿娘他们走远了，就到后屋房间里唤起睡梦里的小芳。小芳自从跟陶秀做伴，自卑的情绪慢慢好转。小芳从不在陶秀面前提及她和小凤凰、小彩霞被日本鬼子糟蹋的事。小芳能活下来，一是她从不多说话，很少与男人搭腔，不卖弄女人的风骚；二是她穿着朴素，加上脸上有疵点，没有了那种戏子的勾魂气；三是她从小学戏，逆来顺受，养成与人无争的秉性。当她被鬼子抓进去后，她只是低着头哭泣，脸上又弄得脏兮兮。鬼子兵强奸她后，把她丢在房间角落里，没有多弄她。鬼子兵的乌鸡眼都盯在漂亮的小凤凰、小彩霞这俩人身上，小芳因此少些磨难。其实小芳很有音乐才华，弹琴说唱韵味很浓，深得老班头喜爱。她是苏州班子三个台柱子之一。她的特点是评弹说唱。小凤凰、小彩霞是唱戏多面手，天生一副江南好唱腔，跟着师傅老班头学会了江南越剧，唱起来又浓又飘，做功身段又轻雅老到。小芳对她们很佩服，但自己没做戏的身段，上不了台。平时就跟着俩姐妹哼哼越剧，有时为赶场子，也替俩姐妹跑跑龙套。如今仨姐妹只剩下她一人，一种人生凄凉感深深地笼罩在她心头。小小年纪经受了狂风暴雨般的摧残，孤寂哀伤灌满心间。她跟着小板胡卖唱，心里空落落的，满肚苦水无法诉说。她每天木木地弹着琵琶，浑浑噩噩地过日子。她的琵琶弹得低沉浓郁，轻柔绵密之中夹杂着淡淡的哀戚，在这黯淡的日子里，这种哀忧的风格，正好被老茶客、老戏迷们赏识，在大家苦涩的心坎上徘徊舞蹈，发生共鸣。故而，小板胡的唱书生意做得蛮红火。自从被陶家邀请到店内做些场子后，小芳与陶秀住在一起，陶秀和姨娘的温厚亲和，将小芳的自卑心理慢慢消磨掉了。今天，店里就只她们俩了，陶秀说今天我和你唱戏如何？小芳知道陶秀会唱戏，但还未与她正式搭档演唱过，听到她的邀请，心里很舒服，也有点担心，怕演砸了。因为她心里清楚，业余唱戏与专业演戏是河水井水清浅分明，不可同日而语。为了陶秀的友谊，小芳还是欣然答应了。晌午时分，老茶客们姗姗来迟，将楼上都坐满了。小板胡、小芳说书唱戏，楼下肉陀螺帮忙张罗生意。今天肉陀螺干活儿特别卖力，没有了阳奉阴违，因为他心里清楚，镇龙那小贼死了。

小板胡说了一段大书《杨家将：穆桂英大战天门阵》。说完一段，小芳对小板胡耳语说："师傅，陶秀要和我唱一曲。"小板胡一愣，低头思索了一会儿，起身抱拳对听客说："今天陶家大小姐要给大家弹琴唱曲，请各位赏光！"说完，请陶秀上座抚琴。陶秀第一次在老街坊、老邻居面前露艺，脸红了一阵。陶秀先抚琴拨弹几下，叮叮咚咚，琵琶发出好听悦耳之音。陶秀手感很好，觉得小芳到底是梨园传人，使用的乐器甚佳。突然想起姨娘前天说阿芹已将她畚箕镇弹用过的那把沉香木琵琶找回来了，就在姨娘屋子里藏着。于是，陶秀朝小芳及小板胡说，你们稍等，我去拿我的琵琶。小芳脸上掠过一丝惊讶，心想我这琵琶是老班头师傅祖传之物，难道你一个小姑娘还嫌不称手？莫非这小姑娘真有唱戏本事。于是，小芳轻轻抚琴，弹一曲《紫竹调》，琴声悠扬，音韵高雅。只一会儿，陶秀携琴而来，端坐小芳桌子左侧，以怀抱满月之姿，低头抚琴，等小芳曲终。《紫竹调》乃江南名曲，古老优雅，音色和美，最宜曲艺爱好者欣赏。小芳纤指微动，姿态优雅，很得老茶客的赞赏叫好。小芳一曲弹毕，纯朴地微笑着，向陶秀点点头。陶秀的小手轻扬，似有微风掠过竹叶，细雨滴落芭蕉，仿佛窗帘摇动，缓缓飘拂起来。看不出陶秀有什么特别的手法，那音乐像绕指的丝线，丝丝缕缕轻轻袅袅，看得小芳十分惊奇。细细品赏，陶秀弹奏的技法是正宗的江南丝竹，纯正雅致，底蕴浓厚。细微轻扬的乐曲姗姗而来，舒心舒骨。突然，陶秀换了一种手法，细雨绵绵变成深重的马蹄，几匹骏马从深山绿水间穿嶂破涧而来，马蹄嗒嗒，清晰可见。马行千里，嘶鸣不已。引来万马同奔，奔腾之势如万竹齐啸，势不可当。狂放之音未完，又有绵密紧凑的刚毅之调覆盖其间，淋漓尽致，直达人之天聪。小芳为陶秀所迷，想不到脸色温柔、穿着朴素、稚气未消的小姑娘会有如此指法，刚柔相济，完美无缺。内行看门道，外行看热闹，楼堂间不断有人喝彩叫好。连老艺人出身的小板胡也不停地摸着无须的下巴，有点喜不自禁，手舞足蹈。正热闹间，一曲终了。空间仍余音袅袅，琴声悠扬。

"哇，这陶家大小姐弹琴功夫真了得！小小年纪，哪个师傅教来着……"大家议论纷纷。小板胡兴味盎然，对小芳说，你与她合奏一曲。小芳点点头。茶客们更来了兴致，人人脸上飘动激情，热烘烘的。肉陀螺给几位点了羊汤的客人端上碗来，笑眯眯地说："趁热喝，很补身子的喔。"这羊肉店今天特别热闹，有点过节的味道。汇龙镇已经很长一段时间阴云笼罩，没有今天这样开心日子过了。几十年来，镇上的人平淡地过日子，空闲时听听唱书、喝喝茶，自娱自乐。自从这日本鬼子来后，人人过着提心吊胆的日子，悲伤悲愤常常萦绕心头。今早听说鬼子被新四军狠狠揍了一顿撤走了，大家心里轻松舒服，坐到这里娱乐一下。看到陶秀献艺，心里的快乐全部释放出来了。西街镇龙开的几个店铺被日本兵抄了，前几天还红火的一番家当在顷刻间倾家荡产。大家心里明白，镇龙的这番家当来得不地道，阴沟翻船是迟早的事。这小日本是强盗，谁向着强盗谁倒霉。肉陀螺心里更有想法，心想镇龙这小贼发财的念头想歪了，如今引火烧身，谁也救不了他，还连累了家小一同赴死。这小日本是你镇龙好玩的？真正是做梦啊！老汇龙镇人心里都这样嘀咕，这太阳升起，大海潮落的日子总归有它内在的规矩，谁违反了这规矩，连老祖宗都要惩罚你。汇龙镇自开埠以来，头一次发生满门抄斩的故事，可老街坊们却把镇龙这件天大的事淡化了。镇龙自己给自己罪遭，就像演了一出鬼戏，这小鬼子是一群魔鬼，镇龙是小贼，都要被老天爷惩罚。

陶秀与小芳合奏一曲《梅花三弄》，琴瑟相和，韵味绵绵，整个陶记羊肉店沉浸在优美的乐曲之中。老街上的几家店铺里的人被这乐曲吸引，纷纷跑出店堂，涌到陶记羊肉店楼下静听，陶记羊肉店成了做戏看戏的小戏台，真的很热闹。陶秀的才艺在老街坊们的眼睛里非常新奇。这天小山风闻新四军在三星镇与日本兵打仗的事，想告诉陶秀，就往东街尾巴而来。此时，陶记羊肉店楼下站了很多人在听陶秀弹琴。小山头一次看到陶秀弹琴演出，惊讶得脸色泛红。他往楼梯口挤，想看看陶秀抚琴的可爱样子。小山心里美滋滋的。听陶秀唱曲弹琴，他的心被陶秀的纤纤小手拨动着，要飘起来。正挤着，楼上的琴声戛然而止，一曲终了。楼上静了一会儿，只听得小板胡说："今天难得陶家大小姐献艺，这陶家大小姐幼年时喜得江南艺人的真传，琵琶弹得这么好，老朽也自愧不如。这叫英雄出少年，真正让大家开了眼界啰！趁着大家高兴，我索性将明天要说的书段子今天一并讲了吧，凑凑热闹，提提大家兴致，难得的嘛！"小板胡来劲了，要继续说大书《杨家将》，博得老茶客们一阵叫好声。那些闻声来听陶秀弹琴的街坊们渐渐退了出来，他们还要做生意。小山也不喜欢听书，坐在楼下客堂里等陶秀下来。肉陀螺热情地走上前，问他要不要吃点什么。小山说："老叔，来一碗羊汤吧，不要加辣。"小山在楼下慢慢喝汤，无意间看到几位陌生人在店门口晃来晃去，心里忆起自己在畚箕镇的那次遭遇，心不免咯噔跳了一下。他招手唤肉陀螺，轻声示意肉陀螺去打理门口的人。肉陀螺心领神会，朝门口的人说，请进来喝茶吧，楼下有座位。那几个人冷冷看了肉陀螺一眼，回身就走。小山追出门口，望着这几个人的背影，猛然忆起其中一个人叫苦生，是畚箕镇隐娘手下的人。来者不善，小山暗自为陶秀家担心了。

这天晚上，小山的担心变成了可怕的现实，畚箕镇的苦生带着一伙人抢劫了陶家店，将陶秀与小芳掳走。

黄昏时分，陶秀吩咐肉陀螺早点打烊。她与小芳坐在后厢房里看自己的绣品。小芳细细看过几件真丝绣，对陶秀的那幅《夏荷图》赞赏不已。小芳在煤油灯下仔细观察，被密匝匝细实实的丝线所迷惑。在红绿相间的丝线穿引下，一朵朵出浴荷花鲜活地绽放在绣绸上。小荷尖尖角上方那朵青云出岫般的一点朱红，似蝴蝶、似蜻蜓在翩翩起舞，给人一种遐想。小芳眼馋陶秀的刺绣，要陶秀教几手。陶秀说，练这绝活非一日之功，要从小磨炼。这就像你弹琴唱戏一样，要吃苦才行。小芳说："我脑子笨些，但我吃得苦的，你不妨教教我啊。"陶秀开心地笑了，说："小芳姐你是汇龙镇出名的艺人，心灵手巧，别糟蹋自己么。"两人正对着陶秀的绣品高谈阔论，店门外有人拍门，"咚咚咚"，很重。小芳说："这么晚了，还有谁来？"陶秀心想也许是姨娘、张连长他们回来了，就起身去开门。陶秀才将店门打开一条缝，几个穿黑衣服的大汉蜂拥而入，领头的一把抓了陶秀，用棉纱塞了她嘴巴。接着，又向后屋子灯火处扑过去，抓了小芳。这伙人正是畚箕镇的苦生他们。苦生打听到主子镇龙一家被日本人害了，心里揣测，怀疑是陶秀家给小鬼子通风报信。因为陶秀与日本洋行的小山要好，这日本人才杀了镇龙。苦生就带着一帮弟兄从护城河里蹚水进来，抢劫陶记羊肉店。这苦生带来的一帮人大都听过陶秀唱戏弹琴，故擒拿陶秀后都用灯盏照着陶秀的脸细细看，大家都不忍心摧残这朵才艺之花，只将她的两臂用细绳子绑住，没为难她。却将小芳全身都绑了，绑得小芳眼睛里都是泪水。苦生带着替主子复仇的心理，将陶家的值钱东西都抢了，还将陶秀和小芳的两把琵琶也带走了。他们把大包小包的东西捎在背上，趁着夜色，渡过护城河，消失在青纱帐里。

这天月黑风高，汇龙镇被穿街风刮起的尘埃罩着，街角不时响着风吼声。街坊邻居家的灯烛还亮着，星星点点，小镇裹着一丝短暂的温馨。小山在灯下看书，听到窗外呼呼风声，心里牵挂着陶秀。天色已晚，夜未深，陶秀家应该平安无事吧。想起在陶家店门口瞧见的苦生一伙人，一种不祥之兆涌上心头。他起身往东街尾巴走去，远远看见陶家羊肉店的门半开半闭着，心儿狂跳了。店内黑洞洞的，没有一丝灯光。小山点亮灯火一看，一片狼藉。陶秀一定出事了，被苦生这伙野强盗掳走了！小山像丢了魂似的跑回洋行，简单打点一个包袱，往身上一背，给叔叔写了一张纸条，匆匆出镇往东南方向跑去。他要去将陶秀追回来。

第二十一章　古镇浴火

狂风刮了一夜。西天的如钩月被阴沉沉的晨曦吞没，汇龙镇西北角的两间小草屋倒塌了，横七竖八的屋梁上牵挂着几许茅草结，几根檩子孤零零地戳向天空，茅草结乱蓬蓬地飘飞着碎丝，发出细微的悲鸣。天空朦朦胧胧，没有一丝云霞。青纱帐抖动着干裂的枝叶，不停地摇晃，裸露出被风施虐的痕迹。

一队人马从灰褐色的田野深处钻出来，从西边的马路上虎狼般扑过来，黄色军服在灰暗的晨曦里跳动，仿佛一群黄皮狼向着汇龙镇跳跃而来。这是一支三百多人的日本军队。领头的是一个老鬼子，腰间佩着一把豪华雕饰的军刀，刀把上的绸穗缠绕在军刀鞘上，绸穗露着血红的颜色。他的身后紧跟着跛脚的鬼子，瘦削阴沉的脸上长着稀松的胡子，两眼发着绿光。这群鬼魂般的军人向包裹在睡梦中的汇龙镇奔袭而来，枪刺上露着凶光。老鬼子在走近西边护城河的一瞬间，狰狞地盯着被狂风吹虐而倒塌的那几间茅草屋冷笑，嗖地拔出军刀在飘荡的草丝上斩切几下，转身用刀指着护城河那边的街市，向天吼叫一声："进攻！"

三百多鬼子兵分两路，一路从西城门进去，一路从北城门进去。鬼子兵背着枪，手里拎着洋油桶，看到房屋就浇泼，就放火。那火从西城门的街市烧起，火趁风势，瞬间冲天燃烧。木楼结构的商铺、砖木结构的民房、间杂其间的作坊草房在鬼子的洋油淋漓尽致地倾泼下发出耀眼的光芒。铺天盖地的火光和哔哔剥剥燃烧的声音在温馨的街市爆发，汇龙镇的老人、小孩、妇女们发出凄厉的喊叫声：救命啊……凄惨的哭喊声响彻镇子，夹杂了鸡鸭狗猫的狂跳乱飞。成群的老鼠从各个角落钻出来，没命地逃窜。在鬼子兵施虐的火光里，人们光着身子争相奔逃。鬼子边纵火边打枪，子弹飞蝗般射向赤裸躯体的妇人小孩。跑不动的女人跪地求救，鬼子追打过来，用枪刺戳穿女人的肚皮，肠子流了一地，又浇上洋油，烧得女人在地上滚动着哀号着死去。有白胖胖的幼儿哭喊着扑向火焰中的母亲，被鬼子用枪刺戳穿小肚子，举过头顶，在空中玩转圈，白胖胖的孩子的血浇灌在枪身上，在火光里飞溅。

鬼子一心要将这个古儒宁馨的小镇烧毁，以报三星镇被袭之仇。鬼子感到这汇龙镇、三星镇一带蕴藏着抗日的力量，这力量的强劲波澜正向其汹涌淹来，快要将其淹没。鬼子报复心态暴露无遗，他们开始灭绝人性的毁灭行动。那个在镇外指挥屠镇的老鬼子此时正对着西街的大火嘿嘿冷笑。他站在那垛被夜风吹塌的草屋废墟前，青筋暴突的双手按在那把刀上，刀子插在地上，两眼发着野狼的红光。他嗅着逐渐发热的空气，嗅着杀人的血腥气，估摸着死亡的脉搏。他偶尔回头观望，命令紧跟他的机枪手向附近的低矮民房开火。一阵暴烈的机枪声，附近的民房芦苇编织的墙壁被打穿打烂，屋子里的人像受惊的小兔子一样奔逃出来，被机枪子弹一一撂倒，血流如注。北边的几间小草房在柳树下隐掩着，机枪的子弹打在屋檐上、树梢上。肉陀螺趴在床铺底下一动不动，任凭子弹在屋墙上跳舞，听到屋外被打中的人们大哭小喊，看见镇子西街烈火冲天，他伏在地上，一动不动。肉陀螺凭此一招，躲过一劫。老鬼子将罪孽的双手指向镇子西北的学堂。那是一片宁静的教室，几间青砖瓦房。机枪手望望坚硬的墙壁摇摇头。老鬼子命令几个兵去烧学堂。一会儿，一把火烧起来，宁静儒朴的学堂也踏灭于鬼子的烈火之中。

西街的火愈趋浓烈。小山洋行的人用水淋被子挡火法急着自救，烈焰烤得他们脸儿通红。小山的二叔一看此招已经招架不住，又听到街上鬼子兵凶残屠杀妇孺的嚎叫声，禁不住双手抱头，仰天悲叹："天哪！这帮畜生啊！八嘎！八嘎！八嘎……"小山一郎用两国语言混乱地骂着。他清醒地知道，他的洋行这次将同遭涂炭，他多年经商积攒下来的心血也毁于一旦。他在九曲河这带的商机人气也被日本军队残忍屠镇的手段毁坏了，他要流落黄土，沦为难民。他已无立足之地。他没看到侄子小山，心中更觉不安和凄凉。他颤抖地打开一个箱子，将一些钱物打成包裹背在身上，并分些钱物给几位店员。这几位店员是他精心招雇的，跟了他好几年了。他在极快地分了钱物后，急遑遑打开后门，趁着混乱，与店员一道逃入往东面奔跑的难民之中，惊兔般从东城门涌出，钻进一望无际的青纱帐里逃命去了。

鬼子兵拎着洋油桶还在浇屋，那把火已经烧到镇中的小石桥了。烈焰在西北风的裹挟下幻化成团团飞舞的火球，一遍又一遍地向小石桥投掷过来。火舌一遍又一遍舔食着小石桥上的石狮子，将古典的石桥烘烤烧裂。烈火已经肆无忌惮，火魔乱舞，风助火势，火球跳跃着越过小石桥向东街施虐了。东街的人们早就闻风而动，逃之夭夭。街路上一片狼藉。人们遗失的家什钱物在热风烧烤下纷纷扬扬，流落一地。火魔将汇龙镇最繁华的老街烧着了，几家百年老店也同时遭殃，陶斯咏棉布店、瑞丰昶棉布店、北来来南货店、大德隆花粮行、恒孚南货店、大兴昌酱油店、顾同和棉布店、春和堂中药店、沈裕春烟烛店、公兴泰木行、汇中楼茶馆、鼎和斋茶食店和小山洋行都被小日本军队野蛮地放火烧毁。小鬼子浇洋油浇到小石桥边，无法过桥了。那火已经越桥而去，火势凶猛，封死了去东街的道路。小鬼子丢下洋油桶返身撤出西城门。老鬼子仍目露凶光，嘶哑地吼叫着，命令日本兵向镇里逃出来的难民开枪。一时间，小鬼子团团围着西城门，向着在火光里挣扎的老人孩子开枪。凶恶的机枪子弹猛烈地扫射着，火光冲天，枪声一片……老鬼子嘿嘿嘿怪笑着，直到听不见镇上人们绝望的呼救声，才收起支撑在地上的军刀，命令部队往三星镇方向开拔。大约到中午时分，三星镇那边也烈焰冲天，炽烈的火光燃红了南江畔。

小鬼子放的那把火整整烧了三天三夜，火魔在汇龙镇上空死死盘旋，风推火烈，火借风势，回环往复，遍地蔓延。只有陶记羊肉店没有烧毁，它竟有神助般地毫发未损，木结构的两层小楼安然无恙。飞往东街的火魔点燃了沈裕春烟烛店后，那火徘徘徊徊，腾空燃烧着，慢慢向东街尾巴烧来，东街蜿蜒四五十丈的街路烧得泛红了。青石板路在烤烧中发出嗖嗖的石头崩裂声。陶记羊肉店砌在东街尾巴上，西隔壁有条幽长的小弄，小弄里终年晒不着太阳，阴暗潮湿，砖墙长满了爬山虎、青苔。隔着小弄是低矮的小青砖砌的水磨坊，又常年水浸水泡，积聚了阴湿的水汽。当小鬼子的那把大火蔓延到东街尾巴时被水磨坊的这股浸润多年的湿气挡了一阵，又在阴潮的青苔小弄面前徒劳无功地碰了壁，那火势顿时萎了下来，徘徊不前。熊熊大火散播着野性，猛烈地盘旋着火舌，不停地向前拓撬，火舌越过小弄，嚣张地向陶记羊肉店扑来。突然，风向变了，有一股强劲的东南风破空而来，穿透东街尾巴，越过陶记羊肉店，压住肆虐的火头，吹动火焰反身折向西去。东南风不停地吹着，席卷着火焰滚滚向西。一波一波的火浪跳跃着舞步推涌而去，大火烧得更加猛烈。晨阳无影，四野灰茫茫，整个汇龙镇处于一片火海之中。唯有陶记羊肉店如金鸡独立，清清晰晰挺立在汇龙镇的东边，漂亮的雕花楼窗在烈焰照耀下涂抹一层浮华的红色，凹凸飘逸着短暂的奢华。

大火蔓延着烧了三天三夜。汇龙镇成了灰的坟墓，烟的天堂。一百多人被小鬼子杀害后烧骸，尸骨全无。三百多间民房商铺被烧毁，一千五百多人无家可归，流落他乡。举目四望，汇龙镇骨架留存在小石桥两边，印嵌在穿街流过的九曲河暗淡无光的河水里。九曲河哀戚地唱着歌，歌声孤寂凄凉。百年老街从此湮没在历史的长河里，古朴儒雅的店铺，临河而筑的手工艺坊，漫空飘舞的蓝印花布，风雨驳凿的油绸灯笼，牵挂木雕楼头的古老风筝都随火而浴，随风飘逝。侵略中国的日本军队是纵火屠镇的恶魔，被汇龙镇人咒骂，将其钉死在历史的耻辱柱上，成为千古罪人。陶记羊肉店在这场浩劫中幸存下来，它的积满热灰的楼窗目睹了恶魔的罪行，它的荷载历史重负的屋脊，抗住了烈焰的烤灼，成为独立于废墟上的精魂，遗印着古典小镇的风骨，在日落日出中挺着身姿，在九曲河的波涛声中诉说着这段悲惨岁月里的故事……

第二十二章　收编义军

　　常大被日本鬼子从海东镇捉去后，小渔村的女人们都聚到阿芹屋里。女人们七嘴八舌地说常大的故事，大意是：常大的命很大，从小在这块土地上长大，经历的坎坷太多了，总会化险为夷。常大睡过很多女人，那些都是婊子。如今常大看上了你，要你做他老婆，那他肯定会想法子活着回来的，他的心思都在你身上。阿芹眼睛红红的，她也说不清楚自己为啥心里总想着常大了。明明知道常大是个土匪头子，被人杀头是迟早的事。这几天夜里做梦也梦到常大了，常大在火光照耀下浑身是血，双手使枪，对着捉他的小鬼子大吼大叫，拼命抵抗。阿芹喜欢常大的男子汉气概，喜欢常大对女人骨子里的温柔，喜欢常大为了她而敢于冒险，一诺千金。喜欢常大听自己的话，带队救了新四军。阿芹眼睛里流下泪水，看到围着自己说着安慰话的女人们眼里也泪水涟涟。这些女人的汉子们都是昼伏夜行，用脑袋换生活的，女人们也是在刀尖尖上过活的女人。女人们承受了生活压力，承载着死亡的威胁。她们围着阿芹，也围着自己。她们七嘴八舌，无全主张，只是听天由命而已。常大贴身跟随的小青年回来了，他说已通知了汇龙镇的陶记羊肉店女老板，女老板答应帮她。阿芹晓得姨娘会帮她的，姨娘懂得她的心。渔村的这些女人都六神无主，听了小青年的回话放心些了，慢慢地散了。

　　阿芹心里最担心的是这渔村里的二头目毛胡子。听常大说，毛胡子是崇明人，双手使枪，一手好枪法。那年常大在崇明做了一桩大买卖，是毛胡子做的内应。后来毛胡子跟了常大，有几次因嫖女人被冤家捉住险些送命，都是常大带人拼老命救赎他。这毛胡子报恩心切，对常大有令必行，成了常大的得力助手。上次火烧畚箕镇灭了隐娘，以及攻打蟛蜞镇杀灭小鬼子都是他跟着常大带队干的。阿芹担心这毛胡子野性太大，常大如回不来，毛胡子会不会欺负自己。这毛胡子嫖女人嫖出了名，是个为女人连性命都不要的货色。这几天毛胡子受常大之命去一个财主家打探踩路，估计今天会回村了。这毛胡子脑子活络，常大被小鬼子抓去好几天了，他一定听到了风声，才赶回来。这毛胡子一来，自己如何对付？我一个外来女子，难料会被这馋猫般的强盗心男人当点心吃了。阿芹的担心是正确的，这毛胡子一回来，村子里就乱了起来。

傍晚时分，毛胡子喝酒喝得醉醺醺，一脚高一脚低跨进常大家的门。阿芹此时正在屋里洗澡，全身裸露着坐在大浴盆里。常大的跟随小青年急忙用身体挡住毛胡子，说当家奶奶在洗澡呢！毛胡子用一只手指头抵着小青年的额头，另一只手掩住他的嘴巴，满口喷着酒气，将小青年推到一边。毛胡子血红的眼睛盯住小青年，放射出邪恶的目光。小青年被毛胡子勒了脖子，喘不过气来，脸都变白了。毛胡子住了手，用一只拳头在小青年眼前晃一晃。小青年弯下腰喘气，趁毛胡子松手的时刻跑出去了。小青年跑到小渔村的一家婆娘那里替阿芹求救。婆娘听说阿芹被毛胡子调戏，丢下手中活儿就窜掇村子里的女人们一道去帮阿芹。此时，毛胡子已经闯入屋中，一把抓了阿芹光滑的手臂。阿芹遭毛胡子突袭，脸儿涨得通红，肩臂被毛胡子捉住了，动弹不得。

"你你你……快放手，常大回来了，看他怎么样收拾你，你这流氓腔，贼坏！"

"嘿嘿嘿，常大哥么，让他回来好了，我不怕。小娘子，快让我亲亲，哥哥我迷死你了，哥哥我今天要吃了你，别乱动啊，别让我碰坏了你，小心肝……"

"强盗坏，奸尸鬼，无爷娘教的野种，杀千刀………"阿芹站在浴盆里咒骂，做无奈的挣扎。这毛胡子淫性大发，将阿芹一把抱了，往暖床上拖。阿芹脑袋轰然作响，在财根屋里小鬼子强奸她时的情景浮现眼前，她禁不住发疯般尖叫，全身颤抖不已。毛胡子愣住了。毛胡子玩过多少女人，女人初时不从的也叫过骂过挣扎过，但从未如阿芹般惊骇如小鸡，浑身颤抖。阿芹尖叫声凄厉悲惨，仿佛要被杀时的绝望乱叫，让毛胡子怔了软了，呆呆地听着阿芹尖叫，呆呆地看着阿芹玉润珠圆的肌体无从下手。阿芹颤栗不已，毛胡子俯下头来，双手抱住阿芹的头，看到阿芹原本清晰明亮，如一汪秋水的眼神消逝了，微红的眼珠僵僵地看着他，没有神采的眼光好像死鱼的眼珠，令毛胡子吓一跳。阿芹无反应地盯着他，充血的眼睛瞪着他，身子软而无力，嘴里重复一句话：黄狼捉小鸡，黄狼捉小鸡……在阿芹梦语般的诉絮声中，毛胡子的淫欲如肥皂泡似的破碎了，他看清了这阿芹已发精神病的本相，这玩女人的心凉了一半。看着犯病的阿芹，他酒色之心萎顿下来，无聊无味的感觉涌上心头，坐在阿芹的床沿上抱头无语。

"这杀千刀的毛胡子，人在哪呢，在哪呢？"女人们大喊小叫地拿着门杠子、铁勺子、扫帚等家伙奔阿芹家来。她们一脚端开屋门，正好看见毛胡子坐在阿芹床沿上，阿芹躺着一动不动。女人们在屋内满满地站了一圈，僵持了一会儿，看着阿芹已被毛胡子侵犯，眼睛里都露出陌陌的惊慌。

"打你个没良心的狗！"一个女人用门杠子拍打阿芹洗澡的大浴盆，把水溅了一地。毛胡子慢慢抬起头来，微红的眼珠暴露出凶光，将衣服一敞，双手拔出盒枪，向着屋门抬手就打了两枪，"啪啪"，子弹呼啸而过，擦着女人们的耳朵根。女人们惊叫着闪开一条缝，眼睁睁让毛胡子挣脱她们的纠缠夺门而去。女人们围拢来，用衣服把阿芹盖上，再烧点水替阿芹擦身子。

黄狼捉小鸡，黄狼捉小鸡……阿芹嘴里喃喃自语，女人们谁都不说话，替阿芹擦去脸上的泪水。半晌，才七嘴八舌议论开来，叹息道：造孽啊！女人们收拾了阿芹房间，抬走了浴桶。大家围坐在一起，陪着阿芹，直到黄昏日头落下去。女人们正要起身回家，村子里悄悄走来几个陌生人，其中一人就是陶秀姨娘。姨娘看到常大家屋檐高大，就往这边走来。张连长两人跟在后面，双手警惕地摸在腰间。

"请问常大家住哪儿？"姨娘站在常大屋门口，向一个女人打问道。女人起身走出来，疑惑地看着姨娘他们。

"找谁？"

"噢，我们找常大家的，我们是他娘子的亲戚。"姨娘说。

"哦，是阿芹的娘家人来了，快请进来。"迎客的女人开心些了，来拉姨娘的手。屋里的女人听说阿芹娘家人来了，纷纷跑出来，嘴里杂乱地说着，好了好了，娘家人来了！姨娘大步跨进屋门，张连长迟疑了一下，也跟着跨进去。另一人站在门口，双手摸着腰间，看着屋外的动静。

姨娘跑进屋一看，阿芹眼僵脸红地躺在床上，好像又犯病的样子，心里咯噔一下。姨娘俯下头轻轻抚摸阿芹的脸，阿芹的眼珠稍微转动一下，又发僵发直了。姨娘急了，问道："阿芹怎么啦，谁欺负她啦？"女人们面面相觑，支支吾吾没说话。张连长说话了，平静的语气中带着威严：

"阿芹妹子是受了委屈，我也是常大哥的朋友，朋友有难当舍命相救，有什么事你们尽管说，这江湖上为朋友事哪怕两肋插刀也要帮的。"

"常老大被日本人捉了去，毛胡子今天欺负了阿芹，唉，这日子难了……"一个女人说。

"毛胡子是谁，怎么样欺负阿芹了？"姨娘问道。

"这……他是常大弄过来的，原是崇明人，最坏的就是偷女人，也不知惹了多少冤家，全仗常大哥罩着他。今天吃了点老酒，来偷常大的女人，狗改不了吃屎，忘恩负义，胆大包天，敢动常老大的女人，找死嘞。"出来接姨娘的那个女人说道。

"他人呢，常大手下的那些人呢，都干啥去了？"张连长趁势打问道。

"男人们出海的出海，玩儿的玩儿，没常大的命令，谁也不能乱动乱说。我们这里都是自家人，别弄坏了大家的名头，让别人笑话了。"还是那个会说话的女人，有头有尾，蛮有口面的。

"那个毛胡子很凶吧，你们都怕他？做了坏事体，就这么跑啦，这倒怪了……"姨娘一边说着，一边用女人递过来的毛巾擦去阿芹脸上的泪珠。围着的女人们一听这话，顿时议论起来，七嘴八舌，说这毛胡子野性重，刚才还朝大家乱打枪，这乱世道，谁狠谁就凶，谁就强。我们女人家，靠男人们吃饭，被男人们压着，谁敢与他拼啊。求菩萨保佑，救常大回来，罩着那小强盗就好了！

正七嘴八舌间，常大的贴身保镖小青年带着一个大汉来了。小青年认识姨娘，进来就对那大汉说，这是陶家店女老板，阿芹的亲戚。那个大汉朝姨娘一抱拳，说："幸会幸会。"张连长也抱拳说："幸会幸会。"那大汉本姓李，小名叫二狗。也是常大手下的得力干将。此人会拳脚，水上功夫了得，所以常大的队伍出海走水路都由他带队。此人从小与常大一起长大，是常大过命的兄弟。自从常大为救陶营长等几个新四军而与日本兵在蟛蜞镇打仗后，二狗受常大之命带着队伍出海隐蔽去了，刚刚才返航回来。二狗趋近阿芹床前看了看，问女人们："阿芹她怎么啦？"女人们互相使着眼色，才由会讲话的婆娘说了，阿芹被毛胡子欺负了，毛胡子还凶凶地朝她们打枪。二狗脸色顿时转下来，从身上拔出盒枪要找毛胡子算账。张连长赶紧拦住他，说："这位兄弟别鲁莽，我们慢慢说。"姨娘也拉着二狗的手，说："这位大哥情义重，我们心领了，但自家兄弟别伤了和气么。"女人们一听阿芹的娘家人通情达理，都围过来，和姨娘很亲近，七嘴八舌安慰姨娘，骂毛胡子太缺德。张连长邀二狗坐，从身上掏出哈德门香烟递给他抽。张连长说："小日本不是个东西，杀人放火，老百姓吃足了他们的苦头。弟兄们虽说拉队伍干那活儿，那都是劫富济贫，打的都是地主老财。小日本对老百姓实行三光政策，侵略我们，逼得我们无法活啊。小日本是我们的仇敌，我们要打击他们，将他们从这里赶出去！"二狗说："大哥你说得在理，我们弟兄知道常大哥被日本兵捉去了，个个难受得要发疯。这小日本凭啥欺负我们？"张连长趁机鼓动说："大兄弟，参加新四军吧，那是穷人的队伍，专门打日本兵，替常大哥报仇。"二狗一听此话，眼睛瞪得大大的，问道："常大哥怎么啦？"张连长痛苦地皱了眉头，摇摇头说："新四军去三星镇救他，迟到一步，常大哥被小日本活埋了！最后时刻，常大哥高呼口号，死得很壮烈，很英勇，我们那时离他仅十几丈远，听得清清楚楚。常大哥是个抗日英雄，很了不起的英雄啊！"张连长说完，眼睛里泪水盈眶。"常大哥，你死得好惨啊！"二狗喊了一声，挥手擦抹脸上的泪水，抬头看着张连长说："大哥，你莫非就是新四军？"张连长说："正是，我是新四军，上次承蒙你们在蟛蜞镇舍命相救，我们陶营长派我来当面感谢！"二狗一听此话，站起来，朝张连长一鞠躬，说："新四军是老百姓的队伍，上次在海上，陶营长教育过我。这次我一定要为常大哥报仇，请新四军帮忙！"张连长一把托住二狗的手臂，鼓动说："大兄弟，参加新四军吧，陶镇长欢迎你们来呢！"二狗身子猛地颤抖了一下，大眼睛盯着张连长，半晌说不出话来。

"我们是强盗啊，你们当真要，看得起我兄弟？"二狗说道。

"什么强盗，那是被地主老财逼的，参加吧，兄弟！"张连长说。

"大哥，我……我参加，我参加，我一定要为常大哥报仇雪恨！"二狗发誓说。听二狗说要参加新四军，女人们纷纷围着张连长、二狗他们说开了。她们说，这年头，我们总是提心吊胆地过日子，有新四军给我们撑腰，我们就不怕了！常大哥都向着新四军，我们也要男人去参加新四军。看到张连长被屋子里的人围住了，气氛热烈，姨娘退到阿芹床边，替阿芹穿了衣服，将被子盖好。姨娘想，如何处理阿芹呢，是将她留在这里，还是带回汇龙镇？如今常大死了，这片家业她能守得住么？一个小脚女人，没有男人挡着，在这片闭塞的荒滩小渔村，说不定会惹上啥事，叫她如何担待。此时张连长二狗也走过来，张连长对二狗说："阿芹很可怜，今后生活无着落呀！"二狗拍拍胸脯说："常大哥的女人就是我嫂子，我叫人侍奉她，不用你们娘家人担心。"女人们也纷纷说，阿芹是自家人，我们会照顾的。一听二狗和女人们的体己话，姨娘与张连长开心地笑了。

张连长拉着二狗走到隔壁屋子里商量如何动员渔家兄弟参加新四军。张连长询问常大带的这支队伍的情况。二狗详细地诉说了常大组队的历史渊源。

这是一支渔民武装，有十多条渔船、三十多条枪。二狗说："常大平时派一些暗探外出摸财主家的底细，然后利用晚上或特殊天气做掩护去打劫。常大都请渔村的乡亲参加，外人他不用，防止走漏风声。毛胡子是常大看中带过来的外乡人，只一人。这毛胡子打枪准，常大就请他当教练，跟着我们出海，在渔船上教我们打枪。渐渐时间长了，常大就委托我和毛胡子管带这支队伍，我在水上，他在陆上，带队行动。""哦。"张连长眉头皱了一下，心想陶营长的想法很正确，这支队伍如果能争取过来，就是一支水上抗日部队。但这支渔民武装是散兵游勇、半民半匪的队伍，要将它整个地带出来确实难度很大。尤其是毛胡子这样的人流民习气很重，一时半载恐怕难于驯服。现在只有依靠二狗这样血性义气的基本渔民，并争取更多的渔家兄弟参加到新四军队伍里来。于是，张连长要二狗将可以跟他一起参加革命的人请到这里来开会，共议大事。二狗开心地去了，临走时拍拍常大的贴身保镖小青年的肩膀说："你要参加啊，算你一个。"小青年笑着答应了一声："好啊，听你的！"

阿芹屋里的女人们仍围着姨娘、张连长热热地讲着话，谁也不想散去。张连长说，你们回家去吧，这里有我们担着，没事的。女人们抬头看看暗下来的天，恋恋不舍地跨出门回家去。黄昏的光线里，晃动着她们蓝印花布头巾，还有粗砺砺的笑声。这个小渔村比平常的日子多了一份特殊的气氛，海鲜的味道飘散过来，渔家的屋脊上渐渐地升腾起炊烟。整个村子趋于平静，蝈蝈等晚虫的鸣叫响起，添了几分热闹。

张连长与姨娘坐在屋内看着受惊吓的阿芹，常大的贴身保镖小青年张罗着替大家做晚餐。原本阿芹替小青年做了一半家务，故小青年对阿芹很好。没一会儿，灶屋里热汽飘动，烟囱也冒出袅袅炊烟。守在门口的新四军看着屋脊上冒出炊烟，看到远近的渔村也开始冒出炊烟，心里的紧张稍稍缓了一些。村子里柳树成行，绿枝飘拂，在微弱的晚色里，影影绰绰，隐藏着未知的危险的影子。

晚餐很快端上来了，大米麦饭、糟烧黄鱼、小葱炖豆腐、炒青菜。姨娘要唤门口站岗的新四军一道来用餐，张连长示意不可，要小青年吃完换他。饭才吃了一半，村子里突然响起枪声。柳树上的鸟儿被枪声惊飞了，"哗啦啦"，盘旋着落入远处田野之中。张连长嗖地站起来，从腰间拔出手枪，急步扑到屋门口。他与站岗的新四军贴靠着屋门观察，看见几条人影正从远处的柳树林里跑过来，后面有人在追打。张连长心里一紧，估计二狗联络动员渔民参加新四军遇到阻力了。一会儿，张连长看清跑过来的人不是二狗，此人身材魁梧，身手矫健，双手使枪，狼一样直扑过来。张连长他们几乎同时匍伏在地，并急唤屋里的姨娘他们也趴下躲避。追赶此人的是二狗与十几个渔民汉子，二狗边追边喊："毛胡子，你给我站住，别打伤了新四军！"毛胡子头也不回，一直奔来，一到屋前，就打枪，"啪啪"，两颗子弹呼啸着从张连长他们耳朵边穿过，打在屋门框上，木屑落了一块。

"站住，不要乱开枪！自家人不打自家人！"张连长伏在地上喊话。"啪啪"，又是两枪，打在门槛上，离张连长仅一尺之遥。毛胡子也不回话，就地蹲在不远处的一棵柳树下，向张连长他们伸着黑洞洞的枪口。二狗他们也趴在离毛胡子不远的树林里，不停地向毛胡子喊话。夜色愈来愈浓，张连长几乎看不清外面的人影，只是盯着毛胡子靠着的柳树，空气在僵持中变得压抑逼人，有点喘不过气来。此时，远处的低矮茅屋点燃了一盏盏风灯，那风灯好像天上的星星，愈来愈多，愈来愈密，慢慢地聚拢来，再缓缓地浮游着朝张连长他们的屋子推拥而来。很快，看清楚这片风灯的主人，那是全村子的女人们手提风灯将常大的屋子包围住了，一排排风灯挡住毛胡子的黑洞洞枪口。女人们也不嘈杂、不说话，连成片的风灯发出的光芒，将这片渔村照亮了。女人们头上包裹着蓝印花布头巾，在晚风里微微飘动，联袂移动，仿佛一片蓝色灯饰，构成这村子里难得一见的风景，让粗糙的渔家汉子们看得目不转睛。

"唉，这些娘儿们，挡得老子眼都花了。"毛胡子凶狠的眼光失去了光彩，黑洞洞的枪口失去了目标，进退两难。

"这是民心天意，连老天爷也不会帮你，毛胡子你快放下枪吧，别一根筋犟到底呀。"二狗在后面大喊道。

"二狗啊，你舔新四军的屁股，也不怕常大哥在九泉之下咬掉你的鸡巴毛！"毛胡子犟头犟脑喊叫着。

"毛胡子，你骂新四军没你的好果子吃，快放下枪！"二狗说。

"快放下枪！"二狗身边的渔家兄弟突然齐声喊叫，那声音与女人手里的风灯一道在小渔村的夜空里回荡，在张连长、姨娘他们的耳朵里回荡，张连长脸上浮起了笑纹。

"二狗啊，你这愣头青，常大哥几十年来的心血家当都要被你断送掉了，我毛胡子的心血算白费了。你们投新四军，叫我喝凉水去呀？你们都疯啦！"毛胡子仍在乱喊乱叫。

"毛胡子，你不参加新四军，总不能叫弟兄们都不参加。新四军说了，你不愿参加可以发给你路费，你回家去吧，别一根筋犟到底了，我们兄弟好聚好散。"二狗说话很通情达理，这二狗还真是个带兵的料。"参加新四军，打败小日本，为常大哥报仇！"二狗禁不住高喊起来，惹得渔家兄弟热血沸腾。女人们手里的风灯举过了头顶，把蓝印花布包裹的头照得红通通的。风灯之墙逐渐向毛胡子蹚过去，将毛胡子依托的柳树团团围住。女人们身子紧挨着身子，一点空隙都没有。毛胡子匍伏在树根下，只瞧见一双双妇女的大脚，篱笆桩似的将他围在树根下。

"你……你们要干什么，骚娘儿们，快，快闪开！"毛胡子乱晃着盒子枪。

"毛胡子，你这个小贼，流氓，敢搞常大哥的女人，我们要和你算账，拼老命。"一个婆娘高叫道。瞬间，女人们伸出手，七手八脚就把毛胡子摁住了，有的还用嘴咬他，夺他的两把盒子枪。毛胡子今天落在女人们手里，要想站起来挣脱，已经失去了机会。女人们与毛胡子绞成一团，里三层外三层地围着这棵大柳树，毛胡子连反抗的声音都消逝了，只听得柳树下传出呼哧呼哧的喘气声。

二狗和渔家兄弟也围了上来，毛胡子的那两支盒枪从人群中传出来，交到二狗手中。紧围着大柳树的风灯闪出一条缝，二狗看到了毛胡子哭丧无奈的脸。毛胡子的脸上流淌着血，胡须上沾了鲜血。

"一群疯婆娘，一群疯子。二狗呀，我们是兄弟啊，你要把我怎么样？"毛胡子屁股坐在柳树根上，头发被女人们揪着，脸儿僵僵，脖子不能动弹，斜眼瞪着二狗。

"我们是兄弟啊，谁也没惹你啊，你转身就往这里跑，还乱开枪，伤了新四军，我们可不会饶你。大伙商量着参加新四军，这多带劲，可以明明白白做人，打小鬼子，替常大哥报仇，用不着偷偷摸摸了。你倒好，拎着枪打人，瞎胡闹嘛！"二狗说。

"我不参加，你们才瞎胡闹，快放开我！"

"你不参加，你还当你的强盗好了，我们不做强盗了！"二狗朝着被女人们手里的风灯照亮的渔村大喊道。

"我们不做强盗了！"二狗身后的渔家兄弟跟着喊叫。

"我们不做强盗了！"女人们将手里的风灯举得高高地喊叫。

毛胡子被这样的喊叫震荡了头脑，痛苦地低下了头。毛胡子如一团烂泥巴，瘫软在大柳树根下。此时，张连长听到了大家的对话与喊叫声，赶紧奔过来，紧紧握了二狗和渔家兄弟们的手。张连长要女人们放了毛胡子。张连长将毛胡子从树根下拉出来，仔细地看着他。毛胡子眼睛斜着，低垂着头。张连长拍拍毛胡子，说道："参加革命是自愿的，不强迫你。你回崇明老家去吧，别干强盗了，另谋生路吧。二狗啊，你们也别难为毛胡子兄弟了，给他一点铜钱，放了他吧。不过，毛胡子兄弟，你可不能和我们作对啊，这里的兄弟们参加革命队伍，暂时还是保密的，你出去嘴巴紧点，不要乱说。我们革命队伍是讲纪律、讲政策的，你如果做了坏事，我们可饶不了你！"毛胡子的气焰被打掉了，萎顿得就像一只晒干的茄子。张连长吩咐二狗说："你派个人将毛胡子安顿一下，今晚别让他乱跑。"二狗明白张连长的意思，派个弟兄看着毛胡子。张连长看着毛胡子被押走了，高兴地举起双手，朝手提风灯、脸孔红润的女人们高声说："谢谢大家，谢谢你们支持男人参加革命！从现在起，你们就是新四军家属，你们是革命队伍的人了，大家要团结起来，拧成一股绳，打败日本侵略者，打败地主老财，为咱穷苦人打天下，好不好啊？"

"好！"蓝印花布头巾晃动着，女人们发出欢呼声。张连长乐得嘴巴咧着，眼角眉梢都嵌满笑意。这个晚上，是张连长最开心的一天，比打大胜仗还过瘾。他心里清楚，从此以后，这片土地上将出现一支新四军海上游击队，新四军有了自己的海上部队，打小日本就多了一分必胜的把握，看你这帮日本强盗还能猖獗几时！

这个夜晚，阿芹屋里灯火通明，二狗他们围着张连长细谈了一夜。姨娘陪着阿芹睡。姨娘隔着蚊帐听张连长他们讲话，朦胧中一夜未睡好。姨娘头一遭听新四军张连长讲革命的事。他只知道自家男人就是干这一行，好多年来，她只是埋在心里，从未透露一点风声。因为她男人不肯告诉她许多革命的事，怕她担惊受怕。因为，参加革命是要掉脑袋的。如今小日本打到家门口了，新四军与小日本公开干仗，她男人才让她接触这革命的事。姨娘躺在床上左思右想，脑海里翻腾着男人的事，睡不着。这段时间，汇龙镇发生了这么多的事，她的羊肉店也惨遭风风雨雨，儿子金宝、老伙计财根，还有这阿芹……唉，还是张连长说得在理，不将小鬼子赶走，中国人没有好日子过。姨娘稍稍睁眼看看身边受伤害的阿芹，心里的痛一阵阵地涌上来，脑袋乱哄哄的，睡不着。姨娘就这样半睡半醒，半睁半闭着眼睛挨了一夜。黎明时分，有人在村头大喊道："毛胡子逃跑了！"张连长与二狗他们闻声追了出去。张连长与二狗轮流喊话，要毛胡子领了铜钱再走。毛胡子头也不回，急遑遑钻进青纱帐，没了身影。张连长对二狗他们说，革命是自愿的，让毛胡子走吧，不过以后要防着点，别让他坏了革命的事。

天空放亮了，张连长吩咐二狗他们将常大的仓库盘点一下，有多少枪支弹药、衣服布匹等一一入账，按照新四军的部队条例列入军需。为防毛胡子逃跑带来不测，张连长决定亲自带队坐船出海，将这支新组建的队伍暂时隐藏在海上。这支队伍后来被新四军整编为海东游击队水上支队，在张连长的调教下，成为打击日本鬼子屡建奇功的部队，这一带老百姓都非常喜爱这支部队。

姨娘陪阿芹在这小渔村住了几天，姨娘听到汇龙镇被小日本军队烧毁的噩耗后朝西南方向痛哭起来。这几天海风大，海潮翻滚，涛声一片。村子里的女人们听到哭声都围到姨娘身边来，陪着她，安慰她。阿芹的惊厥症渐渐地转好了，也陪姨娘说些安慰体己的话。姨娘只知道汇龙镇已被鬼子烧为灰烬，并不晓得自家的小店楼房没有烧掉。一时无处容身，姨娘只能在这陪阿芹过几天日子再想办法了。姨娘心里想着陶秀，天天以泪洗面，夜夜心痛如针扎，难于入睡，弄得阿芹也眼睛红红的，光想哭了。这种日子比死还难受。

姨娘望着西南方向时不时呼喊几声："秀啊，你在哪里呀？老天有眼，保护我家秀平安回家啊……"

第二十三章　陶秀逃生

　　那天夜里，苦生一帮人偷袭了陶记羊肉店，赶回畚箕镇。由于发生常大偷袭事件，现在外人进入畚箕镇都要坐小船过大河。畚箕镇在苦生的掌管下防范严密，小小芦苇村成了铁桶般易守难攻的地方。小山为救陶秀尾追而来，被这条大河挡住了。小山初识水性，但很差劲，心里估摸着自己无法游过大河。他沿着大河不停地寻找，希望找到窄河段游过去。一夜辛苦，一无所获。小山着急地躲藏在芦苇荡里，望着渐渐变亮的河水发呆。这天一直青朦胧的，没有明媚阳光，也没有鸟语花香。一条白亮亮的大河，无船无影，只有两岸的青灰色芦苇在风中摇曳，一片沙沙沙的叶片抖动声，从东到西连绵不绝。隔岸的小村落好像消逝了似的，一点活的生气都没飘浮过来。远远地，柳树条一垛一垛埋藏在隔岸的芦苇尖尖上，有点像水墨画里的云朵，在天空下连成一片，再也看不见村子里的景物了。偶尔有几只水鸟从此岸飞向彼岸，似一个水滴，飘落在远方的绿荫里了。一直到下午三四点钟辰光，才发现那条芦苇小道上踢踢踏踏来了很多人，那些人满面惊恐，哭爹叫娘，十分凄惨。他们有的半裸着身子，有的只带些简单行李，拖儿带女，拥在大河边哭声一片。此时，对岸有了动静，一个黑衣艄公驾着一条小船从芦苇丛中撑出来，大声地询问道：

　　"你们是什么人，到这里来做啥啊？"

　　"好人啊，开开恩啊，救救我们吧，让我们逃过来吧，日本人烧了汇龙镇了，要杀过来了，快救救我们吧……"

　　"日本人把汇龙镇烧了？怎么这样啊，你们等一等，我去问一下。"黑衣艄公撑船隐没在芦苇丛中，一支烟工夫，又撑船浮出来，大声喊叫说："过来了，慢慢渡你们啊。"小山听到了他们的对话，心里惊骇得要发抖。心想这两天的时间，汇龙镇竟然出现如此惊天动地的变故，他家的商行和二叔都遭殃了，这可怎么办啊？自己如今也成了无家可归的孤儿。现在唯有先把陶秀救出来，再寻活路了。小山想到这里，赶快溜至逃难的人群中，混在河边慢慢渡河进村了。

这畚箕镇现在恢复了平静。那条被常大烧毁的小街已经盖了几间小草屋，那个牌楼仍在，石人石马也在，只是这些石雕上挂放着渔网等杂物，没有隐娘在时的富绰风光。苦生叫人安排逃难的人，按人头，每人交纳大洋一块，小孩不要钱。那些光着身子的人被安排到江堤边的芦柴屋里，送了几畚箕红薯充饥。有行李家资的人家被安排在新盖的小草房里。小山就混在这些人中间，被安排在小草房里了。人们一落脚，就断断续续地讲述汇龙镇被烧的故事。人们的眼睛里充满了恐惧，边说边哭，十分凄惨。有的人家老人小孩逃不出来被活活烧死，有的亲人被日本人杀死，尸骨无存。有人说那些日本强盗青面獠牙，像一群魔鬼。有人看到日本人用刺刀挑刺小孩子，那小孩子在血淋淋的枪刺上哭叫，甩出来的鲜血洒在小鬼子头上，那小鬼子满脸血红，像只恶狗，凶恶无比。那大火从西到东卷烧过来，火舌十多丈高，铺天盖地，热浪翻滚，把地上的老鼠都烧得乱窜，无法逃生啊……小山听得心惊肉跳，心里牵挂着二叔，又饿又累，微微颤抖。此一晚，小山就混在难民中迷迷糊糊将就一宿。第二天，小山早早溜出来，沿着小路蹚过去，探察情况。隐娘居住过的大宅一片荒凉，断垣残壁依然可见，碎砖碎瓦积满尘埃，青砖地斑斑驳驳，砖缝中长出的青草在晨风中孤单地摇曳，几只蟾蜍在地上爬来爬去。断墙残壁后是一片竹园，靠近残宅的竹子又矮又黄，断裂的竹片仍残留着火烧的痕迹。小山怔怔地看着这一小片荒芜的宅院，联想到汇龙镇被烧毁的情景，一种凄凉油然而生，痛苦地闭上眼睛，潸然泪下。小山走过这片伤心地，往远处的村民草房子蹚过去。村民的草房子灰黑色，远看似一垛垛破旧的草垛。田里的油菜花不见了，只有麦子在晨风里点头哈腰，为这片土地点缀些沉甸甸的东西。

小山慢慢挨着这些小草屋窥探过去。风吹着破损的窗户，草屋下的篱笆墙发出呼呼的啸叫声。这里的乡下人在睡觉，鼾声伴着篱笆墙的啸叫声起起伏伏，在晨曦里荡漾。从东到西，小山察看了每间草房，一无所获。小山心里苦闷难挨，手脚微微发凉发麻。他踉跄着走回暂栖身的草房，一屁股坐到地上，身子像散了架，瘫软无力，昏昏欲睡。鸡鸣声响起，此起彼落。小山睡着了，太阳晒屁股都推不醒他了。

陶秀和小芳被苦生藏匿在一个秘密的地方。这苦生从小在这村子里住，捞鱼捉蟹什么都干。他自从被镇龙收为乡丁，被委任护宅队的头目后，对镇龙很忠心。因为镇龙曾出重金为他从崇明岛买来一房媳妇。这买来的媳妇只有十八岁，细皮白肉、年少标致，又手脚勤快，很讨苦生欢喜。苦生将陶秀她们捉来后，就把她们关在南江长堤边的一个土窑里，由几个乡丁看守。陶秀、小芳被苦生他们强掳过来，苦生也没来看过她们，叫他的小娘子去送饭菜。这小娘子小模小样，衣服穿得合身得体，蓝印花布头巾将青春年少的嫩脸遮掩着，一双小脚一扭一扭，钻进土窑里来送饭。

"你家苦生为啥要捉我们，想当坏人啊，抢劫良家妇女，要招报应啊，就如这隐娘，做了坏事，要被人家烧死，粉骨扬灰。"陶秀看到苦生娘子，气呼呼地说道。

"做坏事要遭天报应，我们都是女人家，他想把我们怎么样？"小芳也瞪着眼睛说。

"你们喊叫啥，不是你们将镇龙一家害死的么？还讲什么报应，吓唬谁呀？"小娘子突然小狼似的嗥嗥叫。

"你听谁说的？乱冤枉好人，我们为啥要害死镇龙？我们家财根被小鬼子害死了，还有我弟弟金宝也死在小鬼子手里，我们为啥要向小鬼子讨好，害死镇龙？我姨娘为救他们，偷偷托人给新四军游击队送信，新四军去救他们，没救出来。"陶秀发恨地说，眼睛里要冒出火来，"你们这些忘恩负义的人，同你们说话没道理，没道理啊！"

"啊……有这样的事？"小娘子将饭菜轻轻放置于几块青砖上，惊讶地说道。

"你们有本事去打小鬼子，捉我们这些小姑娘算什么？你们这是做强盗生意啊。"陶秀忍不住又责骂了一句，骂得那小娘子脸色红里转白，低了头，不敢正眼看人。

"你叫你家苦生来，事情当面说说清楚，把我们良家妇女关在这里，想做大坏事啊？想学日本鬼子，害人哪？"小芳也骂道，用手拍打着窑洞里的砖墙，眼睛冒着火。

听里边女人在叫骂，看守的人走到窑洞口，刚想呼喝，被苦生娘子摇摇手止住了。小娘子微微抬头看着陶秀她们，眼睛里的敌意消失了，一屁股坐在碎砖堆上，缓声说道："好吧，你们慢慢骂吧，饭菜都凉了，我在这等着。是非曲直总会搞清楚的。刚才苦生说这里来了很多从汇龙镇逃难的人，日本人把汇龙镇烧光了，死了很多人呢。"

"啊……"

"这些人很苦怜，有的身上都是血，衣服都没穿，在那边小草棚里躺着呢。"

"真的吗？苦生说的？来了多少人，死了谁家的人？你快说啊。"陶秀脸孔唰地变白了，眼睛紧盯着小娘子盘问。

"我没去看呢，具体情况不太清楚哦。"

"这天杀的日本兵，强盗啊，作孽啊……"小芳叫骂开了，把窑洞里的简陋砖墙都拍得灰尘瑟瑟震落下来。

三个年轻女人在这窑洞里哭哭骂骂地说着话，在洞口站岗的人都偷听到了，心里明白发生了什么事，看管陶秀她们的心思都淡了，背着枪悄悄地回家去了。这里的乡丁都是本地的农民，地地道道的老百姓，穷人不糟蹋穷人。

苦生娘子陪陶秀她们说话，交流好长一段时间。当她走出窑洞时，天上的日头都快歪西了。小娘子临走时对陶秀她们说:"你们别着急,我回家去同苦生说,叫他快点放了你们。"陶秀目送小娘子离去,就朝窑洞外呼喊,说要小解。喊叫了几声,没有回音。外面的阳光徐徐地照射进来,伴着一丝丝微风吹进来,洞口砖缝上长着的小草在摇晃,很安静。陶秀奇怪了一会儿,慢慢走出洞口。天空飘浮着跑马云,在麦田里掠过一片阴影。远方的芦苇荡将这小村落严严实实地包围住,看不见天的那一边。回首望,南江里也看不见船帆,高高的江堤挡住了江潮的轰鸣声,数间小草屋歪歪扭扭地搭建在江堤旁边,也被绿柳树半遮着,只露出灰褐色,像几垛旧柴堆。陶秀脑袋里嗡的一声响,心狂跳起来,朝窑洞里喊道:"小芳,你快出来!没人站岗,我们赶快跑吧!"

"噢,"小芳披头散发跑出来,朝天上的淡日头望了望,一阵刺眼,"往哪跑呢?"

"别管了,先往江堤那边跑,躲藏到芦苇荡里去。"陶秀说。

两个女人踉跄着往那绿色的屏障跑去,就像两朵跑马云,掠过农田,隐匿于青纱帐里。

苦生女人回家时,苦生正带着一帮人向逃难的人收款,有钱的人分些玉米蔬菜,没钱的只分到几只红薯充饥。苦生对没钱的人说:"明天你们替我去种田,白吃白喝我这里供不起。不愿意的马上送你们出去。"没钱的人哀求说:"没办法呀,日本人烧了我的家,别赶我们呀,出去都是要死呀,帮帮我呀,行行好呀……"苦生用手一挥,粗暴地打断他们的话,头也不回地走了,边走边说:"我们都穷得要穿开裆裤,哪来钱养你们,救急不救穷,没法子哟……"苦生他们一走,身后的小草棚里传出哭声,凄惨的哭声。

苦生一回家,从墙上取下一根铜头玉杆的旱烟管,斜躺在一张竹椅子上,一只手往铜头烟管上装嵌旱烟丝,用火熜子烘着,吧嗒吧嗒抽起来,淡白的烟圈吐了一屋子。苦生这屋子两大间,茅草屋顶,小青砖砌墙,花格子木窗,看似草木砖混式结构,却冬暖夏凉。这还是隐娘替他盖的房,故苦生念念不忘镇龙、隐娘待他的好。苦生从小喜欢使刀动枪，外间墙上挂着刀啊枪啊，子弹袋啊，一副兵家行伍的摆设。自从弄了个小娘子到家里，苦生的习惯稍稍收敛一些。因为这小娘子很厌烦苦生这一套，常常数落苦生。此时屋子里散射进几许淡淡的阳光，将苦生吐出的旱烟雾照得白蒙蒙一片。吱呀一响，前屋门被推开了，小娘子摆着一双小脚跨进来。苦生已过足烟瘾，斜眼看到小娘子，看到她细皮白肉的脸上渗着细细的汗，小嘴喘着气。随着一阵门风飘来的女人气息，一种淡淡的女人的浑香。苦生等女人走至身边，一翻身坐起来，一把将小娘子揽在怀中。

"哎哟，你这是做啥么，青天白日，还要不要人活呀，看你这死猪腔呢……"小娘子歪倒在苦生怀里，发嗲地骂他。苦生也不说话，用大手在她身上乱摸，把头拱在小娘子胸脯上，就像老鹰抓小鸡，整个要把她吃下去。苦生喜欢小娘子的身段、雪白滑润的皮肤和那双玲珑的小脚，还有小娘子身上常常焕发出的女人的香味。今天小娘子跑得路多了，额头上渗出细汗，那汗带出了小娘子身上的那种体香，加上细汗渗透，就变成一种浑然浓厚的小女人体香。苦生一把将小娘子抱到里间床上，撕掉她内衣，就要动手。小娘子嘴里又叫道："做就做吧，又那么猴急粗鲁，好像从来没见过女人似的，看你这副馋相。你快放开手，让我自己来。"小娘子一边说着，一边自己脱衣服。小娘子慢慢脱着，嘴里说道："苦生啊，那两个抢来的女人是无辜的，你放了她们吧？"

"你说什么，放了她们？不可能的，我同惠安镇的陆爷部队谈妥了，要用她们换五百块大洋、三百发子弹的！"苦生也开始脱自己衣服，口气硬硬地说道。

"你这人怎么变成老财主一样，贪得无厌，要害人家小姑娘啊。"小娘子脱衣服的手僵在那里，"你是不是买卖女人弄出瘾来了？你将我从崇明买来，以后也要把我再卖掉啊？你真不是个东西，气死我了……"小娘子将裤头往上一提，很快打个死结，双手捂住肚子，躺着不动。苦生一看小娘子变了脸色，赶紧俯下头哄她，说："你跟着我没有好日子过，自己家都顾不了，还顾别人家女人做啥么，来，我的小心肝。"

"你不把她们放了，我不睬你！"小娘子犟了，嘟着嘴巴将头歪在一边。苦生欲火正盛，想用强。小娘子被逼急了，骗他说道："我已把她们放跑了，看你还卖啥钱？你的心比狼还狠还凶！"苦生看到这小娘子今天当真要犟，心里的欲火转为窝火，突然蹿起来，心头轰然作响。他将小娘子狠劲一推，从墙上抽出盒子枪，就要跑出去。小娘子急了，害怕苦生伤了陶秀她们，一翻身跳下床来，小脚一跳扑过去，张开两手一把将苦生抱住："苦生，你别乱来，她们是小姑娘，你别担了个欺负妇女的罪名，被人骂。"

"松开手，我要追她们回来，我已答应了陆爷，那边等着要人呢。"

"你真是个贪财鬼、强盗，我是瞎了眼了，跟了你这个死猪腔，你这个人怎么变成这样，做坏事要有报应的，要有报应的呀……呜呜呜。"小娘子哭了，眼泪落下来，湿了苦生的衣服。苦生用力一甩，将小娘子甩倒在地上，手里扬动盒子枪，一阵风地跑出门去。

苦生好像一只受伤的狼一般，没命地向江堤下的土窑奔去。天上的跑马云飘着，一片片地掠过麦田，掠过芦苇荡，掠过灰褐色的草房，掠过小河沟，波浪般跳跃着从东往西而去。苦生像一只孤独的狼，拎着盒枪，仓惶地跑着。他跑得气喘吁吁，脸色铁青，眼睛都跑红了。一头钻进那座土窑，发现陶秀和小芳这两个宝贝小女人真的不见了，心里那个憋气呀，眼珠子都要瞪出来了。他一边跺着脚一边喘气，嘴巴里狠狠地咒骂自家那个小娘子："小骚货，看我不回家打断你的腿！"

苦生在土窑门口喘息了一会儿，朝附近几家乡丁的草房跑去，他要纠集人马追捕那两个宝贝女人，他跑得胸口一阵阵发疼。他边跑边想，惠安镇的陆爷喜欢唱戏的女人，陆爷是个地地道道的戏迷，那是入了骨的。那陆爷兵强马壮的，惹恼了他，这怎么办呀？苦生一分心，一脚踩中一个土坎墩，身子一歪，重重地摔倒在地，嘴巴上沾了不少泥。他跌跌撞撞跑来跑去，张罗了十来个乡丁，拿着枪开始挨家挨户搜查。这小小的村落，立即掀起一阵荒乱。

宁静的田园响起苦生粗蛮的叫骂声："小骚货,胆敢乱放人,娘的,钻到落笱(鱼篓子)里的蟛蜞也让它跑了,真要气死人了。"

那边陶秀、小芳躲藏在芦苇丛里,远远地看见苦生带着一帮人搜村子。陶秀知道苦生不会放过她们了。陶秀对小芳说,我俩一定要逃出去,如果再落到那强盗手里,没有我们的好了。小芳说,现在我们是走投无路了,就是死也不能被他捉去,我想好了,躲得过这一劫就好,躲不过,我就往南江里跳,死也不让这强盗得逞,我这身子决不再被强盗欺负!陶秀看见小芳泪水盈盈的眼睛,心咚咚咚乱跳。陶秀眼前浮起隐娘房子被火烧的悲惨情景,想到如今她们也身处孤立无援的险境,禁不住泪水盈眶。她看到不远处的大草棚子里钻出一些人来,那些都是逃难之人。陶秀看到了两个熟悉的身影,那是上次逃难来的张三郎、小末姐夫妇,心里顿感一丝安定,看来只有求助于他们了。那些难民远远地望着苦生他们带着枪吆五喝六的样子,心里都寒丝丝的。兵荒马乱时期,躲避日本人,躲避天灾人祸,寄人篱下的日子真不好过。他们呆呆地站在简陋的草棚子前,无奈地看着苦生他们,一脸苦涩。陶秀年轻的心受伤了,一丝丝哀戚弥漫心肺,想到小芳要跳南江的话,悲悲切切,满脸都是泪珠。

苦生几个人翻天作海地闹腾着,从东到西,从北到南,好像梳头般一一搜查过来。最后搜到张三郎小末姐夫妇住宿的简陋大草棚子里。这是个四面漏风的棚子,地上铺着稻草,根本藏不住人。苦生在草棚子里乱翻一气,惹得难民们脸孔气鼓鼓的,说:"这青天白日的搜什么呀,这里住的都是穷人,能藏啥呢?"苦生吼叫道:"抓两个对头星,别叫她们跑了,坏了老子的好事。"

天上的跑马云愈来愈淡,夕阳吞吞吐吐地藏在云缝间,偶尔露一下脸。苦生查不到人,急得双脚跳。他带着那帮乡丁朝漫散浓绿的江边芦苇荡跑来,朝陶秀、小芳躲藏的那片荡子奔来。苦生走到芦苇荡边上,朝里望了望,突然举起盒子枪往里打了一枪,喊道:"看见你们了,还不赶快出来。"子弹嗖的一声从陶秀耳朵边飞射而过,打得身后不远处的芦苇发出清脆的断裂声。

小芳吓得几乎喊出声了，被陶秀一把摁住。她俩伏下身子，双手趴在青沙泥里，湿淋淋的荡里积水浸湿了衣裤。苦生又打一枪，子弹飞向较远的荡子里，传来稀里哗啦的芦苇破碎声。乡丁们也虚张声势朝荡子里打枪，他们一边朝芦苇梢上打，一边讪笑着。他们心里清楚，被追捕的两个小女人对他们没有任何威胁，抓不抓也无所谓，只是跟着没头苍蝇般的苦生当当差而已。所以他们打的枪是朝天乱打的，子弹飞斜的角度也太偏了，根本打不到人。苦生呢，想用枪声逼陶秀她们出来，这天快黑了，就是进去搜查恐怕也劳而无功。陶秀与小芳整个身子都伏在泥水地里，头也不敢抬。荡子里有吸血的蚂蟥，有许多小蠓蜞，不知不觉，这些小东西嗅觉灵敏地寻过来，爬上她们的裤子，钻进裤管，贴着细嫩的皮肤作祟。她们开始只觉得小小的痒痒，后来一阵阵刺痛袭来，痛得她们一阵阵打哆嗦，又不敢出声。最可怕的是荡子里有大蚂蚁，有的一寸多长。这些大蚂蚁专食荡子里腐败动物和半死不活的鱼虾。它们会游泳，从浅水滩浮游过来，从芦苇竿子上爬来，成群结队地爬过来，爬在陶秀小芳的头发上、脸上，黑乎乎的一大片。

苦生见这边荡子里没动静，就向东边跑去，边跑边喊："看见你们了，还想跑，快点出来，老子枪子弹不长眼睛，快点出来……"那帮乡丁也乱诈唬："快出来，打枪啦，打死人没人替你们收尸，大蚂蚁要把你们吃掉的。"

芦苇荡传来的枪声将倦睡的小山惊醒了。小山一骨碌爬起来，揉揉眼睛，问同屋的难民，外面出了什么事。难民摇着头说，天下不太平，这小角落里也打呀杀呀的，说是搜捕两个女人。这女人又惹他们什么了吗，用得着那样动刀动枪？小山一听，心里咯噔一下狂跳起来，将行李包裹往肩上一背，噌地就窜了出去。他急急向打枪的方向奔跑，在渐渐暗淡的黄昏中没命般奔跑。

晚霞只在云层中闪露了一下，整个天空昏暗下来。芦苇荡又传出几声枪响，天空再无飞翔的鸟儿，村子死气沉沉。偶尔有几只羊在咩，声音惨惨的，仿佛在长声哀哭。

小山狂奔到陶秀小芳隐藏的那片芦苇荡，苦生带着那帮人又从东滩头转了回来。

　　苦生一把抓住小山的衣领,凶凶地盘问他:"你跑什么?"小山认识苦生,苦生却忘记了上次抓过小山的事,也许那时天黑人多,又是隐娘处理的,他没仔细看过小山的脸。小山骗他说:"我找我二叔。"苦生拉长了脸啐了小山一口:"呸,你二叔怎么躲到这荡子里来了,真正笑话,快滚开!"说完将小山狠劲推搡一把,逼他离开。小山往后跑去,躲开苦生的纠缠。

　　苦生大概估计陶秀、小芳躲藏在这片荡子里,但苦于无从搜起。这荡子太深太大,光他们几个人是搜不到人的。况且天色已晚,更难找人。苦生回首朝陶秀、小芳躲藏的那片荡子干干地喊叫几下,没趣地摇摇头和那帮人回家去。苦生一回到家,看到小娘子仍歪软地躺在床上,一口气憋在胸口出不来。

　　"天都黑了,晚饭烧了吗?"苦生问小娘子。小娘子静静地躺着,脸孔朝里,不理睬。

　　"我问你呢,饭烧好了吗?"苦生气吼吼地站在床边说道。小娘子翻了个身,将被子蒙了头。苦生上前一把拉扯下被头,将小娘子从床上拖下来,瞪圆了眼睛说:"娘的,养了个吃里扒外的骚货,你给我下来!"小娘子仍一声不吭,朝苦生翻着白眼。苦生看到了,心里那个气啊,猛地将小娘子推倒在地,从床头摸出那支铜头玉杆旱烟管,狠命地抽打小娘子的背。"噗噗噗……"小娘子背上发出沉闷的声响,被铜头击打的皮肤碎了,血丝沿着内衣两侧流淌。小娘子负痛哀号了一声,泪水从眼中溢出,两眼狠狠地盯着苦生。

　　"强盗!"小娘子怒骂道,像一桶油浇在火焰之上。苦生丢了旱烟管,将小娘子衣服抓了,撕了,朝着光溜溜的身子揎拳头。小娘子被苦生如此抠打还是头一次,心里的委屈变成仇恨,不顾一切地反抗,反口狠劲咬了苦生一口,咬破了苦生的手臂,苦生痛得哇哇乱叫。这一晚,小娘子被苦生狠命地揍了一顿,打得小娘子三天起不了床。苦生呢,心里的窝火无法排泄,打定主意要把陶秀、小芳抓回来,第二天天未亮就携着盒子枪出了家门。

　　再说那个小山等到苦生那帮人一走,立马跑至芦苇荡边上轻轻地喊道:

"陶秀，你们出来吧，那帮强盗走了。"芦苇荡里静悄悄，一点回音都没有。"陶秀，别害怕，我是小山啊。"荡子里仍无回音。此时，陶秀和小芳伏在湿泥地上手脚都麻木了，胸口痛得喘不过气来。她们的背上、手臂上爬满大蚂蚁，裤管里钻进小毛蟹、蟛蜞，被咬了小红包，又痒又痛。陶秀从未受过如此折磨，浑身像散了架，没一点力气。小芳呢，小小年纪经历了许多苦难，从小学唱戏练功啊，上次被小鬼子欺负啊，昨天又被苦生那帮人捆绑啊，身心都遭受过巨大的折磨，这点苦没摧垮她。小芳将陶秀扶起来，轻轻在她耳边说："有人找我们了，是那个小山呢。"陶秀慢慢坐直身子，长长喘了口气，说："谁？"

"陶秀，是我啊，我是小山，找你来了，快出来吧……"小山轻声地喊着。陶秀听清楚小山的声音，心口突然一阵阵发热，忍不住泪水唰地直淌下来。"我们出去吧！"陶秀对小芳说。芦苇荡里已经黑森森地见不到亮光。陶秀和小芳咬着牙将身子上的蚂蚁等小东西狠劲甩掉。她们一动手，那些专吃腐物的小东西便惊慌失措地四散奔逃而去，只在陶秀和小芳身上留下许多红疙瘩。她俩搀扶着走出来，小山从黑暗中窜出，一把抱住陶秀、小芳，嘴里哑哑地喊了声："陶秀，终于找到你了。"几乎哭出声了。"小山！"陶秀也哭出声了，用手箍住小山的背，嫩弱的胳膊一阵颤抖。陶秀与小芳身上衣服湿了，传给小山冷冰冰的感觉。小山从背上包袱里拿出两件衣服请她俩穿。小芳也不避小山，拿上衣服就换。陶秀动作慢，她看到小山的眼神，羞涩地钻进芦苇荡里换衣服。小山看到陶秀裤子也湿了，就从包袱里拿了一条出来，朝芦苇荡低声说道："陶秀，你把裤子也换了吧。"陶秀回答道："先给小芳穿吧。"小山说："干净的只有一条，你穿了吧。"说着，就追进荡子里。陶秀拿了裤子，对小山说："你快点出去。"陶秀心里感到异样的温暖。

陶秀、小芳穿上小山的男装，灰不溜丢、不男不女，她俩也不顾了。陶秀说，今晚一定要逃出这个地方，明天如果苦生再来搜寻这荡子，恐怕要躲不过。小山说，只要找到过河的小船，就可逃走。陶秀说，我们去问问草棚子里的张三郎、小末姐，他们也许知道。于是，他们三人去拍叩张三郎、小末姐住的柴门。张三郎、小末姐认识陶秀，张三郎长长地喘着气说："原来要抓的是你们呀，怎么惹上苦生这帮人呢，这苦生是个小强盗，横得很呢！"陶秀问他渡河的船在哪藏匿。张三郎叹口气说，这苦生精得很，进出这小村落的只有一条水路。他把仅有的三条船劈了两条，只有一条藏匿于北河口。这北河口有一条很窄很窄的小河沟，河面都被密密的芦苇遮蔽着，外人看不见。没船，这数十丈宽的河面一般人渡不过去的呀。陶秀说，谢谢张大伯指点，我们这就去找船，如果找不到船，我们要被那小强盗弄死的。张三郎、小末姐夫妇叮嘱陶秀，一路小心。

这北河口芦苇密得吓人，人一钻进去黑乎乎的什么也看不见。陶秀一行仿佛都眼瞎了一样，摸来摸去都是芦苇，碰来碰去尽碰着新嫩的苇叶。陶秀和小芳被苦生等抢劫关押，又在芦苇荡里经受磨难，精神体力已严重透支，在这北河口转悠大半夜，更觉疲劳不堪。她俩浑身发痒，痛苦难当。于是，陶秀对小山说，让我们歇息吧。小山心里急，又被这深浓的苇叶蒙住视线，心里亦空落落地难受。小山说，那我们坐一会儿。三人就寻个稍高点的苇丛，掰折一小片苇竿当坐垫，背靠背坐在一起。小山说，我们在这瞎转悠，不是个头，先找着河道的进口，再沿着小河沟摸进去，就能找到船了。

陶秀的头靠着小山，小芳的头歪在陶秀的怀里，只一会儿工夫，她俩嘴里就发出呼噜声。歪坐了大约两个时辰，小山忍不住推醒她们。"天亮了吗？"陶秀惊问道。小山抚摸着酸麻的肩膀和手脚，抬头观望着黝黑的夜空，说："天快要亮了，一定要赶在天亮之前把小船找到，不然我们就没活路了，逃不掉了！"

小山他们终于找到那条救命的小船，浓密的苇叶遮盖在小船上，把窄小的河沟都填满了，只露出一条船尾巴。小山将船推了出来，举起竹篙，艰难地撑着。陶秀和小芳坐在船头拨开乌云遮顶般的苇叶。小船在苇叶发出的沙沙沙的摩擦声中慢慢航行，仿佛在埋于地里的暗河上行走，在苇叶丛的肚子里爬着。苇叶拉破了陶秀和小芳的手臂，新添了一片刺痛。苇叶上的露水越抹越多，将三人的头发衣服都沾湿了。当前面的河道逐渐变宽时，那些密匝匝的苇叶才放开缠绕让头顶上的天空露出微曦。小山手里的竹篙撑得深了，那条挡着他们逃生的大河渐渐露出原形，微曦倒映在河面上。陶秀和小芳嘴里发出欢呼声，因为她们已经看见了新生的彼岸。

小船驶入大河，小山手里的竹篙全没入冰凉的河水之中。此段河水深不可测，小山手里的竹篙无法撑到河底，只能靠桨。可船内没有桨。也许桨被精明的苦生他们带回家了。小山三人就用手掌和竹篙作桨，在冰凉的河水里乱划。小船就这样摇摇晃晃无序地在河上漂着，距离彼岸遥不可及。

"啪啪——"

浓密的北河口苇丛中响起枪声，有人在苇丛中奔跑，苇叶发出噼里啪啦的响声。青湿的河岸回荡着苦生疯狗般的喊叫声："快给我划回来，不然我打死你们！"

"啪啪——"

又有子弹朝小船的影子飞射而来，苦生寻找到了目标，黑洞洞的枪口对准了三个逃命的人。此时，陶秀和小芳倒变得很镇静，脸孔无一丝惧色。她们略微低下头，双手加快了划水的动作。苦生的子弹呼啸着从耳边穿过，她们眼都没眨一下。

扑通一声，苦生跳下河来，手里举着枪，边凫水边打枪，朝小船游来。苦生水性很好，眼看就要追上小船了。苦生的头浮在黑幽幽的河面上，像一只葫芦，一沉一浮地追逐着小船。陶秀三人拼命地划啊划啊，船儿就是在河面上横着，晃来晃去走得很慢很慢。陶秀和小芳回头看，已经看得清苦生手里举着的那支盒子枪，黑洞洞的枪口在河水上一晃一晃对着她们。

"快伏下身子，躲到仓里去！"小山急吼吼地喊着，手里的竹篙胡乱地划着。

"小强盗！"小芳咬牙切齿地骂着，双手加快划水，眼睛死死瞪着凫水而来的苦生。

"啪——"

苦生快靠近小船了,朝船沿打了一枪。"哇呀!"小山一条胳膊被打中了,负痛倒在船舱里,手里的竹篙离了水面,篙头刺向空中。小船更晃悠着不肯前进,船头歪斜着有点转向,横在河中央。苦生葫芦一样的头浮到船舷边,一只手攀住船帮,就要爬上船来。

"截你妈,小强盗!"小芳忽地站起身子,抓过小山手里的竹篙狠劲向苦生头上捣去。苦生攀船反手抓住竹篙,用力一拉。小芳身体像一条鱼一样飞翔着脱离小船,双脚腾空,头朝河面,栽入河中。小芳的戏功练了十几年,在以死相拼时刻,小芳的功夫派上了用场。小芳死死抓住那根竹篙没松手,凭着这点握力,小芳从河水里浮了起来,并很快靠近苦生。小芳张开双臂,从背后将苦生的颈脖勾住了。一瞬间,苦生的头被小芳摁入河水里,小芳的长发也跟着沉下去。河面上荡漾着圈圈,很大的一个圈圈。苦生的头与小芳的长发数次浮映在水平面上,但未能冒上来又沉下去了。苦生被小芳死死地缠住了,苦生的水性在小芳的缠绕中毫无用武之地。

"小芳……"

任凭陶秀绝望地呼喊,河水滚动波澜,圈圈和涟漪都不见了,河水映照着细微的晨曦,青幽幽的晨曦里裹着小芳悲怆的影子。

天空慢慢放亮,空阔的河面波澜滚滚,河面上溢着氤氲的水汽。清早觅食的野鸭子从河深处的芦苇丛里飞上天空,盘旋几翔后俯冲着滑翔于不远的河面上,发出呱呱呱的叫声。那叫声在陶秀听来感觉十分凄凉。陶秀大颗大颗的泪珠滚落在河水里,痛不欲生。

"陶秀,快把船划到对岸去!"小山躺在船舱里,用手抓着中枪弹的胳膊,血水流了一身。陶秀涕泪横流着,呜咽着,用双手划水,划了左边划右边,让小船走了,向着青青的北岸漂去。

"小芳,呜呜呜……"陶秀与小山互相搀扶着登上了北岸。小山狠狠蹬了小船一脚,以发泄心头的愤怒。小船被蹬入波澜之中,在冷清清的河面上横着，随波逐流。

小山拉着悲伤过度、眼睛红肿的陶秀，隐入密匝匝的芦苇荡里。陶秀撕了自己衬衣替小山包扎伤口。小山胳膊上中的这一枪幸好没打断骨头，只是皮肉受伤，流血甚多，让小山没了力气。"贼坏，野强盗，死有余辜，呜呜呜……"陶秀嘴里骂着作恶多端的苦生，伤心地哭着。陶秀和小芳受了这么多苦，相知相交，患难与共。如今眼巴巴地看着小芳被苦生害死了，多才多艺的女戏子被这条冰凉的大河吞噬了，冤沉河底，陶秀悲伤欲绝。

陶秀与小山在北河沿的芦苇荡里盘桓了大半天。痛定思痛，陶秀问小山，我们的出路在哪里？汇龙镇已被日本鬼子烧毁，姨娘又不知在哪里，这畚箕镇又非落脚之处，四野茫茫，往哪里去呢？小山想了想说，陶秀啊，我是离不开你了，要死一块儿死，要活一块儿活！你说往哪里，我就往哪里。危难见真情。陶秀听了小山的肺腑之言，心头一热，泪水又滴滴答答落个不停。想到小山对她的情谊，她两次落难，小山两次拼死相救。陶秀觉得小山可信可托，是她可以相守一辈子的人。陶秀睁大眼睛，呆呆地盯着小山的眼睛。小山有点脸发烫。半晌，陶秀说了一句："我跟你去南方！"陶秀的眼睛亮晶晶的，闪着青春的光彩。

"秀……"小山一把将陶秀搂在怀里，用脸贴着她的头发，呜呜咽咽，涕泪长流。

陶秀的心热了，融化了，紧紧抱住小山，也呜咽成泣。一时间，两人哭成了泪人儿。

第二十四章　肉陀螺义救阿芹

汇龙镇被烧毁后第九天，部分难民回归。他们含泪清除断墙残壁瓦砾灰烬，掩埋了尸体，用芦苇、茅草、毛竹搭建了柴房屋以避风雨。此后半年的时间里，一些老居民慢慢筹建了新瓦房、店铺等。汇龙镇原来的江南小镇木结构的楼房建筑不见了，一律灰蒙蒙的平房，间杂着简陋的茅草房。西街变短了，只盖了十数间平房及一个毛竹棚子搭的小菜场。在小石桥西侧，商会梁会长筹资盖了一座独立小楼，名曰"避邪楼"。此楼高约九米，六面开窗，风格独特，镇宅避邪。此楼与东街尾巴的陶记羊肉店遥遥相对，成为汇龙镇新建后的标志性建筑。日军在汇龙镇作恶后已移防至城外数十里的九龙镇，此处只驻扎一小队日伪军。日伪军的队长名叫沙千里。此人身高马大，络腮胡子，右眼角长了一颗大痣。眼睛一瞪，那颗大痣就会拉扯着右眼皮，使之变成三角眼了。这沙队长看到汇龙镇被烧重建，没有什么油水，就很少进镇。这一日闲来无事，带了一个小兵进镇遛达。沙队长没见过汇龙镇以前的繁华，没听过汇中楼、苏州班的大书小书演唱，没见过苏州班子小凤凰、小彩霞等美貌女子，现在的汇龙镇街市冷冷清清，没有一家像样的商铺。他和卫兵晃荡到东街尾巴，站在陶记羊肉店门口傻看。这楼古色古香，店内还飘出一股羊肉汤的醇香。这醇香勾引了他的食欲，就一步跨了进去。

"长官请楼上坐。"肉陀螺躬身迎客。

"哦。"沙千里微唔道，嗅着鼻子往飘着香味的后厢厨房寻去。

"长官这厨房有羊骚臭，很腥，没啥看头呀，楼上请吧。"肉陀螺尾随着说道。

"哦。"沙千里继续往里走，看到厨房里两个女人的身影，心想原来这香味是这两个女人弄出来的，这手艺不错嘛。他的眼睛盯在一个小脚女人的身上不动了。他看到那小脚女人标致的身段，细细的腰，微翘的屁股，突凸的胸脯，嫩白的脸。他看呆了。

"有客啊，稀客啊，长官你前面店堂里坐啊，这羊肉汤还未做好，你等一下，就好。"姨娘脸上堆着微笑对沙千里说道。

"哦，不急不急，好漂亮哇，这香味弄馋人了，馋煞人了。"沙千里说。

正在专心上灶煮汤的阿芹偶尔回头一笑，这一笑让沙千里灵魂出窍。肉陀螺在后面说道："这位长官对做羊肉汤感兴趣，是否也是宰羊煮汤的行家啊？"

"嘿嘿，我杀过，杀过，但不会煮，弄不来。这羊汤太好闻了，真香，真香。"沙千里说着想跨进门去。姨娘用身子堵在门口，两手在沾了羊血渍的围裙上来回擦拭，说："哇，羊骚臭，真腥人。"姨娘的身子挡住了沙千里的视线，沙千里缩了缩头，往后退了几步，用手拍拍腰上的盒子枪，说："快点烧，弄几碗吃吃。"转身走回店堂屋。肉陀螺躬身引他上楼。沙千里盯着肉陀螺："你是掌柜的？我有话要同你说。"

"啥事？"肉陀螺微哈着腰。

"那屋里的小娘子叫啥，有主吗？"沙千里问道。

"这，她……她……她是个寡妇。"

"哦，我手头有个差事，要你做如何？"沙千里满脸的胡子一动一动。

"啥差事？"

"聘你当镇长。"沙千里眼睛一睁，右眼就拉吊成三角眼了。

"啊！"肉陀螺笑不出来了。

"明天发委任状，干好了，给你佩盒子枪。"

"这……"肉陀螺的眼睛眯成一条线，语无伦次。

"羊肉汤来嘞。"楼下姨娘吆喝着端盘子上来，香味一直飘到沙千里跟前。

沙千里将头上大盖帽脱了，急不可待先端了一碗，喝了一大口，口里咂着，对姨娘夸赞道："真好喝，舒服，你们这店是百年老店吧？看来这汇龙镇果真是块宝地，名不虚传，可惜被烧了，好东西剩下不多了，是吧？"

看着这日伪军队长的一副馋相，姨娘忆起了那个杀人不眨眼的春山少佐，心里的厌恶之情油然而生。这日本侵略者和这帮汉奸走狗像一座大山一样压在老百姓头上作威作福，烧杀抢奸无恶不作，这种日子哪天才能有个头哇。汇龙镇被毁了，陶秀和小芳也失踪了，姨娘心里的痛诉不尽啊。现在她回这店重操旧业，心里却空荡荡的，混混这日子罢了。好在有个阿芹陪着，不寂寞。如今看出这个络腮胡子又对阿芹不怀好意，心里更难受了。

"天上飞着大老鹰，地下跑着大老虎，翻江作海，火烧连营，田都发毛了，长不出庄稼了，还哪来什么好东西哟。长官，你就将就着吧，俗话说靠山吃山，靠水吃水，这镇子没了，这汇龙镇人吃啥啊？"姨娘抱怨着说道。

"嗯，这位大嫂话里有话啊！这汇龙镇可不是我沙某人带人烧脱的啊，我可担不起这千古罪名。乡里乡亲的，我是不会干这种事的。那是这帮新四军游击队把皇军惹恼了，就一把火烧了，关我屁事。"沙千里心里明白现在汇龙镇人最恨什么，一口气为自己辩白，唯恐被误解，落个骂名。他心虚地辩白，干干地讪笑，一副老实人的姿态，倒让姨娘看着有点怪怪的。沙千里喝完羊汤，撸一下嘴巴，站在后窗看风景。后园的桃树被火烘坏了，一半已枯萎，只有几棵还残存着叶子，稀稀拉拉在轻风里摇曳。四围都是灰黄的茅草屋顶，低矮的屋檐诉说着日子的艰难辛酸。天上的云飘过来都是灰蒙蒙的，死气沉沉。沙千里无味地望了一会儿，摇着头走下楼。

"喂，掌柜的。"沙千里朝肉陀螺挥挥手，从裤兜里掏了几个铜板交于他，又在肉陀螺耳朵旁边嘀咕了几句。肉陀螺脸色白了下，嘴里连连说不行不行。沙千里用三角眼瞪着肉陀螺，嘴巴里哼哼几句，说："难道我还配不上一个寡妇？过几天听你的回话。"

沙千里抚了抚络腮胡子，朝姨娘笑笑，甩甩胳膊，走了。那个小兵也屁颠颠跟着走了。肉陀螺脸上的那堆肉僵在那里，哭笑不得。姨娘问他："又有啥事？"肉陀螺嘴巴僵了，只吐出几个"他他他"来。

以后的几天里，肉陀螺做事好像丢了魂，说话也前言不搭后语，弄得姨娘很不开心。姨娘问他，他也不说。这阿芹呢，自从常大死后，同姨娘在海边小渔村住了一段时间。清贫的日子倒也蛮舒心。小渔村的汉子都参加了新四军游击队，海边一带被日本鬼子视作眼中钉肉中刺，数次派兵扫荡捉拿新四军。小渔村待不下去了，姨娘带她到汇龙镇上住，并传授她煮羊肉汤的手艺。这阿芹本不算笨，烧煮熬汤倒是得心应手，成了姨娘的好帮手。陶秀失踪后，阿芹就暂睡她的闺房。陶秀的闺房除了书啊，画呀，绣品啊，一些女人的小玩意儿，其余被苦生等人抢去了。阿芹不识字，也不会刺绣，就把这些东西用个麻袋装了放到隔壁空屋去了。书橱里空了，阿芹就放些线头线脑，换洗衣服什么的。一个书香味甚浓的女孩子闺房变成乡下小脚女人的土窝。暖床边，门后面挂着小脚女人的蓝印花布头巾、白色裹脚布、月经带之类杂乱的小东西。阿芹最大的爱好就是呆坐着，盯着屋里的红蜡烛想心思。她最思念的人还是财根。每次发呆中，嘴里总是轻轻念叨着财根，想起他的好来，眼睛里噙了泪。这一晚的黄昏，门口的风一动，肉陀螺闪了进来。阿芹惊讶地望着他，心想难道肉陀螺也有非礼之意，这人哪，太孬了，男人见了女人，就像猫儿见了鱼腥，都馋了！肉陀螺进来后也不说话，尽管拉一张小凳坐了。阿芹看了他一会儿，见无动静，也就淡了心里那份心思。她淡淡地说："客人都走完了，店里没人影啊，你还不回家去？"肉陀螺轻轻摇摇头，开腔说道：

"阿芹啊，老叔开不了这口啊，怕遭人骂啊。"

"你瞎讲啥呢，"阿芹心里又猜想这肉陀螺对自己起色心了，脑子里响了一下，心里是苦是甜不知是个什么味儿，心房突突乱跳。嘴巴上要强着责怪道，"都一把年纪了，同在一个屋檐下，别瞎想了。"

"哎呀，阿芹啊，你误会老叔了，我是只干瘪丝瓜没啥用场的，不会想那事欺负女人。老叔有个心思想对你说呀，你听了自己拿主意，不要管老叔的事啊。"肉陀螺话里带了一丝哭腔，听得阿芹有点难受。

"阿芹啊，那天那个皇协军的络腮胡子沙千里来店里喝汤你也见到了吧，他要我当什么镇长，这不明摆着将我往火坑里推吗，镇龙的下场就是我的下场，谁还敢当这要命的汉奸。沙千里威胁我说，不当这个镇长，三天内要我好看。"

"这人说话太横蛮了，好像别人的生死都捏在他的手里了，不讲道理么。"

"仗着日本人啊，他们手里有兵有枪啊，要弄出人命来就一歇脚辰光哟，老叔我有啥办法呢。前时被日本鬼子打得惨，背上都是伤啊，还痛啊。"肉陀螺哭丧着脸说道，肉陀陀的细眯眼睁了阿芹一眼，又说道，"阿芹啊，那人还说，只要将你店里的小脚女人嫁了我，我保证你这店在汇龙镇一带平安无事，天天发财。"

"啊，又是一个无头鬼要作贱我啊，呸！"阿芹狠狠啐了一口，气愤难受起来。

"哎，决不让那沙千里得逞，我还是冒险当那断命的镇长吧，唉。"肉陀螺慢慢低了头，唉声叹气。

"你当那汉奸镇长是有点触霉头，不过只要老叔你不做伤天害理的大坏事，敷衍敷衍不就混过去了吗？"

"这年头，汉奸当不得，要出人命的，当了就是死路一条啊，呜呜呜。"肉陀螺终于忍不住垂头丧气地低号起来，像一只老狗在哭。看得阿芹也泪水盈眶，用手抹涕泪。

这一个黄昏夜幕低垂，伤了元气的汇龙镇很少有灯烛之光，黑黑的小街小弄仅有几只野狗野猫在跑动，没有人气。

第二天，沙千里派人来问肉陀螺，肉陀螺回话说自己愿意当镇长，但阿芹不肯嫁人。自此以后，肉陀螺被沙千里差遣得团团转，羊肉店里不能待了，就向姨娘辞了。肉陀螺被逼当了这镇长后，木木地替沙千里做了几件蠢事。

一件事是动员镇上的人替日伪军在镇西镇东各修筑了大碉堡。肉陀螺挨家挨户搞摊派抽壮丁，弄得肉陀螺当汉奸的名声臭起来。另一件事是阿芹突然从陶记羊肉店失踪了。这件事其实根本与肉陀螺无关，可镇上人都说是他做的坏事。这件事冤枉肉陀螺直到一九四八年底江北解放，人民解放军打下扬州城，掳获沙千里的部队，才知阿芹那时是被沙千里抢走的，后来随部队去了扬州。阿芹跟了沙千里后享了几年福。沙千里在扬州当了团长，阿芹穿绸缎、戴金银很阔气地在扬州城里过活。沙千里被俘后送去东北劳教，阿芹就回了故里。在乡下老宅，阿芹麻木地跟原配驼背丈夫大烟鬼混日子，一熟蚕豆一熟麦，沉重的生活压得她终日抬不起头来。由于她不红不白的历史经历，乡下人一直歧视她。再说这肉陀螺，在日伪军沙千里的胁迫下当了几天镇长，后来沙千里部队调防了，他也甩手不干了，继续在陶记羊肉店帮着姨娘撑门面。

一九四四年冬天，新四军陶营长的部队打过来，将汇龙镇外围的日伪军据点碉堡都炸了，小日本军队被赶出了这片沙地。姨娘见到陶营长一面。那天黄昏时分，陶营长带了几个战士匆匆跨进陶记羊肉店。陶营长原本方正的脸略显瘦削，胡子浓浓的，眼眶印着一丝黑痕，眼光仍炯炯有神地看着姨娘，嘴巴微咧着开心地笑。当着战士的面，陶营长没有亲姨娘。陶营长没有问陶家小楼为何未被烧毁的事，他似乎对眼前自己家里的财物无兴趣，他开口就问的头一件事就是：陶秀呢，她在哪儿？姨娘眼睛红了，眼泪霎时滴落下来。她断断续续地说，陶秀在火烧汇龙镇时失踪了，畚箕镇的张三郎、小末姐说他们见到过陶秀，她跟一个叫小山的青年逃脱了。陶营长明白了，朝姨娘点点头说，逃脱了就好，能够活着已经万幸了。

汇龙镇的简陋房屋里星星点点亮起灯火，夜色笼罩着这片伤痕累累的街道。灯影朦胧中，姨娘恋恋不舍地将陶营长送出家门。沈裕春烟烛店老店重开，店里的那条老黄狗汪汪汪叫了几声。浴火重生中，老黄狗奇迹般躲过一劫，叫声中透着欢快。

第二十五章　古镇重生

陶记羊肉店一直开到一九四八年的冬天。陶家那座历经风雨烈火而不毁的小楼成为汇龙镇人民政府的临时办公楼。

那年陶营长的部队又一次打过来，将盘踞在汇龙镇的国民党还乡团消灭掉了，汇龙镇彻底获得解放。原新四军水上支队的张连长在这次战斗中英勇牺牲。张连长是死于还乡团团长毛胡子的机枪子弹。这毛胡子当年逃离了小渔村后投靠了国民党顽军，随着还乡团侵占了汇龙镇。他带着这些虎狼之兵搞清算革命的坏事。毛胡子多次带兵闯进陶记羊肉店，白吃白喝了，还一个劲地追问姨娘阿芹到哪里去了。毛胡子将盒子枪顶在姨娘的头上，威胁说："总有一天老子要收拾掉你们这些新四军共产党！"姨娘咬牙切齿地骂道："前门跑了虎，后门进来狼，青天白日，害死我们这些小老百姓算了，大家都不用活了，你开枪啊！"肉陀螺满脸堆着笑劝阻毛胡子，给他抽哈德门香烟。毛胡子收了枪，狠狠瞪了肉陀螺一眼，说："看在这位仁兄的面子上，今天放过你，臭婆娘！"毛胡子的手在自己的臀上擦一擦，又举着拳头朝姨娘骂道："要不是你，那新四军张连长怎么会摸到我那小渔村来，活生生抢走了我的人马，哼，你给我老实点，弄不好我派兵一把火烧了你这小木楼。"这毛胡子凶神一样朝姨娘发着飚，一副秋后算账的强盗腔调。毛胡子骂过后，临走打碎了桌子上的汤碗，羊肉汤滴滴答答流了一地。

陶营长的部队打过来，那毛胡子赤胸露背抱着一挺机枪负隅顽抗。张连长带着水上支队的战士冲在部队最前面。张连长边打枪边朝毛胡子占据的房屋制高点喊话，命令他放下武器投降。毛胡子嘴巴里不停地乱骂，机枪打得铺天盖地，子弹乱飞。张连长不幸被子弹击中，英勇牺牲。副支队长二狗一看急了，想冒险往前冲，被陶营长止住了。陶营长咬牙切齿地吼了一声："消灭反革命，给我用炮轰！"随着几声小钢炮的巨响，毛胡子被炸得身子散了架，血肉横飞。

解放汇龙镇这一仗打得非常艰苦惨烈，盘踞在镇子里的那帮还乡团负隅顽抗，拒不投降。那帮土匪一般的还乡团是民主政府的死敌，手上沾着共产党人和革命家属们的鲜血，罪行累累，不可饶恕。汇龙镇被解放后，陶营长先是作为军代表负责镇政府的肃反工作，后被选举当了人民政府的镇长。多少年来，汇龙镇作为沙地这带的政治、经济、军事重镇一直被旧政府、旧军阀和侵华日军、国民党还乡团等腐朽黑暗势力掌握着、盘踞着，藏污纳垢，暗藏着仇视人民政府的坏分子。为了还沙地人一个太平的日子，陶镇长为肃反工作呕心沥血。他工作的陶家小楼夜夜灯火通明。有时，暗藏的坏人从黑暗处向他的办公室打冷枪，小楼上的雕花窗格被打出几许枪洞。

那一晚，陶镇长又挑灯熬夜。姨娘做完家务，手捧一盏"美孚罩"煤油灯走上楼来。

姨娘在陶镇长身边坐了一会，眼睛迷糊打瞌睡。陶镇长在写着字，突然对睡意蒙眬的姨娘说道："这肉陀螺在我家店里做了多长时间？"姨娘微睁一只眼看着陶镇长，困倦地伸伸胳膊，打个哈欠，回答道："自从财根死后，断断续续有好几年了。"陶镇长噢了一声，继续写字。大约一支烟辰光，又问道："这肉陀螺为人怎么样？"姨娘脑子清醒点了，睁大眼睛反问道："你怎么老是问他，他可是在我家店里做活儿的老实人。那年是做过几天伪保长啊、伪镇长啊什么的，可那是被逼的，他可没使过坏心眼儿，没害过人啊，我可以证明。"

"噢。"陶镇长抬起头，对着姨娘长长地叹了口气，目光很呆滞。陶镇长在肃反名册上正写着"肉陀螺"。陶镇长放下毛笔，用握枪的大手盖住肉陀螺的名字。

第二天，汇龙镇开始了轰轰烈烈的肃反运动，一批历史反革命分子被民主政府逮捕，肉陀螺也在其中。肉陀螺在押后表情很沮丧。因为他的人缘还好，也未有害人的原案，肃反工作组也没对他动粗，只是看押他。肉陀螺自己掂量出自己的分量，当了那个该死的汉奸镇长，虽只几日，也空口白牙无法脱尽干系。他唯一的求生希望是向民主政府揭发点什么，好有个立功补过的机会。于是，他对审查的干部说，当年汇龙镇被日本鬼子烧毁，其实是汉奸做的内应，他亲眼看到有人领着鬼子进镇的。

"那汉奸是谁？"负责审查的干部问道。

"是我亲眼看到的，我现在不能说，说了你们也不相信我的。"肉陀螺哭丧着脸说道。

"那你要怎样？"负责审查的人说道。

"你们必须放了我，我才能说。"肉陀螺脸颊肌肉微微一动。

"这个我做不了主，我想你若说了，也许能功过相抵，放你一马。"负责审查的人说话吞吞吐吐。其实，他对肃反政策的理解是单一粗糙的，没有肯定的说法说服被专政对象。

"那我不能说，我也不能害人。"肉陀螺低下头，喃喃自语说。

"那你好像也没有什么机会了。"审查的人直白地告诉他，肉陀螺慢慢抬起头，眼眶里盈满泪水。

负责审查的人丢给肉陀螺纸和笔，说："你好好想想，写个坦白书吧。"

"噢。"肉陀螺委屈地哼了一声，脸上已经涕泪一团了。

审查的人走后，肉陀螺左想右想，在坦白书上写了一段字，字迹歪歪扭扭，有点像小蚯蚓在纸上爬：我看见有人领着日本人进镇拎着洋油桶烧屋……最后几行字写得歪七倒八、模糊不清。负责审查的人将肉陀螺的坦白书上交陶镇长。陶镇长将在押的犯人又重新审讯一遍。陶镇长综合犯人的口供，结论是：肉陀螺在撒谎，没有立功表现。几天后，肉陀螺被公审后枪毙，姨娘躲在后厢屋里哭了半天。她看到陶镇长从外面回来，眼圈红红的，愤怒地问道："肉陀螺犯了什么样的滔天大罪，你们要枪毙他？你是镇长，你为啥不想办法救他一命啊？"

"他……他是反革命分子，专政对象，不是我要杀他。"陶镇长说，看到姨娘红红的忧郁的眼睛，口气软了点，"这是搞运动，是大潮水，浪头大了，被吞了也就吞了，我也挡不住啊……"陶镇长说这些话时没敢正眼看姨娘一眼，身子站在屋门口，背对背，斜着颈脖子，眯缝着眼睛望着云层里的月亮。姨娘朝陶镇长的背脊啐了一口，退坐于自家暖床沿上，幽幽地哭出声来。陶镇长仍站在门口，轻轻说了一句："人都死了，哭有什么用，这是搞运动嘛，死个把人算什么，不要因为他是帮过我家的人就包庇他啊。"

"呜……"姨娘哭声更大，非常冤屈。

第二十六章　晚霞

汇龙镇九曲河水每天从东西两街中间流过，南江里漂进来的商家米粮船渐渐多起来了。历经战争摧残的小镇开始将息滋养而恢复元气。在九曲河水流经西街往北走一段后的空地上，小商小贩日益增多。沿路沿街到处摆着摊子。每天清晨，赶早市的人群熙熙攘攘，农贸市场愈来愈大。陶镇长召集镇委会一帮干部开会商量后，决定就在这块空地上建造一个菜市场，并在菜市场的西隔壁搭建一座戏台，以丰富汇龙镇人的文化生活。于是，在陶镇长的带领下，仅用三天时间，就在这片空地上用毛竹、苇子等搭建了两座大房子，一座叫"汇龙镇新市场"，一座叫"大众戏院"。陶镇长亲自带人去"大众戏院"看戏。那天演出的是一个从浙江来的戏班子，剧目叫《沉香扇》。陶镇长看得如醉如痴。陶镇长问搞宣传的姜干事，汇龙镇上有没有会演戏的艺人？姜干事回答说："有！"陶镇长说："你明天将艺人带到办公楼上来。"

第二天，姜干事带了两个人来，一个脸上无须，一副女人嗓子，陶镇长认识；另一个脸膛红润，气宇不凡。陶镇长亲自为两个艺人端茶杯倒水。脸无须的本地说唱艺人小板胡操着女人嗓子点头哈腰向陶镇长介绍那位气质高雅的同行。那位红脸汉朝陶镇长一躬到底，自我介绍说："本人姓李，名圆，自幼学艺，愿为人民政府出力办好戏院，娱乐大众！"陶镇长稍欠了欠身子，吩咐姜干事给他俩端凳看坐。

"请问老李，你学的是哪种戏剧呢？"陶镇长微微一笑。

"江南越剧。"

"哦，很好，见到你很高兴，但愿你能把这大众戏院给撑起来，给我搞红火了。搞革命、搞建设都离不开文化宣传。"

"好的，我一定努力办好，不辜负陶镇长的一番美意。"李圆说。旁边小板胡手舞足蹈，满脸堆笑。

谈话很简单，陶镇长叫姜干事草拟了一个报告，委任李圆当戏院剧团团长，小板胡当艺术指导。自此以后，这大众戏院天天演出，戏迷爆棚。这李圆擅长越剧古装戏，演的尽是身穿绫罗绸缎的千金小姐、才子佳人。陶镇长公务繁忙，倒很少再去看戏了。汇龙镇在陶镇长的治理下，经济文化方面的元气恢复甚佳，东西两街加上一个新市场商贾云集，日益透出这沙地小镇的特殊厚重的味道，成为新的沙地人政治、文化的舞台了。当国内掀起的对资本主义工商业改造、合作化、三反五反、社教、四清等运动接二连三地推涌而来时，汇龙镇上也就波澜滚滚，随波逐流，轰轰烈烈一番。陶镇长一口气当了十多年的镇长，可谓身经百战，人称"老革命镇长"。而私下里，姨娘总是长吁短叹。陶镇长当这镇长的官十多年不变，恐怕是女儿陶秀的牵累。因为陶秀跟了一个日本人，又传说已随夫漂泊南洋，陶镇长的仕途就此原地踏步了。

汇龙镇这十多年的变化主要在人们的精神文化方面多一些。南来北往的文化剧团都在这大众戏院亮相演出，大饱了镇上居民的眼福。每到晚上，大众戏院前人山人海，院门口摆满小摊，卖烟、卖瓜子、卖香糖，红灯高挂，喜气洋洋。由李圆、小板胡调教出的本地越剧团也演得红红火火，几位新荷初露的青年女演员的剧照亮闪闪地挂贴在戏院的宣传框里，成为沙地人的文化照片，一种莫名的荣耀。也许是官当得有点发腻了，也许是这平淡的生活缺少了激情，也许是庸俗的时务磨炼出略显老态的心境，这年春上，陶镇长由姨娘陪着隔天到大众戏院看沙地人自己演的越剧。陶镇长夫妇的座位被老院长李圆特地安排在头排15、16位。这几天就是陶镇长夫妇不来也要留空。这头排座位是戏院头排最中间的，能清爽地观看到台上演员的表演，能看到戏台前面伴奏乐器的吹吹打打，十分真切。因此，陶镇长可看到演出中的瑕疵，就关照李圆加以改进。李圆对"老革命镇长"佩服得五体投地。

春天的花开得烂漫盈盈，陶镇长闻到鲜花的清香，忍不住哼起小曲。姨娘却往往眼睛里含着忧郁。汇龙镇解放已十多年了，可失散的女儿陶秀至今杳无音信。镇政府早已从陶家小楼搬走了，这小楼有点空荡荡的。姨娘看着丈夫略显老态的身影，又想到他们夫妇这一辈子历尽艰辛，至今身边无一子女相伴，不禁悲从心头掠过。这一阵子丈夫老觉疲惫，身子也日渐消瘦，姨娘只当是几十年来走南闯北给累的。丈夫开始消闲了，晚上能抽身由她陪着去看戏，这让姨娘很欣慰。每当看到在大众戏院的舞台前丈夫精神爽爽、两眼发光陶醉在戏中时，姨娘心里像吃了一个水蜜桃似的，甜酥酥。陶镇长几次对姨娘说："我干革命几十年了，没有啥大贡献，等我们老了，这幢小木楼就捐献给政府吧，兴许还能派点用场。"姨娘顺着他说："你说了算，你是这儿的一镇之长。你看人家梁会长，解放前就为小镇做好事，捐这捐那，如今做了县政协委员，还带头捐款建造实验小学，人家口碑多好哇。"陶镇长笑了，说："你说他啊，也是个老革命啰，这一辈子就想着为群众办点好事，这名声怎会不好呢？不像我啊，天天处理杂七杂八的事务，恐怕得罪人多啦……"夫妻俩琴瑟相和，絮语缠绵，在这个春天的夜里仿佛一对老鸽子，在星光下叽叽咕咕，温情似水，清清流淌。

初夏的一天，一场暴风雨凭空而降，打烂了陶镇长喜爱的一盆石榴花。结满花骨朵的枝条硬生生地断裂成几段；刚刚绽放的血色花蕊粉身碎骨，随风飘散而去；古色古香的雕花紫砂盆也被撕成碎片。"盆花俱毁，风雨无情啊……"陶镇长站在窗前喃喃自语。他用手紧紧捂着隐隐作痛的肝部，眉头有点展不开。看着被暴风雨摧残的石榴花残枝，看着被粉碎的花蕾，陶镇长腰间肝部硬生生地疼，有点熬不住。风雨无情地肆虐着，天空看不到阳光，被狂风暴雨撕扯下来的花草树叶在街道的石板路上随水漂流，远处灰朦胧的农田庄稼也在暴风雨中低掩着头，艰难地躲避着这突降的天灾。姨娘拿了一件衣服披到丈夫肩膀上，嘴里喃喃自语："看这天，说变就变，今年的庄稼又要被打坏了，要歉收呀。"陶镇长"嗯"了一声，轻轻说道："这大风大浪并不可怕，可怕的是人的无知，搞生产抓生活任何时候都要紧紧依靠群众啊……"

"嘭嘭嘭……"一阵急促的敲门声，有人在门外的风雨里喊叫。姨娘赶紧开门。姜干事（现在已升职为副镇长）浑身湿透站在雨帘里，瘦削的脸庞被大雨浇得像只葫芦瓢。他一步跳进来，没揩去脸上的雨水就跺着脚连连说道："老镇长啊，坏了，坏了啊。"

"啥事啊，你慢慢讲。"陶镇长用手撑着腰，回身坐到凳子上。

"刚才我从王助理员那里得到一个消息，县气象站通知说今年一号台风将登陆沙地沿海，这次是百年未遇的超级台风，怎么办啊？"姜副镇长一口气说完，老成瘦削的脸孔呈青灰色。

"姜副镇长，你先坐下，别着急，这天塌不下来。"陶镇长说话很慢，但口气很坚决，目光炯炯。此时，窗外风雨更甚，扑上窗玻璃的雨丝画成一团一团的水漩涡，窗外的光线显得更加模糊不清。

姜副镇长听了陶镇长的话，脸庞稍微浮了点活色，拿过姨娘递过来的毛巾揩去头发上、身上的雨水，自己拉张凳子坐了，两眼关注着陶镇长。陶镇长是他的老上级，从参加革命那天起姜副镇长就跟随他，陶镇长坚毅的眼神他是再熟悉不过了。几十年风风雨雨，老镇长总是那样刚强，说话、做报告都贯穿着一丝做事的干练，从未拖泥带水，一字一顿，抑扬顿挫，有味有劲。

室外狂风暴雨，室内清凄难安。一片雨点，噼噼啪啪打砸在窗玻璃上。

姜副镇长眼睛红红地裹着沉重的心情走了。姨娘关切地扶住陶镇长，朝走进风雨中的姜副镇长喊了声："姜副镇长你走好啊。"在姨娘搀扶下，陶镇长走回卧室躺了下去。姨娘去厨房替他煨鸡汤。厨房里弥漫着鸡汤与中药的香味。

这个夏天最强大的台风将汇龙镇老街上的一排店面老房子吹成七十五度，整条老街倾斜了。陶镇长抱病带领镇政府的干部在狂风暴雨中抢险，扛木头、打桩、加固房屋。三天三夜，陶镇长没有合眼过。在老街东头的巷子里，陶镇长体力不支昏倒在泥地里。

狂风暴雨又闹了一夜，淅淅沥沥的小雨又飘了一个早晨。

姨娘赶到医院时，陶镇长还未清醒过来。姜副镇长与镇政府一干人围坐在病房门口的长椅上。姜副镇长对匆匆赶到的姨娘只说了句"老陶他……"就哽咽了。姨娘朝姜副镇长坚强地点点头，默默地走进病室，安静地坐于陶镇长身边。陶镇长脸色苍白无一丝血色，但神态安详。医院里病人不多，走廊上空荡荡的。只有一个小护士忙忙碌碌，偶尔过来看看陶镇长手臂上吊着的点滴瓶，翻翻陶镇长的眼皮，摇头叹息。

陶镇长从昏迷中醒过来时已是第二天黄昏。一天一夜，姨娘静静地坐在陶镇长身边。

"给他买点好吃的。"医生的话就像一颗炸弹，轰塌了姨娘的神经，轰毁了姨娘的希望。

"啊……"姨娘一屁股跌坐于凳子上，脸孔血色全无，浑身散了架，双眼发直，像个木头人一般。

陶镇长断断续续对姨娘说：" 你一定要寻找到我们的陶秀……"

三天以后，陶镇长吐血而逝。姜副镇长拖着疲惫不堪的身子为陶镇长开了追悼会。整个镇政府礼堂内摆满了花圈。一副副挽联从人字形屋梁的横梁上挂垂下来，飘飘洒洒，哀哀戚戚。老街坊们都来吊唁，还有从外地闻讯赶到的陶镇长的老战友们，整个礼堂都站满了人。大家都来同姨娘握手，轻轻说着安慰话，眼睛流着泪水。

陶镇长就这么走了。姨娘的泪水都快要流干了。

为陶镇长烧头七那天，隐居乡下多年未见的阿芹也赶到了。阿芹身穿一身黑衣，小脚伶仃。阿芹一来，只管默默地为姨娘做事。姨娘也不多问她的情况。因为姨娘是同阿芹从旧社会一道一步步走过来的，虽风闻阿芹的许多逸事，但姨娘理解阿芹，仍将阿芹当作自己的亲人看待。为陶镇长烧好头七，姨娘从箱子里挑出很多衣服送给阿芹。姨娘在一件绸衫的衣袋里放了几百元钱，并用针线缝实后交给阿芹。姨娘对阿芹说：“我活着你别来了，如果我走了，你将我和老陶葬在一起。”阿芹默然地点点头，低头擦着眼泪走了。阿芹走得很慢，一步一回头，让姨娘看得很心酸。

为陶镇长烧过六七，姨娘将插在头上的白绢花拿掉了。姨娘跑到镇政府找到姜副镇长，说老陶生前嘱托，他要将陶家小楼捐赠给政府。姜副镇长一听这话，眼睛里又盈满泪花。姜副镇长劝慰说：“陶家阿嫂啊，你安心地住着吧，生活上我们镇政府会照顾你的。”

姨娘找过姜副镇长了，回家将陶家小楼细细整理、打扫了一遍。傍晚时分，姨娘身上穿一件蓝印花布的对襟衫，脚上穿一双绣花鞋。从箱子里掏出一套陶镇长的旧军装，将墙上的陶镇长一身戎装的照片取下来，放在一只藤条箱子里。那只藤条箱里还放了一些香烛等物。姨娘抬眼将陶家小楼再看了一遍，走到门口反身将门锁上。此时，一道晚霞正从西天云涌而出，嵌满整个天穹。汇龙镇沉浸在最后的灿烂之色里。姨娘朝金黄色的晚霞做了个遮手相望的动作，眼睛眯缝成一条细线。姨娘慢慢走出东街尾巴。有隔壁邻居问她：“这么晚了上哪里去呀？”姨娘稍停住脚步，轻轻一笑说：“走亲戚！”

姨娘就这样悄然走出汇龙镇，朝坐在镇郊小桥栏杆上的三轮车夫招招手，安然地坐上车子向南江而去。

晚霞如血，几乎要滴出血液来。南江畔芦苇青青，江风飒飒。

姨娘下得车来，付给车夫双倍的车钱。车夫笑着返回小路而去。一行白鹭直上青天，融化在血色夕阳里。

姨娘整好自己有点发皱的衣襟，捋了捋被晚风吹散的头发，从藤条箱里拿出陶镇长的照片和旧军装，点上香烛，躬身拜祭。拜祭完，引火将之点燃烧毁。在熊熊火光里，姨娘深深地流了泪。晚霞熊熊燃烧，发出惊诧的光辉。

天渐渐地暗下来，南江轻轻呜咽，经年不息。

尾 声

　　这篇小说花费我很多年的心血。当我将手稿打印成册并交到白发苍苍的陶秀老婆婆手中时，老婆婆失声痛哭。悲惨的故事让老婆婆痛不欲生。我悄然走到那座历经风雨血火磨难的陶家小楼的后院，站在微风里沉思忆想。暗夜里，一个诗人在歌唱，吟诗的嗓子出奇地颤抖：

　　　　你绝对不会相信
　　　　桃花开了的时候
　　　　那扇旧时的楼窗就开了
　　　　在空旷中　如一口幽深的老井
　　　　我发现我真的不该在这片桃花源里
　　　　也发现不该在这里的
　　　　还有苍凉遥远的古镇上
　　　　那一片空旷的回忆